U0731222

日本文学与文化

邢心乐 ⊙ 著

中国海洋大学出版社
·青岛·

图书在版编目（CIP）数据

日本文学与文化 / 邢心乐著 . — 青岛 : 中国海洋大学出版社 , 2019.5
ISBN 978-7-5670-2205-8

Ⅰ . ①日… Ⅱ . ①邢… Ⅲ . ①文学研究—日本②文化研究—日本 Ⅳ . ① I313.06 ② G131.3

中国版本图书馆 CIP 数据核字 (2019) 第 089188 号

日本文学与文化

出版发行 中国海洋大学出版社
社　　址 青岛市香港东路 23 号　　邮政编码 266071
出 版 人 杨立敏
网　　址 http://pub.ouc.edu.cn
电子邮箱 chengjunshao@163.com
责任编辑 邵成军 刘青　　电　　话 0532-85902533
印　　制 天津雅泽印刷有限公司
版　　次 2020 年 7 月第 1 版
印　　次 2020 年 7 月第 1 次印刷
成品尺寸 170mm×240mm
印　　张 12.75
字　　数 248 千
印　　数 1~2000
定　　价 58.00 元
订购电话 0532-82032573

前 言

随着时代的变迁，文化有了多层次多角度的延展，文学作品的文化解读也发生了复杂的变化。在理解文学作品的最初，研究者一直倾向于去理解作者写作当时的具体历史背景和文化背景，而且一直坚持这样做，因为这一环是必不可少的。特别对于初次涉猎文学的人来说，对作者本人及当时文化社会环境的了解是接受外国文学，特别是接受日本文学的一剂特效药。很多年轻人非常喜欢后现代主义文学作家村上春树，除了其作品本身受众的原因以外，想必也是因为其后现代主义是属于 21 世纪的新文化，是属于年轻人的，与之相呼应的文学作品必定具备新文化之价值，拥有广泛的读者群。

“真正认识日本文化”应该是深入研究日本文学的永恒命题。了解文化背景和作者，是理解文学作品的初步和基本的手段。研究者可以通过了解写作时的社会文化状况，探求作者的写作意图，通过对作者本人的了解，去分析作者的写作手法和文学理念，借以进一步深入解构作品。

文学作品写作的时代有所不同，作者经历的人生也是迥异的。的确，在大的文化背景下产生了不同样式的文学作品，但不可否认的是，这些文学作品均是应时代而生，且为文化发展的产物。

在全球化的今天，中国文化和日本文化存在着远比以前更多的相似点，但同样，人们也越来越多地直接感受到两个国家的文化底蕴有着本质上的区别。日本是一个与中国既相似又极不同的国家，其文化的复杂性显而易见，其文学在世界文学史上也同样有着不可估量的价值。多角度深入认识日本文化，对多层次地解读日本文学有着重要的作用。以现代日本文化的视角，再加上现代中国文化的参照，对日本既有文学进行再解读，这一课题值得研究。

由于日本文学与文化研究内容广泛，加之编者水平有限，时间仓促，书中缺点错误和不妥之处在所难免，敬请读者批评指正，以便今后进一步修改，使之日臻完善。

目录

第一章 日本文学的起源

第一节 诸种文化混沌期与口头文学

日本最原始的信仰，是以山、树木和岩石等自然物体为对象的。从奈良县三轮町大神神社一带发现的最古的祭祀遗迹来看，三轮山的南麓、西麓由巨石组成磐座，上面置有滑石制玉类和土制祭器等物，这是将三轮山体作为“神体”来祭祀的。这类遗迹相当多，以“自然灵”和“精灵”为对象的祭祀，就成为上古日本的一种仪式，开始萌生自然崇拜、万物有灵的原始信仰。同时，当时有这样的习俗：制作女性为主的土偶特别突出其生殖器，制作石棒象征男性的生殖器官，显示出一种神秘的创造力。还有陪葬物——原初的人神同形的小土偶，含有咒术的意味。可见，上古日本先人开始对“死灵”有了朦胧的认识。

从中国大陆传入青铜器、铁器和农耕技术以后，日本迎来了以金属器为特征的时代。随着生产工具的改良和人的群居生活品质的提高，日本上古时期的社会、经济、文化以及生活方式发生了根本性的变革，对神的观念也发生了转变，由信仰以自然物为对象的“自然灵”和“精灵”，转为信仰与农业有关的“稻田神”。当时的祭祀以农事为中心，祭祀的内容千差万别，包括人的生与死、生殖、成年、葬仪、镇火、住行等。比如，火焰纹土陶器以火焰纹饰，表现了原始人在自然环境中求生存的力量；陪葬的土偶以女偶为主，含有与女性生殖能力结合的要素。同时，根据某些出土土偶的姿势来判断，也有表现咒术者的念咒姿态。因此，可以想象，这个时期已有向神念咒的场面，即原初祭祀仪式的萌芽。这反映了当时原始人对“死灵”与“生灵”的认识有了提高，转向了对“死灵”的信仰，开始从咒术的阶段走向祭祀的阶段。

上古的日本原始人相信语言的生命力和感应力，相信语言具有灵性和咒力，具有内在的神灵，于是便试图通过咒术的手段，实现人的最原始本能的求生克死的愿望。所以，未开化人举行咒术的仪式，通过咒语感应自然界，求得生的渴求、灵魂的救济和共同体的安定。他们以为这种种愿望可以通过人对自然界和自然界对人的相互交流和感应作用而实现。未开化人的这种生活和行动，都是受咒术支配的。咒术分为黑咒术和白咒术。在《古事记》中，关于黑咒术有这样的记载：在海幸与山幸兄弟的神话故事里，弟弟山幸弄丢了哥哥海幸的钓钩，山幸破剑先后做了500个、1000个钓钩作为赔偿，海幸都不接受，偏要原来的钓钩。山幸求助于海神，海神从鱼群中找回那个钓钩，交给山幸，并授予咒语"这个钩是烦恼钩、着急钩、贫穷钩、愚蠢钩"，以对付海幸。山幸按海神所教，将钓钩还给海幸时念了上述咒语，从此海幸更加贫穷，并起了恶心，不断攻击山幸。山幸拿出涨潮珠想要溺死海幸；当海幸哀求时，又拿出退潮珠来挽救他，使他受苦以作惩罚。另外，在《古事记》《日本书纪》和《风土记》中还记述了不少神颂土地和人生光明的咒语，这些属白咒术。

这种咒术所使用的语言，与日常性的具有传达意思功能的语言不同，是神授的语言，有感应的功能，语言更加洗练。作为最原始的咒术宗教的发展，咒术仪式的内容和形式不断充实，形成了多样的性格。从咒术内容来说，有祈愿渔猎丰收的经济行为、维持共同体安定的政治行为，在个人的抚慰救济灵魂这点上又有宗教的行为。从形式上来说，有语言的部分，这是咒术祭祀仪式不可或缺的组成部分；也有行为部分，就是念咒时的手舞足蹈。从内容与形式的总体结构来说，它是一种最原始的宗教现象，也是一种作为口头文学的咒语和原始歌舞未分化的文化现象。由此可见，咒语这种最早的"言灵（语言的精灵）信仰"，是以语言作为表现媒体的文化和文学的胚胎，咒术的内容与形式成为文化整体未分化的母胎。咒语为口头文学系列之一。

作为口头文学系列之二的日本神话、传说，其本身也是"言灵思想"的产物。这一口头文学的生活意识，究其原型都可以还原为"言灵思想"。古代文献的"神代记"所载大国主神创造出云国，说："乃兴言曰，'夫苇原中国，本自荒芒。至及磐石、草木、咸能强暴。然吾已摧伏，莫不和顺'。""然，彼此多有萤火光神及蝇声邪神，复有草木咸能言语。"这里所载的磐石、草木是十分理解"言灵"的。它们以此对抗强暴或邪神，目的是为了满足对现实的要求，其实现的方法是把人的语言能力理想化。《续日本纪》也写道："日本这倭国是言灵丰富的国家，有古语流传下来，有神语传承下来。"这说明日本神话、传说这类口头文学"向佛也向神"，以神为主流，用自己独特的"言灵"来探索宇宙的开辟、神灵的显现、人类的起源、国土的创造等等。

也就是说，上古先民生活在原始的状态，对混沌的世界不甚了然，把许多未能把握的社会现象和自然现象都归结到"神代"的事，将一切神化，以

此对种种混沌的现象作出自己的解释。因此，日本神话分为天地创始、自然生成、文化始源、风土四大类。《古事记》就这样记录了天地始分的混沌状态："世界尚幼稚，如浮脂然，如水母然，漂浮不定之时，有物如芦芽萌长，便化为神。"[①] 这段神话，在说明天地是对等的世界时，将伊邪那岐与伊邪那美二神作为阴阳的体现，伊邪那岐是天神，伊邪那美是地神。他们的和合，生成绵亘天地的世界和万物。

从作为口头文学系列之三的原始歌谣的发展历程来看，它最初是从一种对生活的悲喜的本能感动发声开始的，比如劳动的配合、信仰的希求、性欲的冲动和战斗的呼号，内容多为殡葬、祭祀以及渔猎、农耕、狩猎、战斗、求婚、喜宴等，与上古人的实际生活密切相关，纯粹是一种原始情绪和朴素感情的表现。古代的原始歌谣，在未形成独立歌谣之前，是一种与咒语、祝词、神话传说相生的复合文学形态，同时也是一种诗歌、音乐、舞蹈的混合体。

据考古发现，飞鸟时代（538—645）古文字的前文、后文字数比较完整，都留下夹杂着类似原始歌谣用字的痕迹。但最早出现文字记录日本原始歌谣的，则是中国的《魏志·倭人传》。书中记有日本在葬礼上载歌载舞的文字："其死有棺无椁，封土作冢。始死，停丧十余日。当时不食肉，丧主哭泣，他人就歌舞饮酒。已葬，举家诣水中澡浴，以如练沐。"[②]《魏志》于3世纪问世，说明当时日本在殡葬仪式上已有伴随舞蹈唱"歌"的习俗。同时，《日本书纪》在叙述天之若日子的葬礼时也写道："如此行事，八日八夜，悲歌曼舞。"这再次说明，在文艺诸形态未分化之前，古代的原始歌谣与祭祀的咒语、舞蹈等混同，与神话、传说共存。它尚未成为独立的歌谣，是一种最简短、最原始的口诵形式。

在《古事记》中，海神从鱼群中找回那个钩交给山幸时所授的咒语"这个钩是烦恼钩、着急钩、贫穷钩、愚蠢钩"，以及《日本书纪》中火远理神失去了钓针，海神教他归还钓针给其兄时的咒语"贫穷之本，饥馑之始，困苦之源。贫穷钩、灭绝钩、衰落钩。大钩、猖獗钩、贫穷钩、愚蠢钩"，就是带有原始歌谣性质的发声。上古过着渔猎生活的人，称作"隼人"，故这种原始歌谣称作"隼人歌"。

《古语拾遗》[③] 记载的古代原始歌谣，形式由单行构成，开始有声无意，用极其简单的句子形成歌节。比如，阿波礼由"啊"和"哟"这两个感叹词

① 《古事记》成书于公元712年，是日本奈良朝文学中的一种，内容是记述某些古代传说故事。文字及内容均受印度、中国的影响很深，可以视为一部日本古代传说集，是日本最古老的历史和文学作品，分为帝纪和本辞两部分。

② 出自《魏志·倭人传》。

③ 日本9世纪初学者斋部广成所撰，公元809年成书。

组合而成，即随着劳动、战斗、信仰、性欲等冲动，发出或悲或喜的自然叫声，也即发出一种本能的、无技巧的感叹声。在文化混沌时期，其他文学诸形态未出现前，只有这种实为感叹词的“歌”存在，这是古代歌谣之始源。

可以说，这种感叹最初是出于对人和自然的感动，其后发展到对现实的接触、认识、感动，最终变为感叹。“阿波礼”用日语汉字标示为“哀”字，具有悲哀感情的特定内容。正仓院古文书列举了用万叶假名写出的“春佐米乃，阿波礼”的例子，体现目睹春雨所感受到的“哀”的氛围，是一种极其纤细的哀伤感情的表现。还有与“哀”的感动意思相反的欢快喜悦的感动，比如《古语拾遗》记载天照大神从天岩户再现的时候，上天初晴，众神皆面露喜色，手舞足蹈，连续发出欢喜的感叹声：“哀”（即“啊，哟”），“阿那，于茂志吕”（即“啊，好有趣”），“阿那，多能志”（即“啊，好快乐”），“阿那，佐夜憩”（即“啊，好清明”）。这是日本现存的少数几首最原始的歌谣之一。它的用语多为感叹词，近乎一种咏叹的表现，是在无意识中发出来的无技巧的咏叹，句数不定，形式也不定型。不过，从中也可以看出，它由四句组成，前两句是三六形，后两句是五七形，是对日常生活悲喜的感叹和对美的感动的表达，是一种纯粹的感情在起作用。就是说，这种古代原始的歌谣，完全是单纯的感情的自然流露，不具备诗歌形式的完整性，创作的动机也不明确，只能作为生活意识（包括对人、自然、爱情的生活意识）而自然流露出来。但是，它们有强烈的传承性，成为日后各种文学艺术形态和文艺意识生成的母胎。

古代歌谣，首先是《古事记》收录的从神代至显宗天皇时代的113首，《日本书纪》收录的从神代至天智天皇时代的128首，其中与《古事记》重复约50首；其次是《风土记》26首、《续日本纪》8首、《日本灵异记》9首、《日本后纪》2首、《古语拾遗》2首、《正仓院文书》1首、《歌经标式》37首等，前期万叶歌中也有若干是属于古代的歌谣。由此可以说，古代歌谣大部分属于《记·纪》[①]歌谣。

就现存文献来考察日本文学的起源，基本上分两大类别：一类是感动起源说、性欲起源说，认为文学完全产生于个人心理动机，即由人的心理本能的感动而产生，比如由对自然的感动和对性欲的感动而产生的原初歌谣；另一类是信仰起源说、劳动起源说，认为文学产生于社会的动机，即由共同体的生活行动需要而引起的感动所产生，比如信仰生活仪式等需要而产生的咒语、祝词，在战斗中、劳动中产生的原初歌谣。它们成为最初的文学艺术，都不是出于纯粹美的动机。前者是个人内部的动机，后者是社会外部的动机。无论哪种动机，如果要将语言的表现构成文学，离开人的喜与悲的感动力都

① 《古事记》《日本书纪》，简称《记·纪》。

是不可能的。如果只有内部动机，人的心理本能离开了外部事件的触发，就很难引起感动，也就不会产生文学。同样，如果只有社会的动机和外部的触发，没有引起感动，也不会产生文学。只有内部动机与外部动机交叉作用才会产生文学。也就是说，不能简单地将文学起源归结为哪一种动机，包括通常的劳动起源说，文学只有在以上各种动机的相互关联中才能产生。

所以，从最初产生文学现象起，内部与外部、个人与共同体、事件的触发与感动的产生、口诵与歌舞等多组因素都是相互关联的，是一个综合的运动过程。文学和文学史发生的可能性，存在于这个运动的过程之始与发展中。口头文学便这样开始在人类历史上占有自己独立的一页。

总而言之，根据上古的文物发现及其后的文献记载，上古以前，日本仍然处在诸种文化的混杂状态，文学尚未从历史、政治和宗教中分化出来成为一个独立的实体，而是笼统地包容在整个文化中，处在混沌的阶段。

第二节 引进中国典籍与文字文学诞生

日本从口头文学到文字文学的发展，有赖于汉字的传入和日本文字的产生，尤其是汉籍的初传日本，对于推动文字文学的诞生起到了很大的作用。汉籍初传有种种说法，但文献涉及者，主要有徐福赴日初传、神功皇后从新罗带回、王仁上贡《论语》和《千字文》等三种说法。《论语》《千字文》是儒学和汉字在日本普及的启蒙书籍。在日本文献上，以重视这一说者居多。《古语拾遗》记述了大和朝廷在王仁献书之后，初设“藏部”，收藏包括汉籍在内的官物。据文献记载，在大化（645）之前，日本的教育主要以儒学和文字教育为基础。

继体七年至十年（513—516），五经博士段杨尔、汉高安茂先后赴日，带去《易经》《诗经》《书经》《春秋》《礼记》等五种儒学经典。所谓五经博士，是指精通五经的学问家。继儒学经典之后，日本传入了佛教艺术与经书。关于佛教何时初传日本，众说纷纭。一说是据《上宫圣德法王帝说》载，由百济圣明王与大和苏我稻目事前计划，于 538 年向大和朝廷派使者，携去佛像、太子像的同时，还带去了佛典。另一说是据《日本书纪》载，于 552 年即钦明天皇接受百济送来的“释迦佛金铜佛”和佛典。

汉字和汉籍儒佛经典的传入，给日本人学习汉字、汉文带来很大的促进，掀起了讲授汉籍和诵读佛典的风潮，成为日本人活用汉籍的文字表达以及吸收佛教、儒学思想的契机。圣德太子引进当时中国中央集权统治下的五常儒学思想，以《论语》的“为政以德”作为其政治体制改革的参照系，建立官僚制取代氏族的门阀制。他制定的《十七条宪法》，大量引用《千字文》《论语》《礼记》《易经》《尚书》《左传》《韩非子》等儒学经典，而且广泛吸收《诗经》《文选》等韵文、散文古典和《史记》等具有文学价值的史书的精神和文章法，不少条文直接沿用了上述中国经典的遣词造句。所以，《十七条宪法》虽是成文法，却受到了包括中国文学古典在内的汉籍的影响，语言朴实，文章优美，颇富文学性，代表了当时文章的最高水平。

为了推动推古朝的改革，圣德太子在积极吸收中国的先进儒学文化和制度的同时，大力推进遣隋外交，于推古十五年（607）第一次派出以小野妹子为首的遣隋使；推古二十六年（618）唐灭隋后，他继续派出遣唐使（在其后派遣唐使共 19 次，至 894 年终止，持续了 280 余年），带回大批儒佛经典，广为流布，不仅促进了儒学和佛教的进一步传播，也为引进汉文学开辟了道路。推古朝及圣德太子的上述业绩对于日本文化划时代的发展起到了不可忽视的作用。首先，最显著的是，不仅促进了日本古代文字文学的诞生，而且所引进的儒佛思想对日本古代文学产生了深远的影响。其次，从口头文学到文字文学的过渡期，由于日本没有固有文字，仍需借助汉字来表达，给文字化带来很大的制约，在假名文字未创造出来以前，口头文学与文字文学之间仍存在断层。但是，大体上以这个时期为界，日本文学从口头传诵进入了文字文学的过渡时期。推古朝以后，日本传承了大量木简、金石文（即墓碑铭、佛像和铜钟上的刻文）的重要资料，经过长期的努力，至奈良朝终结的 200 年间，从创造出一种具有口头词章特色的文体，着手编纂《古事记》，到采用多种文体编写《常陆风土记》《播磨风土记》《日本书纪》《出云风土记》，许多口头文学也就通过这些文字文学而得以流传后世，从而也完成了日本古代从口诵的原始文学到文字文学的过渡。

《古事记》是日本古代文字文学的滥觞，成书于和铜五年（712），分上中下三卷。它既是一部最古的典籍，也是第一部朴素地再现从上古传承下来的口头文学的书籍，作者太安万侣，史学家。此书是奉元明天皇的敕令而于和铜四年（711）九月开始编著的。此前天武天皇让舍人（侍从）稗田阿礼背诵熟记帝皇的继承和先代的旧辞，但天武天皇于天武十五年（686）驾崩，此事业中断。元明天皇继承天武天皇未竟之业，于迁都平城京翌年，命太安万侣撰录稗田阿礼所诵习的历代帝皇继位之事和旧辞。稗田阿礼向太安万侣口传时，以天皇敕令诵习的旧辞为中心，加上继承的神话传说和相关的原初歌谣。这便成为《古事记》的主要内容。它不仅具有历史性，而且具有文学性。

因此，可以说，《古事记》具有历史性和文学性两方面的内容。卷上，全部是所谓“神代”的事，即旧辞——神话和传说；卷中，叙说“神代”与“人代”

间世代，即神武至应神的世代传说；卷下，叙述“人代”即仁德至推古的人皇时代的事迹。也就是说，卷中，从神武天皇东征到应神天皇驾崩，虚构与史实混杂，有的属于历史传说，不完全是帝纪；卷下，从仁德天皇到推古天皇，基本上属于帝纪。

全书由神话传说、古代歌谣和宗谱史传三部分构成。尽管编著的动机不是作为文学作品，但从实际结果来看，它以朴素的上古神话、传说作为素材，也反映了文学意识的最初抬头，而且在朴素地再现神话、传说的叙事中，编织了113首上代朴素的歌谣，加强了叙事中的抒情性，反映了古代日本人的生活感情。这些歌谣，有祭祀歌、恋爱歌、求婚歌、战斗歌、酒宴歌、送葬歌、思乡歌等等，都是与当时先人的生活结合起来的，如《记•纪》的神话、传说和歌谣。在这里尤其值得强调的是，在以大国主神（八千矛神）为中心的传说、倭建命的东征和思乡、皇后石之比卖嫉妒天皇他恋、轻太子与轻大郎女的悲恋等的传说中，充分发挥了文学的想象力，在技巧上运用各种比喻和夸张的同时，编入了许多素朴纯真而又富含感情的歌谣。比如，有名的《八千矛神的歌话》就唱出：“张开白皙的双臂，紧紧拥抱柔雪般的酥胸，枕着白玉般的双手，双腿伸平，美美地做个好梦。”这种接近浪漫的抒情歌的恋爱歌谣与散文融合的形式，增加了文艺上的叙事抒情诗的性格。同时，作为独立歌的《八云神咏歌》——“云霭腾腾起，出云的八重垣，与妻子共住，造一个八重垣，造一个八重垣”，初含五七五七七歌体的某些要素，不仅孕育着日本民族诗歌——短歌的胚胎，而且涌动着文学意识。这是《古事记》的一个特色。在这里还可以发现其后出现在日本文学史上的“歌物语”形态的源流的存在。尤其是轻太子与轻大郎女恋爱的故事，插入对歌以及最后殉情事件的描写，叙事与抒情结合，颇具文学性，开了日本古代此类文学主题的先例。

《古事记》问世8年后，即元正天皇养老四年（720），日本又编撰了《日本书纪》全30卷，其中前2卷为神代记，其余28卷则是从神武天皇至持统天皇的纪事，按照编年体编著。神代记2卷内容包括神世七代、八洲起源、诸神出生、瑞珠盟约、宝镜出现、宝剑出现、天孙降临、海宫游行、神皇承运等神话和传说。但从整体上说，《日本书纪》不以神话、传说为主，而以记载史实为重，且尊重古传，尽量保持正史的特质。因此，作为国史，它比《古事记》更为详尽周密。编撰者特别参考了中国的《史记》《汉书》《后汉书》《魏志》《艺文类聚》等大量史籍，采用中国编史的干支纪年法，重视史料，广泛参照和录用《古事记》等日本国内的古文献，比如各氏族的家记、诸寺院的缘起。此外，它还大量引用中国上述经史诗文的典故、成语以及作为文学作品的《文选》的语句和修饰词。

这部书具有文学性的重要因素之一，就是记载了128首原初歌谣，不仅比《古事记》多15首，而且在与《古事记》重复或类同的58首歌中，对歌的本意的理解也不尽相同。比如，它将本是独立歌的《八云神咏歌》组合在本文歌中，没有加上说明文字，就使之具有不同的文学意识。书中还首次出现童谣，在皇极纪中讲述苏我入鹿试图暗杀山背大兄，拥立古人大兄为天皇一节，在逼真生动的叙述中，推出“岩石头上猴烧饭，光吃白米又何妨，斑白乱发似山羊”这样一首童谣，以猴子要烧死山羊来暗喻苏我要弄死老翁山背大兄之意，赋予它文学上的讽刺性并创造了戏剧性结构之美。

总的来说，《日本书纪》更富历史书的性格，作为史书的价值大于《古事记》，在文学光彩方面，则略有逊色。但以它的神代的神话、传说以及人皇历代的传说和歌谣为主体的部分，文章的表现之美，还是确立了它与《古事记》在日本古代文学史上的重要地位。在从口头文学到文字文学的过渡阶段，它们起到了不可磨灭的历史作用。

第三节 从古代歌谣到《万叶集》

《记·纪》的上古原初歌谣的句数、音数都是不定型的，而且多为偶数句，其形态尚未固定，其后才逐步将没有定型的上古原初歌谣发展为音数定型为奇数五七调的短歌以及长歌、旋头歌、少数佛足石歌等多种形态。长歌形式在七句以上，最后统一定型为短歌形态。其原则一是从偶数形式到奇数形式，还有就是从长形式到短形式，而且将短形式固定在五七五七七的五句体。从万叶歌整体来说，以短歌为主体的和歌，成为传统的民族诗歌体裁。为有别于当时流行于日本的汉诗，故称和歌。可以说，和歌是日本的各种文学形态中最早形成的一种独立的文学形态。《万叶集》是第一部和歌总集，是上古和歌的集大成，展现了日本上古的抒情文学的世界。

关于《万叶集》成书年代问题，古文献也没有明确的文字记录，据后世学者的推测，是经过二次编辑的。第一次编辑是天平十六至十七年（744—745）间，从卷一至卷十六；第二次编辑是天平宝字三年（759），从卷十七至卷二十。编辑者未详，一说最后的编者是大伴家持。

《万叶集》收录的歌数为4516首。万叶歌的体裁多样，其中短歌居多，包括“反歌”，共4200余首。所谓“反歌”，是附于长歌之后，再吟咏一遍长歌的主题，或补充长歌未尽之意，多者附上五六首。另有长歌260余首、旋头歌60余首、佛足石歌体1首、汉诗4首。

歌人包括所有阶层，从天皇、皇后、皇族、王族、朝臣到士兵、农民、村姑、乞丐等，但以上层者居多。题材和内容广泛，包括杂歌、相闻歌、挽歌、譬喻歌、戍边歌、有由缘杂歌、羁旅歌、四季相闻或四季杂歌、从驾歌、东国歌等等，反映了不同阶层和不同地方的情况。这些歌都是上古大和文明的真实写照。

万叶歌的形成还有两个重要的因素：一是万叶假名出现，这对于《万叶集》的形成是不可或缺的因素；二是受汉诗的影响，万叶歌体的规范是在汉诗五言、七言的启发和影响下整合成五七音的形式而形成的。同时，模仿中国汉赋的反辞，在长歌之后又添加了反歌。反歌的产生，促使长歌衰微而逐步让位于短歌，从而短歌成为和歌的主体。还有，歌的序和题词全部使用汉文，歌题参照中国汉诗的分类法。由此可见，万叶短歌的形成，与中国的汉诗有着密切的关系。

《万叶集》可划分为四个时期。

第一时期，通称为“初期万叶”。前期范围包括最早的仁德天皇时代（313—399）的磐姬皇后思天皇御作歌、轻太子和轻大郎女的恋歌、雄略天皇时代（457—479）的“天皇御制歌”等，古风古调，保持口诵时代歌谣的浓重的痕迹，尚属《记·纪》歌谣阶段的歌。后期从舒明元年（629）至壬申之乱（672），共计44年，主要歌人有舒明天皇、齐明天皇、天智天皇、有间皇子、额田王、石川郎女等。他们几乎都是皇族、朝臣，他们的歌主要赞颂神权、皇权和宫廷的悲恋，与当时的皇亲政治和宫廷生活是密切相关的，大多体现了叙事歌的歌风。比如，舒明天皇时代（629—641）的《天皇登香具山望国时御制歌》，齐明天皇时代（655—661）的《有间皇子被处死时作的自伤结松枝歌》和天智天皇时代（662—671）围绕天智、天武天皇争恋额田王的歌，则较具代表性。这个时期是《万叶集》创作歌的孕育和诞生期。

第二时期，壬申之乱（673）后至平城京迁都的和铜三年（710），共计38年。代表歌人是天武天皇，他在上古歌谣的基础上创作了代表作《入吉野御制歌》。作品虽然还留有上古歌谣的残影，但已显露出个性的意识。这一时期，歌人从上古歌谣的土壤中吸取养分的同时，受到中国文化的影响，效仿中国宫廷兴起侍宴从驾、集宴游览的风尚，在新辟的这种贵族的抒情场吟诗作歌，开始树立有自我个性的抒情新风。此时出现了天武天皇时代（672—686）的十市皇女的歌、持统天皇时代（687—696）的持统天皇的歌、柿本人麻吕的歌群、《藤原宫御井歌》以及当朝皇子皇女的创作歌，同时还出现了许多身份低的宫廷歌人的独咏歌，内含不少四季行事的歌。这些都有利于培育个人抒情歌的成长、审美意识的萌芽以及增加季节感的表现。这个时期最大的宫廷歌人是柿本人麻吕，他不仅是继承上古歌谣要素的最后一个歌人，还是最先开辟万叶长歌的歌人。他受到汉诗的启迪，整合五七反复音数律，固定末尾五七七句法，并附反歌的新的表现形式，为长歌的成型做出了不可磨灭的贡献。长歌形式在这一时期处在全盛期。

柿本人麻吕的抒情歌，尤以挽歌最为优秀，比如《哀吉备采女死之歌》《哀赞岐狭岑岛石中死人之歌》《见香具山尸悲恸哀作歌》。这些对庶民死者的挽歌，首创了浪漫的抒情歌风。在他的挽歌中，《妻死之后泣血哀恸作歌》二首并短歌是最典型之作，其中一首并反歌是柿本人麻吕妻死之后泣血哀恸作歌："哀哀切切长相思，门外池前手携手，榉树荫下双欢杨，汝我意浓情更长，我与妹子相依偎，奈何世间竟无常，郊野一片荒茫茫，白幡招魂来丧葬，清晨鸟儿离巢去，夕阳尽落不见归，遗孤饥饿淘淘哭，乳汁哺育我难当，汝夫腋下拥孤儿，独居昔日同衾房，白日难敖夜更长，万般无奈徒悲伤，人云妹子今尚在，羽易山上来寻访，旧日倩影在何方，不见伊影空断肠"（卷二第210页），反歃："去岁秋夜明月光，去年今朝一样明，去年此夜逢妹子，如今相隔已一年。"（卷二第211页）

同时期，稍后的代表歌人高市黑人、长意吉麻吕与柿本人麻吕不同，他们没有创作长歌，而在短歌方面创造了咏自然和思乡歌。他们的叙景歌充满了大自然的生命律动，思乡歌则飘溢出一股淡淡的哀愁感，丰富和发展了文武天皇、持统天皇时代以来的从驾歌，使这些歌更具独特的个性意识。在皇族方面值得注意的歌人有志贵皇子、大津皇子、大伯皇女、穗积皇子、但马皇女、弓削皇子等，他们的歌与前期的歌有一定的传承性和连续性，大多歌颂爱与死的主题，同时还开始关心这一主题的物语性，出现了"歌语"的倾向，其传统流贯于整个万叶时代。所谓"歌语"，是颂歌与歌相关的故事，其后这种形式发展为"歌物语"。

从此，长歌和短歌兴隆，扩大了杂歌、相闻歌、挽歌等领域的和歌素材，拓展了歌的多样性。同时，类同性的歌谣向富有个性的创作歌发展，从而完成了歌谣到抒情歌、口头文学到文字文学的过渡，确立了短歌形式在日本古代文学史上的重要位置。可以说，以柿本人麻吕等一批中下层宫廷歌人的创作歌群为标志，日本进入了确立日本民族诗歌的典型形式——和歌的关键时期。

第三时期，自和铜三年（710）平城京迁都奈良至天平五年（733），共计24年，此为万叶的新时期。神龟三年（726）出现了新的变革，日本和歌史上新旧交替，歌人辈出，著名歌人有笠金村、高桥虫麻吕、山部赤人、车持千年、大伴旅人、山上忆良、大伴家持等。这一时期的特征是：虽然仍继承前期柿本人麻吕的宫廷赞歌的传统，但无论是赞颂天皇还是吟咏自然，都

更多地注入了主观色彩，而且关注最富人性的生活，比起前期观念性的歌来，更多的是趋向主观的感受性，强化歌的抒情性。具有代表性的歌人，如笠金村，他的挽歌没有因袭前人风格，而是以自己的意趣和技巧抒发自己的感怀，为这一时期树立了与前期不同的新歌风。

值得注意的是，万叶歌逐渐走向多样化，比如，其主要代表歌人山部赤人的叙景歌的优美化、大伴旅人的人生颂歌的情趣化、高桥虫麻吕的传说咏歌的多彩形象以及山上忆良的对人生的执着和对社会的关心。这一时期还有一个特点，就是许多贵族知识分子接受汉学的熏陶，汉诗文造诣颇深，都接受中国典籍的影响，以此作为创作歌的基础，个性更趋向多样化，创造了许多在和歌史上不朽的作品。在哀歌方面悼念亡妻的歌，颇具丰富的个性。

尤其是山上忆良晚年的歌，更多地关注农民的实际生活，探求人生的意义。他最有名的作品是《贫穷问答歌》（卷五第 892 页），富有思想性，在万叶歌中独放异彩。《贫穷问答歌》一首并短歌："朔风瑟瑟雨雪飘，饥寒交迫实难熬，且嘴粗盐嗓糟酒，频频咳嗽鼻涕流，捋捋稀须我自夸，世间除我有谁能，寒冷透骨实无奈，扯件麻衣蒙头盖，搜尽坎肩披在身，浑身还在打哆嗦，人间贫者何止我，如此寒夜如何过，父母饥寒妻子泣，乞讨日子怎能熬。天地虽大难容身，日月虽明难照我，人间皆然抑独我，我亦人也同劳碌，无棉坎肩披在身，破破烂烂如海藻，矮屋地上铺稻草，父母妻儿挤成团，锅结蛛网灶无烟，饥肠辘辘似枭叫，呻吟悲叹一整夜，里长执棍门前哮，人间世道实艰难，呼天叫地又奈何，受尽人间耻与辱，恨非飞鸟无路逃。"

这首《贫穷问答歌》，长歌前部分是贫问，后部分是穷答，最后的短歌虽无标出，似是反歌。这首歌吟咏农民在横征暴敛下贫困的悲惨现实和世态炎凉，字里行间表达了歌人满怀的悲情，将他的"为人生"的文学思想更充分地表达出来，将歌人的感情抒发提升到仁爱的思想水平。这首歌没有停留在个人感情（包括对自己、对父母妻儿）的抒发上，而是将自己的感情倾注在贫穷者的身上，体察他们的饥寒，表达了对弱者深切同情的志向。歌人以"述其志"作为抒情歌的自觉，是含有一定的批判意识的，所以他有"人生派"或"社会歌人"之称。歌中语句很明显地典出中国古典的"经世思想"。

在山上忆良以后，即进入奈良时代，短歌有了长足的发展，占压倒性多数。可以说，这个时期歌人的文学意识觉醒，他们的短歌完成了艺术化、个性化，进入了多彩的时期，也是万叶歌的全盛期。

第四时期，自圣武天皇天平六年（734）至淳仁天皇天平宝字三年（759），共计 26 年，正处于奈良时代中期，开始出现歌垣。这一时期，继山上忆良、大伴旅人之后创作歌的数量最丰的要数大伴家持。他的歌日记以及与笠女郎、坂上大娘等女性的相闻赠答歌，都表现了纤细的感受性，创造了非现实的心象风景，达到了烂熟的程度。除了笠女郎、坂上大娘之外，女歌人辈出，她们以恋歌为中心，留下了许多秀歌，吟咏人生的哀乐。其中尤以坂上郎女最为活跃，她的歌以相闻歌、宴歌、祭歌居多，还创作了不少与大伴家持的赠答歌等。

这个时期，歌作者的范围不限于皇族和宫廷歌人，而是扩大到近畿地方的庶民。一些近畿地方以外的东国地方歌和戍边人的戍边歌，大多是无名氏歌人创作的，占有这一时期的重要位置。

概括地说，《万叶集》各个时期的歌的变化，有其连续性与非连续性，是在集团性的与个性的、神世界的和人间世界的、叙事性的和抒情性的两者相克相融中展开的。从持统天皇时代至奈良时代中期的歌最多也最成熟，成为《万叶集》的主体，确立了它在民族抒情歌方面至高无上的地位。它与稍早面世的汉诗集《怀风藻》一起成为日本上古奈良时代抒情诗歌的双璧，在日本文学发展史上具有里程碑的意义。

第二章 贵族社会与散文文学

第一节 散文文学的诞生

平安时代（794—1192），日本逐步完成了从古代律令制向庄园制这一封建社会新体制的过渡。至10世纪平安时代中期，以藤原家为代表的豪门贵族垄断摄政、关白的职位，夺取天皇的权力，由皇室外戚左右国政，形成王朝贵族政治，史称摄关政治。平安时代初期，日本文化继续接受中国唐代文化和文学的影响，是汉文学最灿烂的时期。这一时期，沿袭上代作风，继续派出遣唐使。宽平二年（890），学者、诗人出身的右大臣菅原道真向朝廷上奏，建议停止派出遣唐使，并于同年获准实施，以此削弱汉文化和文学的影响。这个时期，两国的交流逐渐减少，日本逐渐消化汉文化和文学，形成具有日本特色的平安文化，完成了从“汉风化”到“和风化”的过渡，日本文化和文学走向成熟。

从“汉风化”走向“和风化”，就是日本古代文学吸收消化汉文学的过程，这个过程到平安时代中后期基本完成。其重要的标志是，确立“和魂汉才”的主体思想。菅原道真率先呼吁“非和魂汉才不能阙其闸奥矣”，其后《源氏物语》作者紫式部主张，“凡人总须以学问为本，再具备和魂而见用于世，便是强者”，从而奠定了“和风化”的思想基础，日本文字也实现了日本化。日本从5—6世纪引进汉字，于9世纪后期开始创造日本的民族文字——和文（假名文字），逐渐摆脱汉文体的束缚，将汉字完全日本化，当时的物语文学的和文率达90%以上。文字与日常语言的统一，能够更自由、更充分地表达日本人的思想感情，更有利于民族文学和日本美的创造。

在这一过程中，日本古代散文文学最早出现了“物语”这个文学模式。所谓“物语”，是将发生的事向人们细说的意思。从文学文体来说，也就是说话文体，它是将日本化了的文体与和歌并列使用而创造出来的，是日本最早的小说模式。

物语文学最先分“传奇物语”与“歌物语”两类。传奇物语的代表作《竹取物语》是对民间流传的故事进行加工和创造，增大其虚构性，赋予其浪漫的色彩，并加以艺术的润色，提炼成比较完整的故事。

《竹取物语》是日本最早的一部以散文为主、适当并列使用和歌的物语作品，成书年代不详，有各种推测，上至弘仁年间（810—823），下至天历年间（947—959），相距一个多世纪之遥。故事记述伐竹翁在竹筒中发现一个三寸长的小人，带回家中，盛在竹篮里抚养。三个月后，小人长大成一个姑娘，姿容艳美，老翁给她取名辉夜姬。从此老翁伐竹，常常发现竹节中有许多黄金，不久便成了富翁。这时五个贵族热烈地向辉夜姬求婚。辉夜姬故意提出难题，称谁若寻到她需要的罕见宝物，就表明真正有诚意，自会许配给他。这五个求婚者，有的去冒险寻宝，有的采用欺骗手法求宝，皆落了空，还滑稽地出了丑。之后，当时权力的最高代表——皇帝也企图凭借权势，亲自上门逼辉夜姬入宫。辉夜姬坚决不从。最后，在一个中秋之夜，皇帝派出千军万马试图抢亲。辉夜姬留下不死之药，穿上天衣，升回月宫去了。皇帝令人将不死灵药放在最接近苍天的骏河国的山顶上，连同自己的赠诗“不能再见辉夜姬，安用不死之灵药”一齐烧成了烟。从此，这座山被称为“不死山”，烟火至今不灭。日语“不死”二字与“富士”谐音，这就是富士山名之由来吧。

从这个故事的梗概可以看出，《竹取物语》由化生、求婚、升天三部分构成，结构严谨，故事生动。作者通过庸俗的求婚与机智的抗婚这条主要矛盾的线索，突出了对金钱与权势的蔑视和抗争，以嘲弄、奚落、痛斥乃至抗争的方式，淋漓尽致地揭示了当时皇族官人乃至皇帝的无知与虚伪，从客观上起到了一定的讽喻现实的作用。特别是作者以细腻的笔触刻画了一个纯洁的少女形象，她充满了智慧和力量，与那些上层贵族的愚昧与丑恶形成鲜明的对比。尤其是皇帝派女官去求婚，竹取翁劝说辉夜姬入宫，辉夜姬严拒圣御的描述更是充分地说明了这一点。皇帝差使女官要辉夜姬入宫，辉夜姬不从，女官说：“皇上说的话，在这国土里的人难道可以不听从？”辉夜姬坚决不答应，说：“如果我这样说违背了皇上的话，就请他赶快把我杀死吧！”皇帝无计可施，给老翁许愿，如果辉夜姬入宫，则封他为五品官。老翁劝说辉夜姬时，辉夜姬就说：“您盼我进宫侍候，以便加官晋爵，那我就一死了之！”最后皇帝仍恋恋不舍，给辉夜姬赠诗相劝，诗曰：“归辇空荡愁满怀，只因姬君不理睬。”辉夜姬回答一诗曰：“蓬门荜户乐长住，琼楼玉宇不羡慕。”

这段生动的对比描述，表现了一个纯洁少女“富贵不能淫，威武不能屈”的高尚精神，同时也间接地反映出她抗拒强暴的意志以及“宁住茅舍不要玉宇”的争取美好自由的愿望。凡此种种，细腻地表现了这位少女的内心世界。

故事带有民间传说性质，虽是虚构，但也不能否认它或多或少具有对现实生活的提炼成分，是说话性兼叙事诗式的。尤其是作者的爱与憎的思想感情非常鲜明，说明作者具有对贵族社会现实的敏锐观察力和驾驭心理描写的深厚功力。

同时，作者以“化生”“升天”作为开头与结尾，充分发挥了文学的想象力，扩展了艺术表现的空间。这可能是用天上的“洁净”和人间的繁杂来作对照，加入“求婚”一节的强烈对比，对现实社会作一番冷嘲热讽。从某种意义上说，“升天”是“污浊”与“洁净”的对比，是对现世的污浊的一种批判。由此看来，物语文学产生之初，就显示了它作为小说的生命力。

《竹取物语》的产生，首先与日本本土的固有文学有密切的联系。日本自古就有在自己的风土上培育出来的丰富的神话和传说故事，《古事记》《日本书纪》《风土记》等就多有传承。比如，《丹后风土记》中的羽衣说话，就有仙女穿上天羽衣升天的故事；汉文传奇《浦岛子传》中也有“浦岛子暂升云汉，而得长生，吉野女眇通上天而来且去”这样升天的描写。又比如，《万叶集》的传说歌《竹取翁偶逢九个神女赎近狎之罪作歌一首并短歌》中，也有竹取翁偶遇神仙，觉得可爱又神奇，便与七仙女对歌的故事。因此，至少可以说，作者从中受到某种艺术的启迪而编写了这样一个传奇的故事。在新的创作上，具备着客观的精神文化条件。《竹取物语》的创新，无疑与日本民间传承有着血缘关系，是立足于传统的根基上的。

其次，《竹取物语》与中国《月姬》和《斑竹姑娘》等民间传说也有明显的联系，有许多类比性可考证。比如，三本书中的女主人公辉夜姬和斑竹、月姬都是从竹中出生，以竹幻化为女性的象征；三本书都描写多名（五名或三名）男人向她们求婚，她们出难题，难倒对方，使对方的要求落空。可以说，《竹取物语》无论在故事结构或思维方法上都与《斑竹姑娘》《月姬》十分雷同，尤其是所提出的难题更雷同，像索求罕见的宝物天竺如来佛石钵、蓬莱玉枝、唐土火鼠裘、龙首五石玉、燕子子安贝等。另外，在语汇方面，比如，“不死之药”出于伽语，还有源于汉籍、佛典尤其是道家的神仙谭等，都有不少类比性。中日古代传奇文学精神文化的交流，成为《竹取物语》产生的重要因子，同时也说明中日两国文学和文化交流的历史渊源。

《竹取物语》在日本文学史上占有重要的地位，它的特色可以归纳为三点。第一，它具有神仙谭的本质要素，带着某种神奇性，又发挥了一定的文学想象力，显示出浓厚的浪漫主义色彩。第二，它具有严谨的结构，初步运用了文学的心理描写。第三，它有一定现实生活的基础，不失某种历史真实性，比如五个求婚者都不完全是虚构人物，其中三人在史书上确有真名实姓。

由此可以说，“竹取”的故事尽管来自许多民间传说，但经过有意识的虚构，增加了生动的对话、细节的描写和心理的刻画，让想象在现实生活的基础上驰骋。尽管它多少还留有上古神仙谭、说话点缀的痕迹，人物性格描写也不够充分，但它第一次拥有了作为小说应具备的上述基本要素，在文学史上的意义是重大的。这些在此前的《古事记》《日本书纪》《风土记》中是没有做到的。可以说，它既超越了历史文学，又改变了传统的韵文文学——和歌、汉诗先后一统文坛的主导地位，开拓了散文的新精神和小说的新体裁、新模式，成为古代日本新文学的出发点。从这个意义上说，它的“三新”，在日本文学史上是划时代的。

歌物语的代表作《伊势物语》，其成书年代一般认为是延喜元年（901）之后，即约在10世纪初。这部物语是以和歌为母胎发展起来的。说得具体点，是以《在原业平集》的和歌为中心发展而来的。它由125段故事、206首和歌（也有的版本为209首）并列构成。每段故事联系不大，主要是将歌人在原业平“风流”“好色”的一个个小故事松散地贯穿起来，没有完整统一的情节，写的是主人公在原业平举行初冠（日本古代贵族11岁至16岁时举行的成年仪式）、外出游猎以及在宫廷内外的恋爱情事，一直到他临终赋诗感慨人生。书中主要反映的是男女间的情爱，其中有男女的纯真爱情、夫妇的恩爱，也有男人的偷情、女人的见异思迁。它表现了风流的情怀，好色而不淫。此外，还有的地方对王朝歌功颂德，对暮年悲伤慨叹。有的地方注意到对社会生活主要是贵族生活的描写，如皇帝行幸、高官欢宴。有的地方则是对景致的描写，以景托情。也有个别地方写到了身份低微之人，如“在荒凉乡村里的美女”“在农村耕作的人”“身份卑贱的仆役”，从不同角度揭示了人间喜怒哀乐的种种世相。

这部物语故事的描述和人物的刻画大量地使用了歌的材料，散文则非常简洁，多者一段故事两三千字，少者二三十字，而且各段故事之间似相连又不相连，各有其不同的内容。在表现方法上，这部物语故事通过作品中人物的语言和行动的描写来刻画人物性格的同时，还运用大量和歌来表现作品中人物的思想感情，文与歌相辅相成，达到完美的契合，说它是“歌物语”更为贴切。其中还有一些描写，基本上有赖于和歌而成立。

《伊势物语》以在原业平为原型，完全取材于贵族社会的现实生活，有一定的生活积累，在这基础上加以提炼和虚构，充分发挥了文学的想象力。它完全抹去了《竹取物语》那种上古神仙谭、说话点缀的痕迹，确立了文学的虚构源于生活的基本原则，具有更起伏的故事情节、更丰满的人物形象、更深刻的心理描写，增加了小说的艺术效果，对于完善作为古代小说的物语

文学起到了先驱作用，为长篇物语的创作提供了丰富的经验。如果说上述两部物语作品是以神仙谭为中心的超现实的作品、以和歌为主体的作品，那么，《落洼物语》则完全是以散文为本的中篇物语。有关《落洼物语》的成书年代至今没有定论，一般认为大约在长德年间（995—999），即10世纪末期，其作者不详，据推测是一个地位不算太高的男子。

这部物语描写中纳言源忠赖的女儿受到继母的冷落，被迫住在一间低洼的屋子里，因而人们把她叫作“落洼”。落洼在家中备受虐待，侍女阿漕同情她。在阿漕和阿漕的丈夫左近卫少将道赖的仆人带刀的帮助下，落洼认识了少将。少将真诚地爱落洼，并娶她为妻，过着美满的生活。为此继母怀恨在心，对阿漕和带刀加以打击，另一方面少将对中纳言一家进行种种无情的报复。源忠赖故去之后，继母被彻底整垮，最后少将等见继母略有悔悟便宽恕了她，对她加以庇护，从而化解了这个家庭的矛盾冲突。

故事是围绕贵族家庭生活而展开的，其中既有恋爱故事、世故人情的描述，也揭示出人世间的寡情和官场的角逐，但中心思想似乎是劝善惩恶以及宣扬贵族家庭的道德伦理。比如落洼、阿漕、带刀以及少将的扬善避恶，都是带有警世的意味，具有一定的哲理。作者甚至把少将描绘成“纵令皇帝许以公主，他也决不接受”式的人物，表现了对女性的专心一意，这显然是为了反衬落洼的幸福，暗示继母虐待迫害落洼的失败。其他如描写典药助在继母的唆使下捉弄落洼，而少将等让智障者白面驹同继母的四女儿结婚，借以报复继母，以及烘托落洼和少将婚后的荣华富贵的场景等等，目的也是在于宣扬善有善报、恶有恶报的因果报应思想。另一方面，故事还提出了一种贵族社会新的道德的规范和价值，突出了爱情专一的可贵精神。作者在书中无论是对落洼和少将之间交往的描述，还是对阿漕和带刀之间关系的着墨，都没有写他们见异思迁。作者如此处理，在一夫多妻制下的当时，可以说是超脱了常轨，这在其他作品里是不多见的。所以，有的日本文学评论家认为这部物语提倡“一夫一妻主义”，也不无道理。

可以说，《落洼物语》是立足于描写现实生活的，人物的性格也是通过人物的会话、动作，并辅以书信、和歌来加以表现的，人物的心理刻画非常细腻，初具典型性。小说中还反映了许多庶民风俗，采用了许多会话技巧。《落洼物语》在完成日本古代小说模式方面起着重要的先驱作用。

作为当时散文文学重要组成部分的日记文学，与物语文学的产生一样，源自日本化的文体与和歌的结合。最原始的莫过于《万叶集》中大伴家持的歌日记。它以歌为主，以文为辅，此后逐渐演变为平安时代中期第一部日记文学，即纪贯之的《土佐日记》。它以散文为主，并插入不少和歌。《土佐日记》问世后一发而不可收，女性日记流行开来。女歌人伊势的歌会日记《亭子院歌会》、藤原道纲母的《蜉蝣日记》《和泉式部日记》《紫式部日记》、菅原孝标女的《更级日记》等相继问世，与《土佐日记》并称为平安时代的日记文学名作，其他没有及其项背者。日记文学从一个方面大大地推动了散文文学的发展。

可以说，这个时期日记文学作者主要是女性，所以连纪贯之在《土佐日记》的开卷中也喻自己是假托女性之笔而作。日本文学史也通称这个时期是“平安朝女性日记文学时期”。原因是当时在贵族社会里，男性贵族多使用汉文作汉诗文，以至于记日记采用汉历，并多用变体汉文书写，认为这是一种高尚、有学识教养的表现，而女性在这方面则很难被认同。紫式部在她的日记中写道：“当时汉文典籍是男人的读物，人们通常被这种观念所支配，哪有女性读汉文书呢？女性读汉文被认为是一种不幸。”（《紫式部日记》）紫式部作为皇后的侍讲，是在“很隐蔽地、趁其他人不在的时候”给皇后讲解白居易的诗文的。所以女性日记文学采用了和历，且使用新创造的假名文字，这样更能自由地抒写自己的所思所感。还有，当时的女性除了紫式部等少数人外，大多数难以流畅地解读汉文。女性日记文学也主要以女性为对象，深受女性读者的欢迎。

更重要的一点是，当时男性贵族知识分子为官者多，他们虽也写日记，但主要是以记录宫廷例行活动为中心的公务纪实或在职掌故，是公家式的，几乎没有表现自己的思想感情。另外，他们书写时采用变体汉文，难以完美地表达日本式的思考，更缺少文学性，很难归入日记文学之列。而当时的女性日记是私家式的，完全是通过自己的日常生活和人生体验自由而充分地表达自己的思想以及喜怒哀乐的感情，构成平安时代散文文学一道亮丽的风景线。

平安时代作为散文文学一个独特的随笔文学模式而可以永垂古代日本文学史册的，就是独一无二的清少纳言的《枕草子》，它是日本随笔的鼻祖。相隔两三百年后，到了近古才又有《方丈记》和《徒然草》问世。这三部随笔集堪称日本古代随笔的高峰之作。这些随笔的作者们都是兴之所至，漫然书就，笔致却精确简洁，朦胧幽玄而闲寂地展现事物的瞬间美，确确实实是一篇篇异彩纷呈的艺术随笔，给人以丰富的艺术享受，在日本文学史上占有崇高的地位。但当时这类文学体裁并未有“随笔”之称，至近古中期，即15世纪中叶，一条兼良引入了宋代洪迈的《东斋随笔》，其序文曰：“予老习懒，读书不多。意之所随，即记录。因其后先，无复诠次，故目之曰随笔。”从此日本文学史才将此类文学体裁称为“随笔”。

这个时期完成了日本文学史上的汉诗文日本化，振兴了和歌，并创造了

以《源氏物语》《枕草子》为代表的散文文学。于是，韵文文学与散文文学并存共荣，迎来了古代日本文学的辉煌时期，成为灿烂的平安王朝文明的闪光的构成部分。

第二节 物语文学高峰之作《源氏物语》

《源氏物语》是日本物语文学的高峰之作，对于日本文学的发展产生过并继续产生着巨大的影响。作者紫式部（约973年—约1019年至1025年），本姓藤原，原名不详，一说为香子。紫式部出身中层贵族，其父兼长汉诗与和歌，对中国古典文学颇有研究，可以说，她出身于书香门第世家。式部受家庭环境的熏陶，博览其父收藏的汉籍，特别是白居易的诗文，很有汉学素养。另外，式部对佛学和音乐、美术、服饰也多有研究，学艺造诣颇深，青春年华已显露出其才学的端倪。式部嫁给一个比自己年长26岁的地方官，婚后生育了一女。结婚未满三年，丈夫因染流行疫病去世。从此她芳年守寡，过着孤苦的孀居生活。式部对自己人生的不幸深感悲哀，对自己的前途几乎陷于失望，曾作歌多首，吐露了自己力不从心的痛苦、哀伤和绝望的心境。其中一首悲吟道："我身我心难相应，奈何未达彻悟性。"

其时一条天皇册立太政大臣藤原道长的长女彰子为中宫，道长召紫式部入宫，给彰子讲解《日本书纪》和白居易的诗文。紫式部的才华深得一条天皇和彰子的赏识，因而也受到中宫女官们的妒忌，甚至受到某些女官的揶揄。可是，式部在宫中有机会更多观览宫中藏书和艺术精品，直接接触宫廷的内部生活。当时摄政关白藤原道隆辞世，其子伊周、隆家兄弟被藤原道长以对一条天皇的"不敬罪"而遭流放。道长权倾一时，宫中权力斗争白热化。紫式部对道隆关白家的繁荣与衰败，对道长的专横和宫中争权的内幕，以及对妇女的不幸有了全面的观察和深入的了解，对贵族社会存在不可克服的矛盾和衰落的发展趋向也有较深的感受。但她又屈于道长的权威，不得不侍奉彰子，于是作歌"凝望水鸟池中游，我身在世如萍浮"，以抒发自己无奈的苦闷的胸臆，还赋"独自嗟叹命多舛，身居宫中思绪乱"，流露了自己入宫后紊乱的思绪。她在《紫式部日记》里也不时将自己虽身在宫中却不能融合其中的不安与苦恼表露出来。

从以上情况可以看出，紫式部长期在宫廷中生活，经历了同时代妇女的精神磨炼。这些孕育了她的文学胚胎，厚积了第一手资料，为她创作《源氏物语》打下了坚实的基础。

《源氏物语》一书的创作时间，一般认为是作者紫式部于长保三年（1001）

其夫宣孝逝后，孀居生活孤寂，至宽弘二年（1005）入宫任侍讲前这段时间开笔，入宫后续写，于宽弘五年（1008）完成。

这部作品产生的时代，是藤原道长摄政下的平安王朝贵族社会的“全盛期”，表面上一派太平盛世，实际上却充满复杂而尖锐的矛盾。皇室内外戚之间、同族之间展开了权力之争。加上地方势力迅速抬头，庄园百姓反抗，这些矛盾更加激化，甚至爆发了多次武装暴动。整个社会危机四伏，已经到了盛极而衰的时期。《源氏物语》以这段历史为背景，通过主人公源氏的生活经历和爱情故事，隐蔽地描写了当时贵族的政治联姻、权力的腐败与淫逸生活，并以典型的艺术形象真实地反映了这个时代的面貌和特征。

首先，作者敏锐地觉察到王朝贵族社会的种种矛盾，特别是贵族内部争权夺利的争斗。作品所描写的以地位最高的妃子弘徽殿女御及其父右大臣为代表的皇室外戚一派政治势力，同以源氏及其岳父左大臣为代表的皇室一派政治势力之间的较量，正是集中反映了这种矛盾和斗争。主人公源氏是桐壶天皇与地位次于女御的妃子更衣所生的小皇子，母子深得天皇的宠爱。弘徽殿女御出于妒忌，更怕天皇册立源氏为皇太子，于是逼死更衣，打击源氏及其一派，促使天皇将源氏降为臣籍。天皇让位给弘徽殿所生的朱雀，右大臣掌政，源氏一派便完全失势。弘徽殿一派完全得势后，进一步抓住源氏与右大臣的女儿胧月夜偷情的把柄，迫使源氏离开宫廷，并把他流放到须磨、明石地方。后来朝政日非，朱雀天皇身罹重病，为收拾残局才不顾弘徽殿的坚决反对，召源氏回京，恢复他的官爵。冷泉天皇继位以后，知道源氏是他的生父，就给予很高的礼遇，后源氏官至太政大臣，独揽朝纲。但是，贵族统治阶级内部的权力纷争并没有停息，源氏与左大臣之子围绕为冷泉天皇立后一事又产生了新的矛盾。

紫式部在书中表白，“作者女流之辈，不敢奢谈天下大事”。所以作品对上述情节的反映，多采用侧写的手法，少有具体深入的描写。然而，我们仍能清晰地看出上层贵族之间的互相倾轧，以排斥异己、政治联姻等手段进行的权力之争成为贯穿全书的主线，主人公源氏的贬谪晋升、荣辱浮沉都与之密不可分。

在《源氏物语》中，作者以上述社会政治生活为背景，描写源氏的爱情生活，但却不是单纯描写爱情，而是通过描写源氏的恋爱、婚姻，来反映一夫多妻制下妇女的欢乐、愉悦、哀愁与悲惨的命运。作者笔下的众多妇女形象，有身份高贵的，也有身世低微的，但她们的处境都一样，不仅成了贵族政治斗争的工具，也成了贵族男人的玩物。小说着墨最多的是源氏及其上下三代人对妇女命运的拿捏。源氏的父皇玩弄了更衣。由于更衣出身寒微，在宫中

备受冷落，最后屈死于权力斗争之中。源氏倚仗自己的权势，糟蹋了不少妇女：半夜闯进地方官夫人空蝉的居室，玷污了这个有夫之妇；践踏了出身卑贱的夕颜的爱情，使她郁郁而死；看见继母藤壶貌似自己的母亲，由思慕进而与她发生乱伦关系；闯入家道中落的末摘花的内室调戏她，发现她长相丑陋，又加以奚落。此外，源氏对紫姬、明石姬等许多不同身份的女子，也都大体如此。在后10回里出现的源氏继承人薰君(他名义上是源氏与其妾三公主之子，实际上是三公主与源氏的妻舅之子柏木私通所生）摧残了孤苦伶仃的弱女浮舟，并且与两位女公子有暧昧关系，因怕事情败露，便把她们弃置在荒凉的宇治山庄。在这些故事里，不难看出这些乱伦关系和堕落生活是政治腐败的一种反映，和他们在政治上的衰落有着因果关系。尤其是作者描写了源氏昔造的六条院原是被世人誉为琼楼玉宇，源氏逝后“必然被人抛舍，荒废殆尽”，并慨叹“此种人世无常之相，实在伤心惨目”，更证明作者对贵族社会走向崩溃的趋势是有一定预感的。

总之，《源氏物语》现实地反映了时代与历史的潮流，它折射出与之相伴而产生的矛盾、人心的嬗变、世间的无常、荣华背后的衰落，从内面揭示了这个贵族社会盛极而衰的历史趋势，堪称一幅历史画卷。应该说，这是有深层的历史意义、深邃的文化内涵的。

《源氏物语》在艺术上也是一部有很大成就的作品，它开辟了日本物语文学的新道路，将日本古典写实主义推向一个新的高峰。全书共54回，近100万字。故事涉及3代，经历70余年，出场人物有名可查者400余人，主要角色也有20～30人，其中多为上层贵族，也有中下层贵族，甚至宫廷侍女、平民百姓。作者将人物描写得细致入微，使其各具鲜明个性，这说明作者深入研究了不同人物的丰富多彩的性格特征和曲折复杂的内心世界，因而写出来的人物形象栩栩如生，富有艺术感染力。小说的结构也很有特色：前半部44回以源氏和藤壶、紫姬等为主人公，其中后3回是描写源氏之孙丹穗王子和源氏之妃三公主与柏木私通所生薰君的成长，具有过渡的性质；后半部10回以丹穗王子、薰君和浮舟、大小两位女公子为主人公，铺陈复杂的纠葛和纷繁的事件。它是一部统一完整的长篇，各章节也可以成为相对独立的故事。全书以几个重大事件作为故事发展的关键和转折点，有条不紊地通过各种小事件使故事的发展和高潮的涌现彼此融会，逐步深入，揭开贵族社会生活的内幕。

与此同时，作者以她的博学多艺，在书中尽展宫廷春夏秋冬四季的活动和自然景物。日本宫廷的仪式多从中国传入，为适应日本平安朝贵族社会生活而加以洗练化。《源氏物语》中大量描写了这些宫廷活动，有的她没有参加，是根据文献记载；有的她身临其境，耳闻目睹。在小说故事的转换和内容的展开中，她都巧妙地采用了这些宫廷举办的活动情景，以给出一个宫廷生活的真实世界和追求贵族人物的真实存在。比如，作品对白马节、踏歌节会、灌佛、佛名会、迎神赛会、赌弓、内宴、花宴、赏月宴、菊花宴、新尝节、大尝节、贺茂节、五节等四季的重要活动都有出色的描绘，对白马节、踏歌节会和五节的描写尤其非同凡响，具有自己独特的风格。

对于四季自然景物的描写，成为四季活动场景描写的重要组成部分，常常出现在这些叙事场面中，以增加抒情的艺术效果。而且一年春夏秋冬的各种风物，都随人的感情变化而有所选择，其中以秋的自然和雪月景物为最多。这是与《源氏物语》以哀愁为主调直接相连的，因为秋天空蒙、忧郁、虚无缥缈的景象最容易抒发人物的无常哀感和无常美感，最能体现其“物哀美”的真髓，同时也可以让人物从这种秋的自然中求得解脱，来摆脱人生的苦恼和悲愁。最典型的是《浮舟》一回的小野草庵明澄的秋月之夜，对庭院秋草丛生的描写，映衬出此时浮舟栖身宇治的孤苦心境。然而《桥姬》一回则是例外，将薰君与女公子们交际中所展现的人物的风流情怀尽倾在“夜雾弥漫的朦胧淡月”下，使自然带上人情的或悲苦或喜乐的多种色彩。尤其是在《帚木》一回的“雨夜品评”中描写与源氏等贵族青年男子在景淑舍里品评宫廷女官们的容貌风姿和心理状态时，以岑寂的夜雨下庭院残菊颜色斑斓、红叶散乱的颇有情趣的景色，使人联想起古昔的哀情小说，并作歌“争妍斗丽百花发，群芳不及常夏花”，以烘托他们的闲情逸趣，制造出一种儒雅风流的氛围。

作品在描写雪、月物象上尤其泼洒浓重的笔墨，因为雪、月蕴含一种无常的哀感。开卷的《桐壶》一回，皇上“徘徊望月，缅怀前尘”，想起弘徽殿女御冷酷对他和他至爱的更衣，吟出“宫中泪眼映秋月，焉能长久居荒野”，寄托于月来抒发自己的感伤和悲戚情怀。《花散里》一回，源氏顿萌厌世之念，与丽景殿女御回想往事时，吟出“缺月升入天空中，树木阴影深沉沉”，借以表达出源氏对世间万事都感忧恼之情。这些描写使人与月之间产生了一种精神的律动。《总角》一回写到与浮舟的命运一样被薰君等置于荒凉宇治山庄的大女公子病逝时的“飞雪蔽天，竟日不息”的场面时，薰君即景赋歌嗟叹“人世无常久难住”，揭示了人生寂寥至极之心，体现了一种“物哀”的洗练的美感。

这些宫廷举办的四季的活动和季节景物的描写，在《末摘花》《须磨》《萤》《铃虫》《夕雾》《法事》《总角》等章回中，都有出色的表现。总之，作者将四季自然和物象与自己的思想、感情、情绪乃至想象力相协调，表现了自然美、人情美，进而升华为艺术美。它们与上述的“历史画卷”相辅相成，

富有更浓厚的人间生活气息，艺术地展开了一幅多姿多彩的“四季画卷”，给人更多美的享受。

在艺术结构上，这部长篇小说某些章节略显庞杂、冗长，相同的场面描写重复过多，多少有损于作品的艺术完美性。

值得一提的是，《源氏物语》深受中国文化、文学的影响。一方面，它接受了中国的佛教文化思想的渗透，并以日本本土神道的文化思想作为根基加以吸收、消化与融合；另一方面，它广泛活用了《礼记》《战国策》《史记》《汉书》《文选》等中国古籍中的史实和典故，引用了它们的原文，将《白氏文集》《诗经》《游仙窟》等20余种中国古典文学的精神融贯其中，尤其是吸收了白居易的《长恨歌》的精神，并把它们结合在故事情节之中，主要表现在以下几个方面。

从文学观来看，白居易强调文章是“感于事”“动于情”而产生的，主张走写实与浪漫相结合的道路；紫式部则强调她的《源氏物语》是“写世间真人真事一切物语，都是写人情世态，写种种心理，读物语自然了解世相，了解人的行为和心理，这是读物语的人首先应该考虑的”。紫式部这种文学观，以及根据这一文学观的创作实践，固然源于日本古代文学的“真实”文学思想，但也不能否认她受到白居易的文学观的影响。在文学植根于现实生活，是现实生活的反映这一点上，不难发现两者的近似性。

从思想结构来说，白居易《长恨歌》的思想结构是两重性的，即讽喻与感伤兼而有之。这对于《源氏物语》的思想结构的形成影响是巨大的，而且成为贯穿全书的主题思想。《长恨歌》的讽喻意味表现在对唐明皇的荒淫以及与其密切相关的种种弊政进行揭露，开首就道明“汉皇重色思倾国”，以预示唐朝盛极而衰的历史发展趋势。《源氏物语》也与这一思想相呼应，通过描写源氏上下三代人的荒淫生活以及贵族统治层的权势之争，来揭示贵族社会崩溃的历史必然性。作者写到源氏从须磨复出，官至太政大臣，独揽朝纲，享尽荣华时，痛切地感到“盛者必衰”的道理。作者感叹“这个恶浊可叹的末世，总是越来越坏，越差越远”。《源氏物语》与《长恨歌》的相似，并非偶然的巧合，紫式部是有意识地模仿白居易的《长恨歌》的。

从作品的结构来看，《长恨歌》内容分两大部分：一部分写唐明皇得杨贵妃后贪恋女色，荒废朝政，以致引起“安史之乱”；一部分则写唐明皇与杨贵妃的爱情，唐明皇对死去的杨贵妃的痛苦思念。《源氏物语》也具有类似的两部分内容：一部分描写桐壶天皇得更衣，复又失去更衣，把酷似更衣的藤壶女御迎入宫中，重新过起重色的生活，不理朝政；一部分则描写桐壶天皇的继承人源氏与众多女性的爱情生活。白居易和紫式部所写的这两部分都是互为因果的两重结构，前者是悲剧之因，后者是悲剧之果。他们都是通过对主人公生活的描述，进一步揭示各自时代宫廷生活的淫靡，来加强对讽喻主题的阐述。所不同的是，白居易是通过唐明皇贪色情节的展开，一步步着重深入揭示由此而引发的“渔阳鼙鼓动地来”，即指引发了安禄山渔阳（范阳）起兵叛唐之事，最后导致唐朝走向衰落的结果。而紫式部则通过桐壶天皇及其继承人的好色生活，侧面描写了他们对弘徽殿女御及其父右大臣为代表的外戚一派的软弱无力，最后源氏被迫流放须磨，引起宫廷内部更大的矛盾和争斗，导致平安朝开始走向衰落。从这里人们不难发现白居易笔下的唐朝后宫生活与紫式部笔下的平安朝后宫生活的相同模式，而且他们笔下主人公的爱情故事也是互为参照的。更确切地说，紫式部是以白居易的《长恨歌》的唐杨的爱情故事作为参照系的。

就人物的塑造来说，《长恨歌》对唐明皇的爱情悲剧既有讽刺，又有同情。比如白居易用同情的笔触，写了唐明皇失去杨贵妃之后的思念之情，这样主题思想就转为对唐杨坚贞爱情的歌颂。《源氏物语》描写桐壶天皇、源氏爱情的时候，也反映出紫式部既哀叹贵族的没落，又流露出哀怜的心情；既深切同情妇女的命运，又把源氏写成有始有终的庇护者，在一定程度上对源氏表示了同情和肯定。也就是说，白居易和紫式部都深爱其主人公的“风雅”甚或“风流”，其感伤的成分是浓重的。比如，在《源氏物语》中无论写到桐壶天皇丧失更衣，还是源氏丧失最宠爱的紫姬，他们感伤得不堪孤眠的痛苦时，紫式部都直接将《长恨歌》描写唐明皇丧失杨贵妃时的感伤情感移入自己塑造的人物的心灵世界。最明显的一例是，紫式部写到源氏哀伤紫姬之死时，引用白居易《长恨歌》中的“夕殿萤飞思悄然”的诗句，将主人公内心深处荡漾的感伤情调细致入微地表现出来。《源氏物语》借用、引述白居易的诗共计80～90首（句），可见其受白氏的影响是广泛而深刻的。

从《源氏物语》与白居易诗文的比较中，不难看出白居易诗文对《源氏物悟》的影响。川口久雄指出：“紫式部没有停留在模仿白氏《文集》的零星辞藻，或照搬《文集》诗的体验上，而是继承了《文集》那种（文章合为时而著的）真正的诗精神，消化《史记》的精神，运用《长恨歌》那种叙事诗形式，将颓废的现实形象化，并加以批判，而且将这种精神具现在自己的作品上。”

第三节 随笔文学的鼻祖《枕草子》

在日本古代文学中，清少纳言的《枕草子》（又作《枕草纸》）与紫式部的《源氏物语》都诞生在平安王朝极盛的中期，都记录了作者自己在宫中的见闻和感怀，只是体裁和形态不同。前者是随笔集，后者是被称为物语文学的长篇小说。

《枕草子》（约成书于1001年）的作者清少纳言与紫式部、和泉式部是当时的三大才女，有很高的汉学修养。她生殁年未详，据她入宫侍从一条天皇的中宫（后为皇后）定子时是二十四五岁来推测，应生于天禄年间（970—972），殁于万寿年间（1021—1028）。她名字不详，是清原元辅之女，以清字为姓，以父兄辈的中纳言的官职为名，遂称清少纳言。她是中层贵族书香门第出身，曾祖父、祖父都是著名歌人，父亲是《后撰和歌集》的编撰者之一，受到家学的严格训练，自少就有很深的和歌和汉学教养。比如定子经常举办文学聚会，当时并称四纳言的藤原公任、藤原斋信、源俊贤、藤原行成也成常客。清少纳言在聚会上表现出来的才学，出席者无不惊叹不已，她更为定子所钟爱，两人建立了互信的关系。由于宫中权力争斗，定子先遭禁闭，后被逐出宫。清少纳言不为新贵效力，辞仕闲居家中。宫廷权力斗争结束，她才与定子返回宫中。直至定子辞世后，她终于弃仕出宫，始终坚守“做人一就是一”的信条，由此可见其为人为文的一斑。清少纳言的婚姻生活并不美满。她与橘则光结婚，由于情感的不和和官场人事的纷扰，婚后三年便离异，青春时代在独身生活中度过。

这种家庭生活和宫廷生活的阅历，为她积累了丰富的素材，成为《枕草子》诞生的人文基础和主要记事的内容。集子共12卷，约分300段（各版本不一，多者305段），主题虽各异，然而段章的结构是按照形式和内容的类似性分类构成的，分列举、随想、日记回忆三种，尚未达到具有严格学问意义上的统一分类意识。有的章段杂然配列，是一种杂纂的形态，后来的稿本是经过整理的。内中各段文章长短不一，长篇有如《草庵》《积善寺》《陆常介》《听子规》《二条宫》等达数页者；短篇有如《歌集》者，只列举了三部歌集的名字，不到一行；《陀罗尼》也只记“陀罗尼是：宜于黎明”一句。全集子内容丰富，涉及四季的节令、情趣，宫中的礼仪、佛法人事，都城的山水、花鸟、草木、日月星辰等自然景象，以及宫中主家各种人物形象和人际关系，有赞颂，也有贬抑，还议论歌谣、和歌、小说、绘画、舞乐、艺道、棋道、语言，乃至涉及猜字、蹴鞠游戏等广泛的题材。

作者在题跋中谈到自己创作这部集子的动机时强调，“这只是凭着自己的兴趣，将自然的感怀随意记录下来的东西”。她这样写道：“这部随笔集，只是闭居家中，闲来无聊，将自己所见所想的事记录下来，本来是没有打算让别人看的。这里面一些篇章有失言之处在所难免，别人看来，实是不妥。所以本要藏而不露，没想到却已暴露在世上，此乃不幸之事也。”

作为日本随笔文学的嚆矢，《枕草子》的主要特征有以下几点。

一、从琐事中见巨细纷繁的世态

作者运用列举文、随想文、日记文诸种文体，把所见所闻中扫兴的事、可憎的事、惊喜的事、怀恋的事、愉快的事、担心的事、稀有的事、无聊的事、可惜的事、优美的事、懊恼的事、难为情的事、愕然的事、遗憾的事、感人的事、讨厌的事、可羞的事、偶感而发的中日文异同之事以及高雅的东西、不相配的东西、漂亮的东西都展现在散文随笔中，而所有这些“事”和“东西”都是与平安朝的时代、京城、贵族、女性和自己的个性交错相连的，反映了一定的社会世态。

比如，作者在“积善寺”这一最长的章段中，通过瞻仰法会的盛大，赞颂了藤原道隆家族的繁荣，在“月与秋期”“牡丹一丛”等段中，叙说了在道隆逝后“月与秋期身何去”和“世间多有事故，骚扰不安，中宫也不进宫”，“（中宫）那边的情形很凄凉”，“有人恨我”，暗喻了道隆之子伊周、隆家因对花山天皇的“不敬罪”而被流放，中宫自慎，回到伯父家中。作者也受牵连，被女官传为内通政敌而遭人恨。通过这些事，作者记录了中宫的荣华与厄运，这里就有摄政的藤原道隆家族盛衰的历史背景。

作者在随笔中也多记录一些中宫的生活，以折射宫廷里喜怒哀乐的故事。有一段这样记道，她刚进宫侍奉中宫定子不久，中宫问她：“你想念我吗？”她回答说：“为什么不想念呢？”这时传来了一个打喷嚏声，中宫质疑说：“你是说了假话吧？”回到女官房里，女官拿了一首歌让她看，歌曰：“真话假话谁知道，上天又无英明神。”她哀怨地咏道：“想念心浅也难怪，为了喷嚏受牵连，不幸，不幸啊。”于是她以《喷嚏》为题，将这讨人厌的、可恨可叹的事写了一段，描述了她埋怨打喷嚏的人使自己受了连累的事情。这看似琐碎的事，不也从一个侧面反映了宫里人际关系的纷繁吗？

所有这些日常感受的事，虽尽是琐事，皆兴之所至，漫然书之。正如作

者所言，凡事必录，“只就想到的来写，便这样写下来”，“笔也写秃了”。然笔致却精确简洁，以其冷彻的知性，写实地尽展那个斑驳的风俗世相、那个纷繁的人生侧面和那个复杂的人情世界。

二、富含诗情的想象性、纤细的感受性

作者以浪漫笔触，抒写了四季自然的瞬间微妙变化之美，以及春夏秋冬的四季情趣、山川草木的自然风情和花鸟虫鱼的千姿百态，不仅内容异彩纷呈，而且文字也充满诗的节奏感和韵律性。在此摘录“雨后秋色”一段为例：“九月时分，一场夜雨，清晨已止，朝阳普照，一派明亮。庭前种着的菊花全被雨水淋湿了，水珠晶莹欲滴，很有情趣。挂在攀满小花的篱笆上的蛛网也破了，篱笆上面处处断丝，水珠子像白珠似的串在蛛丝上，非常可爱而有趣。”

作者对这种四季的自然风物的感受，是在时空的交错和色彩的变幻中，敏锐地发现和精确地捕捉瞬间的美。书中的“四季情趣”一段，现摘春夏的描写如下：“春天，拂晓时分最美。山峰泛白，渐渐亮了起来。紫色的云彩，飘忽其间，很有情趣。夏日，夜里最美。月光辉映下自不用说，就是昏暗之夜，萤虫纷飞，发出点点微光，也很有情趣。这般景象，尤其在雨中，就更有风情。”作者用这样明与暗对照的文字，就像画家在画面上绘出的光与影，交织出一段自然美的文章来。

三、确立了本土的“扫”美理念

“扫”即风情、有趣的审美情趣。在古代日本完成美意识的基准方面，如果说紫式部完成了“哀”到“物哀”的审美情趣，全书用“哀”字多达1044次，用“物哀”13次，乃属悲类型的话，那么清少纳言则完成了风情、有趣的审美情趣，在《枕草子》中使用“扫”这个美理念的词也多达466例。它是属于喜类型的，可见清少纳言是以“风情”的审美意识为基调的，其美感的洗练性可与紫式部媲美。她们两人从不同的人生体验出发，在审美领域也创造了悲、喜两种不同类型。清少纳言在题跋中就声言，“我把世间有风情、有趣的事情……都选择了写下来”。在平安时代，清少纳言将“扫”限定在情趣的感觉上使用，确立了古代贵族审美的基准之一，近古的狂言、俳谐、连歌就将“扫”演化为“滑稽”“可笑”的审美情趣，转向庶民化了。

四、谙熟地活用了许多佛典和汉籍

书中有不少佛事的记录，比如“小白河八讲”“经”“佛”等章段，根据《法华经》的佛法描写随处可见。同时，书中引用或应用了《文选》《新赋》《史记》《汉

书》《四书》等汉籍中的不少中国典故，比如“假的鸡鸣”，写了头弁行成到中宫职院，已是深夜，翌晨他给作者写信道：“后朝之别，实是遗憾。本想彻夜不眠地畅谈昔日的闲话，然天亮鸡鸣所催，便匆匆归去。”作者读信后，写回信道：“半夜的鸡鸣，是孟尝君的鸡叫声吧？”头弁行成随即回信道：“在半夜里孟尝君的鸡鸣，使函谷关的门打开了，三千食客好不容易才得脱身，书里是如是说的。可是昨夜却是与你相会逢坂关啊。”于是两人又以《逢坂关》为题对起歌来，作者以孟尝君假的鸡叫骗得了函谷关的守关人，却骗不了逢坂关的细心的守关人啊，最后头弁行成认输了。在这里作者反复地借用孟尝君的深夜函谷关鸡鸣故事，以喻自己是不会被头弁行成这样的男子突破自己的“关”的，其含义是有趣而深刻的。

随笔的文体也多学汉籍的书体，其中最显著的是学唐代诗人李商隐的《义山杂纂》，其词多沿《义山杂纂》，有不少类同的句。比如，“秋野狂风”类似“秋暮岚叶”，“鹿鸣”源自“深山鸣鹿”，“舟道”仿照“远道小舟”。

作者对白居易诗文更是运用自如，活用得最多。试举一例：在一次文学聚会上，斋信让她对白居易诗“兰省花时锦帐下”的下句时，她谙熟白氏诗《庐山草堂雨独宿寄友》诗下句是“庐山夜雨草庵中”。但她觉得斋信“听了什么人无中生有的谗言，对于我说了许多坏话”，而且“把（我）清少纳言这个人完全忘掉了”，由此产生龃龉，不将自己算在女官之列，试图借此轻蔑她，所以她只用白诗下句“草庵”二字，接下句用和歌答曰“谁会寻访斯草庵”，回敬了斋信，以示自己已被斋信这个头中将憎恶了，有谁还会到自己的草庵里来呢。从此，这位官至头中将的大男子“把脾气也完全改过来了”。再举一例，她对中宫弹琵琶有这样一段描写：带光泽的黑色琵琶，遮在袖子底下，非常美。尤其白净的前额从琵琶的边里露出一丁点儿，真是艳美绝伦。她对坐在身边的女官说：“从前人说‘半遮面’的那个女人，恐怕还没有这样美吧！何况那个人又只是一介平民呢。”作者描写中宫抱着琵琶现出前额的姿态，便引用了白居易《琵琶行》诗中的“千呼万唤始出来，犹抱琵琶半遮面”句，形容其美艳无比。

还有一段“人间四月”写到女官们在宫里谈话间宰相中将斋信、宣方中将走进来。作者突然问道：“明天吟什么诗呢？”斋信稍加思索回答道：“当吟‘人间四月’吧。”于是作者接着这样写道：“这回答很有意思。关白公早已辞世的事，却还记挂着，实是令人可敬可佩。特别是女官们对此事是不会忘记的，男人就不会如此，也不会还记得自己曾吟过的诗。惟宰相中将能够记住关白公的忌辰，实是很有意思。帘内的女官和帘外的宣方中将都不明白我们说的是什么事，这并非是没有道理的。”宰相中将斋信一谈及咏“人

间四月”，清少纳言知道关白公忌辰是四月，马上熟知此句“人间四月”乃出自白居易诗“人间四月芳菲尽，山寺桃花始盛开。长恨春归无觅处，不知转入此中来”，而他人还不知晓呢。

此外，书中著名的“香炉峰雪”一段还记录了这样一件事：大雪纷扬，女官们在垂下帘子的宫里侍候中宫时，围炉谈闲话。中宫说道：“清少纳言呀，香炉峰的雪怎么样啊？”其他女官对中宫的话还没有领会，清少纳言却立即站了起来，将帘子卷起来。中宫看见笑了。大家都对着她说：“你当中宫的女官最合适了。”因为清少纳言听了中宫问“香炉峰的雪怎么样啊？”马上联想到白居易《香炉峰下新卜山居》中的“日高睡足犹慵起，小阁重衾不怕寒。遗爱寺钟欹枕听，香炉峰雪拨帘看”句，就聪慧而机敏地领会了中宫的问话，是暗示要把帘子卷起来。由此可见作者对白居易诗之熟习，背诵如流。

《枕草子》书名的由来，有种种不同解读。也许还是受白居易的《秘省后厅》诗中的“尽日后厅无一事，白头老监枕书眠”句中“枕书”二字的启发而定此书名的吧。因为“枕草子”的意思是“枕边的草纸”，日文“草纸”是书本或用假名书写的随笔之意，即可以放松躺着阅读的文章。

可以说，在《枕草子》中，清少纳言尽展其优秀的文章表现能力、敏锐的观察力、纤细的感受性和丰厚的汉学才华。在《枕草子》诞生前和诞生后的近200年间，未见此类随笔文学的出现。它与紫式部的《源氏物语》不愧是雄峙于日本古代散文文学史上的双峰。

第三章 武家社会与文学

第一节 战记物语及其代表作《平家物语》

在日本历史上，武士势力初兴于近古。经过保元之乱、平治之乱后，武士出身的平氏取代贵族藤原氏而获得政权，但明显趋于贵族化。不久，被称为武家栋梁的源赖朝又推翻平氏政权，在镰仓建立幕府，称为幕府时代（1192—1333），从此日本进入封建社会。至室町时代（1333—1603），内战频繁，群雄割据。末期，织田信长、丰臣秀吉夺取了政权，实现全国政治、军事的统一，建立了中央集权体制。日本的文化变迁与政治变迁既对应，又不完全对应，从古代的贵族文化向武士文化的过渡中，存在一个相当长的两种文化并存的局面，即平安时代以来形成的传统的公家文化与新兴的封建武家文化的对立与并存。

在这种政治文化背景下，贵族阶层对古代文学仍非常憧憬、怀念和推崇，撰写了有关《源氏物语》《伊势物语》等古典名著的注释书，推动古典名著的研究。一方面，他们对古代的和歌乃至歌论、歌学仍抱有异常的热情，编撰名著《新古今和歌集》，保持公家文化残影的美；另一方面，为了适应武士阶层的爱好，以和歌为母胎诞生了独特的新艺术体裁——连歌。各地武士十分重视这一新的诗歌形式，以优厚的待遇长期招聘宗匠教授连歌，连歌开始在武士阶层和民间同时流行起来。

与此同时，战记物语开始兴起。这是日本文学史上的一次重大变革，迎来了英雄的叙事诗时代。战记物语草创期的先驱作品，是《将门记》。它描写了平定天庆三年（940）平将门之乱的始末，以及反叛的平将门的英雄事迹和悲剧命运，创造了叙事文学的新模式，成为战记物语的起点。进入武士社会以后，战乱频仍，日本全国广泛流传武士的英雄事迹，同时人们发现武家具有积极的性格和对现实的客观认识，于是战记物语这一新的模式便正式诞生了。战记物语主要作品有《保元物语》《平治物语》《平家物语》《承久记》

等。它们都是出自宫廷外的职业艺人之手，取材于贵族和武家的对立和战乱的史实，比如保元之乱、平治之乱、平源会战和承久之战，将它们物语化。故事结构大致上都是先写战乱事件发端、战斗经过，后写事件挫折，讴歌武士的壮举和宿命的悲剧命运，塑造了众多的忠勇的武士形象，表现了变革期特有的人物造型，堪称“四部会战书”。这四部战记物语，均由琵琶法师说唱，又称“说书”或“说唱文艺”，具有很强的即兴性。在与《平家物语》相隔一个多世纪的南北朝时期（1333—1392），武士阶层走向成熟，此时又有《太平记》问世。

《平家物语》(约1223—1242)是战记物语的杰作，被日本文学史家誉为“描绘时代本质的伟大民族画卷”。它描写了新兴的平氏与宫廷的对立、宫廷的阴谋与源氏的卷土重来，平氏和源氏两大武士集团大会战、平氏失败与灭亡的全过程，反映了镰仓时代风云变幻的武士社会以及地方武士崛起的风貌。作者以“诉说世事本无常”开始，以“永归净土”结束，表现了当时新佛教流行的“末法”和“诸行无常”的思想，同时在描写武士的国与家、君与臣的选择上，也表达了儒家的忠孝伦理观，形成了中世纪武士的审美价值取向。《平家物语》强化了战记作为武家文学的性格。

这部战记物语成书之时，由琵琶法师以地方听众为对象广为说唱，不同版本多达200种，书中很多感人的故事已是家喻户晓。现存的《平家物语》古抄本还带有曲谱，称作平曲。它的最盛时期，是镰仓后期和室町初中期，即14、15世纪。这个时期还出现了物语僧，与琵琶法师不同的是，他们是以京都的武将和贵族为说唱对象的。所谓“物语上乘也，以之为艺”，物语作为艺能之一而得到承认，它成为其后谣曲和各种文艺的母胎。

现存的这部战记物语，全12卷，并附1卷。故事从天承二年（1132）平忠盛升殿，荣任公卿拉开序幕，至建久九年（1198）其嫡系六代玄孙被处极刑结束，描绘了平家氏族盛衰的60余年历史。但是，对于忠盛的荣升过程和这个过程中发生的保元之役、平治之役这段历史故事，作者用简笔带过，将笔墨集中用在忠盛之子平清盛身上。他经过数次大战役，击败敌手源氏家族，其妻妹也受鸟羽院之宠并生下皇子，其女德子纳入中宫，尊号建礼门院，也生下了安德皇子。平家获鸟羽院的信任，青云直上，官至太政大臣（出家后称“入道相国”），掌握了中央的政治实权，压倒旧贵族的势力，并立三岁的安德为幼帝，达到了鼎盛。不过，平清盛执政后，推行极权政策，破坏佛法，使朝威凌夷，遭到白河法皇等皇室和旧贵族的反抗。他对反抗者进行果断的镇压，包括软禁法皇，流放和杀戮所有政敌，焚烧反抗僧兵的寺院。这预示了平家在鼎盛中潜伏着危机。于是，怀才不遇的皇子以仁王与源赖政共谋推翻平氏，但因起事败露而告失败。平家的六代子孙尽享荣华，过着旧贵族式的奢华生活，最终走向了贵族化。他们在政治上腐败无能，已丧失新兴武士阶级所代表的先进力量，而一直保持着新兴武士阶级本色的源氏势力多年积蓄力量，试图东山再起。以源赖朝为首的义仲、义经等源氏势力，趁平家与皇室之间因权力之争而产生矛盾之际，全国举兵讨伐平氏。源氏征战多年，于坛浦展开最后决战而获全胜，平家六代或战死或被抄斩，安德天皇则在其祖母怀抱下与三件神器一起投入海中。其母投海自尽未遂，被源氏救起，送至大原寂光院度过孤寂的余生。从此，平家的子孙彻底灭绝了。

作者以贵族阶级的衰亡和武士阶级的兴起这一重大历史转折为背景，以两大武家平氏与源氏之战为经线，以当时诸势力的政治角逐（包括朝廷内部、朝廷与武士集团、武士集团与僧寺集团、僧寺集团内部）和悲恋故事为纬线，展现了平氏一家盛极而衰的悲剧命运以及武士生活的种种世相。这是源于历史的真实，然而又在事实的基础上展现人物深层的内心世界，赋予人物典型化的性格，使真实与虚构结合，达到了艺术上的完美统一，提高了战记物语的文学水平。

贯穿于《平家物语》的主题思想，就是“诸行无常”“盛者必衰之理”。作者在卷首就吟道：“祇园精舍钟声，警醒诸行无常之道。两株沙罗花色，显示盛者必衰之理。骄奢者如一场春梦，不会长久。刚暴者如一阵风沙，过眼烟云。”这段开场白，高度地浓缩了整个故事的发展脉络和必然的结局，作者想要表达的思想也艺术性地展现其中。因此，开卷就紧紧地抓住了读者的心。

正是基于此，作者在铺展这一历史转折时期新旧势力的对立和兴衰的交替时，并没有预设特定的立场，无论是铺陈故事还是塑造人物，自始至终都是用心力去体现上述的题旨，完整地再现了时代与历史的真实。故事以平家灭亡、源氏胜利而结束，这预示了历史的进程和变革的必然性。

作者在描写平家的兴盛方面用墨不多，却将浓重的笔墨聚集在平家的没落与消亡的紧张过程中，而这一过程的描写，比起写武士的武艺来，更多的是展现武士的精神世界。在这里面交织着作者的爱与恨、喜与悲、解放的昂奋与内省的孤寂，使文学的感动得到最大限度的升华。特别是作者用大量赞美的言辞，描写了东国西国源氏武士在征战中的骁勇行为和忠贞的精神风貌。

在人物塑造上，作者成功地塑造了平清盛这个典型的人物形象。平清盛是平家的代表人物，也是《平家物语》的第一主人公。在作者笔下，他具有新与旧、进步与反动的双重性格，代表着新兴的势力，在推动历史的变革中起到了重大的作用。在这一点上，作者将全部热情倾注在清盛的身上，称赞

他是“治国良相”，极尽夸张与肯定之能事。全书不仅描写了两军厮杀的刀光剑影、武士的忠义精神，而且随处都飘溢着人文的“风雅”诗情和“哀”的悲调，交织出一幅丰富的人生和历史的多彩画卷。

作者还以风雅的笔致，写了许多动人的爱情故事和悲惨的爱情故事。其中一个故事情节是：高仓天皇失去葵姬，中宫将自己身边的女官小督送到天皇那里，给以慰藉。而大纳言隆房卿还是少将的时候，已经与小督一见钟情，开始咏歌、写信表白对小督的恋慕。如今小督被召到天皇身边，他忍痛离别，眼泪沾湿了衣袖，几乎没有干的时候。于是他想方设法靠近小督想说什么。小督托人捎话给他说：“我已被召到君侧，少将不管说什么，我都不会答一句、回一信。”少将还是抱着一丝幻想，写了一首和歌，歌曰：“爱卿之情充四野，临近卿前反成空。”他将这首歌投进小督的帘子里，小督原封不动地扔到院子里。少将很是难堪，连忙捡起揣在怀里走回去，又作歌一首，叹道：“芳心固已绝情义，书翰承接又何妨。”于是想寻短见。入道相国听得此事，预感小督活在世上天下就不会太平，得弄死她才好。小督闻后，抱着“只对不起皇上”的心情离开了皇宫，从此不知去向。天皇想念她，便差仲国到处寻找。

作者描写贵族的恋爱故事的同时，也描绘武士的爱情故事，与前者比较，虽也很风雅，但没有那样放荡不羁。比如，平家将中的平重衡被俘后，与相爱的女官通过书信与和歌来传达情意，写得也是十分悲切动人。重衡被关在西国两年后，托人捎给女官一信，叙述被俘经过和前途难卜，最后附和歌一首道：“忍辱含悲将就义，愿见一面慰生平。”女官读罢，悲哀地哭了起来，回信叙述两年来离情别绪，最后附和歌一首道：“为君惆怅人所见，惟愿同做连理枝。”这些散文和韵文结合的描写，更增加了武士作为有血有肉的人的抒情性，大大地增加了文学的艺术效果。

《平家物语》与中国文化及文学也有着密切的联系。作者在书中引用了许多中国典籍，从《论语》《礼记》《孝经》到《史记》《诗经》《庄子》《荀子》等 。比如，书中写到人道相国缓和了谋反的心思，称赞少有这样的内大臣时，突出了孔子的“为君则尽忠，为父则尽孝”的忠义忠孝思想，并两次引用《孝经》的语句。书中在叙述保元、平治时代人道相国保住了君主的地位，安元、治承时代又想把君主消灭的故事时，也多有引用《孝经》等中国典籍，讲明“百行之中以孝为先，明王以孝治天下”“君犹舟也，臣犹水也，水能载舟，亦能覆舟”的君臣的忠义之理。作者以中国典籍上所说的来研究当时日本君臣关系演进的历史，而且在宣扬儒教的忠孝思想的时候，往往将儒教忠义、忠孝的道德伦理观融进近古日本武士“主从关系”的绝对信念里。具体地说，作者将儒教的忠义放在忠孝之上，以忠主君作为君臣关系的道德标准。书中描写内大臣重盛对皇室的忠义时，引用了中国唐太宗为功臣魏征亲自写的赞颂魏征忠义的碑文，强调："君臣的关系要比父母还亲近，比子女还和睦。"作者以史为鉴，写了一大段中日的历史比较，并以儒佛文化作为《平家物语》的指导思想，铺陈平清盛为首的平安兴衰的动人故事。在故事发展的过程中，秦始皇、汉武帝派人入海求仙，荆轲刺秦王，汉武帝与李夫人的恩爱，唐明皇与杨贵妃的悲恋，魏征的梦子夜泣，越王勾践的卧薪尝胆，孟尝君于函谷关学鸡鸣，武王伐纣在过黄河时有白鱼跃入舟中等等，这些民间熟悉的中国典故轶事，都进入了它的故事之中，成为故事的有机组成部分。作者同时结合故事的不同内容，用"古书云""外国书说"的形式，引用了许多中国典籍的警语，比如《周易》的"积善之家必有余庆，积不善之家必有余殃"，《贞观政要》的"丛兰欲茂而秋风败之，王者欲明而谗人蔽之"，《后汉书》的"吴王好剑客，百姓多创瘢；楚王好细腰，宫中多饿死"等警世之语，起到了寓教化于艺术创造之中的作用。有的一整节完全讲述中国的典故，还以中国相关典故命名，比如卷二的《苏武》、卷五的《咸阳宫》。

此外，作者还引用了一些中国民间传说故事。比如，描绘重盛夫人听闻重盛战死，在自杀前望着无边的沧海，产生了"双星渡河"的幻觉，这就借用了牛郎织女银河相会的传说故事。在上节已谈及的重衡与女官悲切的生离死别的赠答歌中，除了引用白居易的"连理枝"诗句外，还借用了中国古代传说中"天子觞西王母于瑶池之上"的故事等，大大增加了叙事抒情的悲剧效果。

更重要的是，作者大量借用、活用白居易的诗，而且都是与故事情节的展开和人物形象的塑造紧密结合，浑然一体。其中以活用《长恨歌》尤为出色，使故事和人物都得到了进一步的深化。《平家物语》借用、活用《长恨歌》分为两大类：第一类是借用《长恨歌》的某些情节来展开作者设计的故事，第二类是直接活用白居易的诗句来加深其描写故事的文化内涵或来形容人物形象，增加其风采。

第二节 《方丈记》《徒然草》与随笔庶民化

这一时期，随笔文学发生了巨大变化，散文、杂文、小品、日记、纪行文、随想录、谈艺录、见闻记、讲演词，凡此种种，尽列其中。随笔文学基本上分为三大类：第一类，文学性的随笔；第二类，文学论的随笔，以随笔的形式记述对文学的见解；第三类，知识性的随笔，指随意记下的学问上的知识。由此可见日本随笔形式之丰富，体裁之多样，内容之庶民化，为世界古代文

学所鲜见。当时的随笔作者主要是隐士，他们是知识分子的主流，远离权力，舍弃社会地位，正如庆滋保胤的《池亭记》所示的“身在朝，志在隐”“职仗人下，心住山中”，可以以自己的自由意志直书自己所见、所闻和所感，形成日本文学史上所称的“隐士文学”。其中镰仓时代以鸭长明的《方丈记》、吉田兼好的《徒然草》为代表；江户时代以松尾芭蕉的《奥州小道》等系列纪行文为代表。继平安时代清少纳言的《枕草子》和王朝女性日记文学之后，日本文学史上随笔文学的第二个和第三个高峰期先后到来了。

随笔家鸭长明（1153—1216）出身于神职家庭，自幼丧父，家道中落。年轻时修炼和歌、音乐，经历了火灾、风灾、地震、饥荒等自然灾害和社会的动荡，深感“天变地异”的无常。人过中年，作为歌人活跃于镰仓歌坛，并曾在后鸟羽院再兴的和歌所任职，自撰和歌集《鸭长明集》。他未能摆脱身份观念和阶级差异对他的束缚。后鸟羽院推举长明任下贺茂河合神社的神职，遭他人反对。长明受挫折，决心舍弃官禄的同时，也深感人生的无常。他失望之余，于50岁时厌世出家，法号莲胤，隐居于洛北大原、日野山等地。其时，鸭长明的心境是：“念诵读经之间，怀旧之泪频相催。”他长期积郁于心中的无常感，在随笔集《方丈记》（1212）里表现了出来。

《方丈记》从结构上来说，分点题性地叙说人生无常、种种自然灾害、自叙闲寂的隐居生活、老来反省修心悟道等四大部分，共37段。在描写自然灾害时，《方丈记》是按灾害发生的年代顺序排列，自叙闲寂隐居生活部分则以相似性类聚，两者之间，以艰难的社会环境和自己的身份境遇作为连接部，社会的大空间和个人的小空间浑然一体，使全书各段相互对应，保持了结构的统一性和整体性。

从内容来说，序段起到了开章明义的作用，曰：“川河水流不息，然已非原来的水。浮在淤水上的白泡，消结无常，尚无久驻之例。世间的人与居处也如此。（中略）人与家居争无常之相，与牵牛花上的露珠无异。或露落花仍残留，花虽残留，然迎朝阳即枯萎。或花萎露仍未消，全消须待黄昏时。”作者以如“流水”、如“白泡”、如“露落花残”来象征性地提示人生的苦恼与无常，并以空无观为根底，用咏叹调道出了支撑这部随笔命题的无常观，体现了作者的现世苦难和人生无常的文学主体精神。

这部随笔主要内容之一，就是以写实的笔致描绘了自己经历过的大灾害和社会诸现象。这里有安元三年（1177）的大火、治承四年（1180）的旋风、养和年间（1181—1182）的饥荒和病疫、元历二年（1185）的大地震等自然灾害，折射出社会种种不可思议的世相，就像绘制出一幅悲惨灾害的精密的绘卷。这些天变地异的描写，多从隐士的视角出发，抒发了个人的无常感，同时也慨叹了人间社会的无常相。但这不是消极的，而是显示了积极的关心。比如，养和年间发生大饥荒，京城病疫流行，盗贼行劫，百姓弃婴，死者满巷，这种“哀声充盈于耳”的惨状，在长明的笔下，如泣似诉地展现了出来。前一年，就这样勉强煎熬过去了，人们期盼着第二年情况会有所好转。然而，第二年不仅毫无好转的迹象，反而又入添瘟疫。世人皆挣扎在饥饿的死亡线上，极端穷困的度日惨状，恍如“缺水的鱼儿”坐以待毙。最后连头戴斗笠、腿扎绑腿、衣着不俗之人，也只顾挨家挨户沿街乞食。如此饥寒交迫的人们走着走着，就突然倒地，一命呜呼。土墙的路边，饿死者不计其数。因来不及收拾尸体，尸臭弥漫，尸首大多腐烂变形，不堪入目。加茂川两岸，尸体遍地，使车马无路可走。在鸭长明描写的大自然灾害中，这是最悲凄惨烈的一幕。

在随笔里，长明还谈歌论诗，话琵琶，品尝了艺术的三昧，确是“方丈极乐”。这种“极乐”是艺术、心灵感受的愉悦，蕴含着一种幽远的情趣。然而，此时作者在艺术享乐中，在心灵的自我慰藉中，仍不忘世间的无常，慨叹自身犹如“黎明舟后掀白波”，一现即逝。它与序段的“白泡消结实无常”是相照应的，比喻人生一切犹如梦幻的泡影。

长明蛰居方丈草庵，过着闲寂的生活，以四时为友，也写了花鸟虫鱼风雪月。比如写了春观藤波起，联系到西方往生；夏听杜鹃声，联系到冥途的旅路；秋闻飞蝉鸣，联系到空蝉之悲世；冬赏白雪飘，联系到积雪、化雪似世间罪障，从中发现自然之美，并在美中捕捉闲寂、空寂与无常，达到了宗教思辨和美的融合。这与他在上面描写的人间的恶、世俗的丑是互相对照的，更衬托出作者在超脱俗世中并未放弃自己对生活方式的反思和对处世哲理的探求；作者在“世乱出凶事”的秩序中苦苦地思索着人与人生的问题，总结出人的主体性的问题，比如在“都会的生活”一段提到“随波逐流者身不由己，不随波逐流者乃被视若狂人”之理。也许从他的这篇随笔中，还可以看到这一时代转折期的新旧价值观的转换。

《方丈记》各段的篇幅短小，但作者直接而坦率地表白自己激越的感情、纤细的感受、冷静的思索和明确的思想。在准确叙述的同时，作者也十分注意表述的技巧性。作者有时远距离地观察客观的事件和社会，有时又近距离地思索主观对这些事件和社会的体验，充满了真情实感。这大大地提高了叙述的力度以及表述文学思想的深度，最后使对象与主体、客观描写与主观表现的融合达到浑然一体。

《徒然草》（1330—1336）与《枕草子》《方丈记》并称为日本文学史上三大随笔文学。作者吉田兼好（1283—1352），神官家庭出身，年轻时代曾侍奉后二条天皇朝廷，憧憬贵族文化，成为二条派的歌人，活跃在二条派

歌坛上，与顿阿、庆云、净辨并称为歌坛“四天王”。他自撰家集《兼好法师集》，二十多岁时在乱世中出家，先后隐居于京洛小野庄、修学院、横川等地。

《徒然草》上下两卷，分序段和正文243段。就全篇内容来说，大致可分无常感、求道说、人生谈、艺术论、自然观、生活训、青春颂、仪式法制、自颂自赞等项。从形式来说，有随想、说话、艺谈、回忆等。总之，这些项目所涉内容和形式广泛、多彩而又驳杂。各段相对独立，不时转换主题，涉及中日古今的大小话题，然全篇又贯穿作者鲜明的创作主题和统一的精神，是知性与感性的结合、抽象观念和具体事物的并叙。关于写作此书的目的，作者在序段也作了交代：“徒然闲寂，终日对砚，心中浮现出幕幕琐事，漫然书就，达到痴迷的程度。”

在作者心中浮现的幕幕琐事中，既有对现实生活的烦恼，又有超脱现实后闲寂生活的愉悦。他在文中进一步言明《徒然草》序段点题的“徒然”闲居生活的意义和状况，展现其“远离尘俗，身心闲寂，可自得其乐”的思想，并以此思想为中轴，铺陈他对各项内容的叙说。

首先，他有一股强烈的求道之心，表明“吾生已蹉跎，当放下诸缘之时也”。于是，他专心求道，叙说无常，这成为其《徒然草》最重要的内容。书中无处不引用佛典和儒籍，使用佛语和带哲理性的语言。作者在这项内容上是花费心力最多的，展现了他对生死无常的独到认识。兼好的无常感，最早是用咏叹式、感性式表现出来，带有浓重的感伤性。他经过隐居求道生活的历练，从不自觉到自觉，理性地认识无常——“贪生”即人的生的欲望、“利欲”即物质的欲望。“自然变化之理”，这是《徒然草》的一个重要的思想特质，它支撑着随笔集的整个结构。在这项内容的有关段里，就集中地显现出这种从“感性的无常观”到“理性的无常观”的思想发展脉络。同时，在许多段中，通过对有代表性的硕学高僧，比如弘融、道我、贤助等人物的素描，来形象地说明这种思想。

其次，这种自觉的无常观，反映到对人生的态度上，就是积极论说自然与人的生命转化之理，即生死的辩证关系，内容主要是有关自然与人的本质、生与死的关系，以及社交、处世的心得等。在许多篇章中，作者仔细地观察自然，从一株新芽的萌生看到了新的生命的成长、新的生命的力量，试图辩证地把握人的生命的流转规律，具体地通过季节的推移、自然风物的转换来表达对生死轮回的无常观。在这里，存在着日本文学传统的、敏锐的四季感，从中可以发现美意识的源泉。

当然，兼好这种生死观完全将生命限定在个体的人，未能也不可能从人类历史的大空间中加以把握，即由于作者人生观、世界观的局限，以及历史、时代的局限，未能也不可能真正辩证地把握人生和世界。

第三，《徒然草》形成另一显著特色，那就是从四季的自然中发现美，将自然与美的意识密切相连。他描写四季的自然和表达的美的意识是相当充分的，也是典型的。文中表现出的哀感，蕴含着“哀”与“寂”之美的情愫，将古代的“哀”“物哀”与中世纪的“空寂”“闲寂”无间相融，创造了兼好式的随笔文学之美。

兼好特设专段论述了“美与无常”。他写了雪月花的美，特别是写了对雨恋月、花散月倾、月辉叶影、月冷凄清等的美有所省悟，正如作者所云“秋月者，至佳之物也”，从秋月中获得了美的感动，从这种美中获得了寂灭（佛语：摆脱烦恼，进入静寂的境地），并联系到人生与自然的“空寂”“闲寂”的情景，悲叹世间的盛衰无常。

第四，在《徒然草》有关艺术论的段落中，作者还通过感性与知性的思考，将古今典籍娓娓道来，表现出作者关于文学、音乐、艺能的丰富知识和高深造诣。在这类段落中的许多典故或用语，都出自汉诗集、和歌集《怀风藻》《万叶集》《古今和歌集》，物语文学《源氏物语》《平家物语》，说话集《今昔物语》，历史物语《大镜》，文集《本朝文粹》，歌谣集《梁尘秘抄》等日本古典名著，论述涉及物语、和歌、连歌、和汉朗咏、神乐、催马乐、雅乐、舞乐、郢曲、白拍子、吕律等种种乐器、艺能以及古今歌人等传统文学艺术的广泛领域。

对于中国典籍，即便直接运用，也自在自如，完全融合在行文之中，化作血肉相连、不可分割的一部分。在叙说人生时，作者引用中国传说或典故，宣扬清贫之德，据理发挥，使人心服。比如，作者引用了唐代李翰的《蒙求》中“许由一瓢”的传说，“以手捧水饮之，人遗一瓢，得以取饮，饮讫树于树上，风吹呖呖作声，尚以为烦，遂去之”，以及“孙晨藁席”条注中“冬月无被，有藁一束，暮卧朝政”两例，以传教于世。在描写山川草木、花鸟虫鱼的自然感动中，作者常常直接引用中国古人的诗文加以渲染。比如，作者引用魏朝嵇康的“游山泽，观鱼鸟，心甚乐之”（《与山巨源绝交书》）、唐代戴叔伦的“沅湘日夜东流去，不为愁人住少时”（《湘南即事》）等。这些对中国古典文学的典型运用，增加了随笔的深远意境和艺术魅力。

松尾芭蕉（1644—1694）的散文世界，在历史时空中与镰仓时代的随笔相隔了3个多世纪，其中《奥州小道》闻名于世，将随笔文学推向第三个高峰。他的随笔由两大系列组成：一是纪行文，主要有《笈小文》《奥州小道》等；一是俳文，主要有《幻住庵记》等，为中世纪日本随笔文学开拓了新天地，在日本古典文学中拥有不朽的价值。

芭蕉的纪行文多是通过在旅途中的自然观照，自觉四季自然之无常流转，"山川草木皆无常"，进而感受到"诸行无常"。因此，他"以旅为道"，竭力摆脱一切物质的诱惑，"以脑中无一物为贵"，以大自然作为自己的"精神修炼场"，培植"不易流行"的宗教哲学思想和风雅之"诚"和"寂"的美学思想。同时，他在清寂自然的环境中闲居，在与各地弟子的共同艺术生活中思考创新俳句的问题。这些深深地渗透到他的纪行文的字里行间，形成其纪行文的独有特色。

芭蕉的《笈小文》（1688）是芭蕉以大和路为中心，巡游了鸣海、伊贺、吉野、高野山、奈良、大阪、须磨、明石等地，历时 7 个月，就旅行体验而书就的俳谐纪行文。它以"百骸九窍之中有物，且名曰风罗坊"开始，展开对"顺随造化，回归造化"这一名句的论述。实际上，它不是单纯写旅行的见闻，而是探讨旅行观，极力提倡一种崭新的纪行文学，即探求风雅之道。此书是芭蕉殁后 15 年由其弟子乙洲编辑出版的。全书首尾不连贯，缺乏统一性，其中许多俳文是通过谈《源氏物语》以及和歌、俳句来表述其艺术观的，并且打破文句一对一相配的传统，插入不少俳句，与一般纪行文不尽相同，具有其特殊的价值。

《奥州小道》这篇纪行文是他在弟子曾良陪伴下，从江户出发，赴奥羽、北陆、美浓等地旅行 6 个月，行程 2000 多千米，以名胜古迹、名寺古刹为素材写就的。此书经过 4 年反复推敲和修改后，由曾良誊清，作为定稿面世，可谓用尽了芭蕉的心血。全篇 45 段，以散文为主体，各段都配以俳句，芭蕉作 51 句，曾良作 10 句，还有西行、曲水、岚雪、其角、去来、越智越人等人若干句。文字含蓄幽远，俳句意境深邃，抒发了旅途的风雅情怀。

作者开卷就借用李白《春夜宴桃李园•序》的"光阴者百代之过客"句，言明自己"积日羁旅，漂泊为家"，并联系古人即西行、宗祇、李白、杜甫等多客死旅途，慨叹"早已抛却红尘，怀道人生无常的观念，在偏僻之地旅行，若死于路上，也是天命"，道出了旅途的孤寂、人生的"浮生若梦"的主题思想。

奥州小道之行，芭蕉身处佳丽而沉寂的景色之中，通过对自然的纤细感受，心情平静，于是挥笔作文书句，以慰藉他的孤寂悲凉之旅心。他来到了山形藩领地的立石寺，写下了"立石寺"一段文字："山形藩领地，有一山寺，名曰立石寺。是由慈觉大师开基，甚清闲之地也。……众口皆碑，当自游之，遂从尾花泽折回，其间约七里。日暮时分，在山麓寺庙订下宿处，尔后登上山上的大雄宝殿。岩石重叠，松柏苍老，土石古旧，滑苔丛生。山寺的寺门紧闭，寂然无声。绕断崖，攀山岩，拜佛阁，顿觉佳景闲寂，心清如镜。"

这段文字和结尾配的俳句“蝉鸣透岩石”，显示作者仿佛进入了一个“顺随造化，回归造化”的大自然的幽玄之境。此时，心境清澄，如同一个无边无涯无尽藏的心灵宇宙，飘逸出一种“寂”的余情余韵。这充分体现了芭蕉在艺术上追求的闲寂的风雅之美。

可以说，《奥州小道》集芭蕉美学诸要素和他所提倡的“不易流行”哲理的大成，是芭蕉倾注心血最多的一部随笔作品。

综观芭蕉纪行文，始终流贯风雅之美，同时它还有如下的基本特色：一是心意相合，将主观契入自然；二是虚实相兼，以实为主，含有某些虚构成分；三是文句（指俳句）相依，构成不可分割的一体。

芭蕉的另一类随笔是俳文。所谓俳文是含有俳意的、以气韵生动的文体写就的文章，亦即俳谐的美文。俳文是芭蕉首创，《幻住庵记》是芭蕉最脍炙人口的俳文。它以叙事为主，叙事与议论结合，描写了幻住庵的所在和由来、自己居庵的经过、草庵周边的景色、身居庵中的心境等内容。

第三节 俳句的流行与松尾芭蕉

松尾芭蕉不仅是著名的随笔家，而且以俳句在日本文学史上占有重要的地位。芭蕉出生于伊贺上野乡，生平未详，一说他曾娶妻成家，一说他终生独身，因为他的著述和门人的记述都未涉及他的家庭生活情况，故难以定论。芭蕉自幼丧父，家境清贫，受俳人北村季吟的启蒙开始作句。29岁时，他来到江户，目睹了当时武家政权和町人金权的统治，不满金权政治横行于世，于是决然离开了这一权力中心，来到荒凉的隅田川畔的深川，甘于忍受底层生活的清贫与困苦，隐居草庵，从此参禅，彻悟人生，潜心作句，并将此作为自己毕生的事业。芭蕉从草庵生活开始探索新的句风，草庵也成为芭蕉开展俳谐新风运动的据点。他具有新风的《富家食肌肉，丈夫吃菜根，我贫》中有一句：

清晨冬雪彻骨寒，
独自啃食鲑鱼干。

芭蕉以富家食肉、贫家吃菜根来作对比，说明人虽清贫志不移，在寒冷的早晨，独自啃鲑鱼干，也别有一番风味在心头。这一句写出了他人，也道出了自己的贫苦景况。芭蕉的句，还写了贫穷渔家的清苦、耍猴汉的苦楚、可怜歌女的悲哀、路人的饥寒、贫僧的凄苦等等。这些句，已孕育着“诚”与“闲寂”的审美意识，从中可以感受到芭蕉的新句风——蕉风的胎动。

晚年的芭蕉以旅行来抚慰自己孤独的心，同时观察自然与人生。隐居草庵的人生体验以及旅行中对大自然的切身感受，成就了芭蕉，他写下了代表

蕉风的不朽名句《古池》，句曰：

闲寂古池旁，

青蛙跃进池中央扑通一声响。

这一句写于芭蕉居庵之后。如果从表面来理解，古池、青蛙入水、水声三者似是单纯的物象罗列。不过，如果从芭蕉的“俳眼”来审视，古池周围一片幽寂，水面平和，平添一种寂的氛围，但青蛙跃进池水中，发出扑通的响声，猝然打破这一静谧的世界。读者可以想象，水声过后，古池的水面和四周又恢复了宁静的瞬间，动与静达到完美的结合，表面是无穷无尽无止境的静，内里却蕴含着大自然的生命律动和无穷奥秘，以及俳人内心的无比激情。

这说明芭蕉感受自然不是单纯地观察自然，而是切入自然物的心，将自我的感情也移入其中，以直接把握对象物生命的律动，直接感受自然万物内部生命的巨大张力。这样，自然与自我才能在更高层次上达到一体化，从而获得一种精神的愉悦，进入幽玄的幻境，艺术上的“风雅之寂”也在其中。

还有，芭蕉旅行奥州小道，来到山形藩领地的立石寺，心神不由得清净起来，作句一首，以慰藉他孤寂悲凉的旅心：

一片静寂中，

蝉鸣声声透岩石。

这一句的俳谐精神与《古池》是相通的，都是具现了芭蕉的“闲寂”的典型佳句。芭蕉以“闲寂”为基础，将自然与人生、艺术与生活融合为一，达到“风雅之诚”“风雅之寂”。这个“诚”与“寂”，较之物质的真实，更重视精神的真实，是作为精神净化的艺术的真实，从而创造了俳谐的新风。

芭蕉热爱大自然，对自然美的感动，成为他追求的“风雅之诚”“风雅之寂”的原动力。他的“风雅”不是风流，也不是物质上的享乐，而是一种纯粹对自然景物的享受、向往和憧憬的闲寂的意境。

在旅途中，芭蕉不止一次地说过，“若死于路上，也是天命”。旅中病倒，大概他已预感死期将至，临终前四日，还满怀闲寂风雅的情趣，写下一首辞世名句《病中吟》：

旅中罹病忽入梦，

孤寂飘零荒野中。

据其弟子其角记载：“师悟道：‘荒野之行，心中涌起梦般的心潮，正因为执迷，切身感到病体已置于风雅之道。’”可以说，芭蕉的俳句展现了一种闲寂美、风雅美。这种美是在永恒的孤绝精神之中产生的，而这种孤绝的精神又是在自然、自然精神和艺术三者浑然一体中才放射出光芒的。

芭蕉一生写了千余首俳句，他在创作实践中发现“风雅”“闲寂”之美，开拓了一个时代的新俳风，完成了创造一个时代的日本美。芭蕉在传承与创造俳句的传统美方面，的确是个“登峰造极者”，世人尊称他为俳圣。

芭蕉不仅在俳句创作方面卓有成就，而且在俳论方面也做出了巨大贡献。他既扬弃贞门、谈林俳论只注重“俳言”和“滑稽”的旧风，超越贞门、谈林俳谐的观念性，又摄取上岛鬼贯从新的视点来思考“真实”文学论的生命，并且运用禅学“本来无一物”的哲理思想，继承和创造性地发展了“诚”的俳论，在“诚”的自觉的基础上，探寻俳谐的艺术本质。

芭蕉的俳论是通过对上述传统俳谐思想的自觉和本人严格的艺术实践建立起来的。他在俳谐创作实践和俳谐理论两个方面，创造性地丰富和发展了闲寂、风雅的文学思想和美学思想。芭蕉很关注从理论上指导其弟子进行俳句的创作，但他生前未系统整理和发表过一册俳谐论著，大多数论述都是只言片语，散见于他的随笔、俳文、序跋、评句、书简中，尤其是集中反映在俳谐纪行文《笈小文》上。同时，他的俳论于他殁后由其主要弟子记录在自己的论著中，主要代表作有去来的《去来抄》、土芳的《三册子》等。芭蕉俳论包括俳谐的本质论和美学论，主要内容由“风雅之诚”“风雅之寂”“不易流行”三部分构成，是融会贯通、不可分割的。而且三者其本为一，都是建立在“诚”即“真实”俳谐思想上。三者之中，“风雅之诚”是基础，是根本。它不仅将自古以来的“真实”文学美学思想提高到一般艺术的真实性上，而且使这一时期的俳谐获得更高更深刻的艺术性，大大地丰富了俳论的内容，形成当时俳谐的全新理念，成为一个时代的俳谐新趋向。革新俳谐，便成为这一时代文艺思潮的中心。上述《富家食肌肉，丈夫吃菜根，我贫》，就是他的真实论的重要艺术实践。可以说，芭蕉的“风雅之诚”是对人生的深刻思考的结晶，同时贯彻了写实的“诚”的俳谐理念。

作为日本文学传统基本精神的“诚（真实）”，是融贯于各个时代的。芭蕉强调“风雅之诚”正是继承了这种传统的“真实”精神，但他并没有把“诚”精神绝对化，而是与时俱进，提倡“风雅之寂”。这是在禅思想和老庄思想的导向下，在全面参与的关系中深化“风雅之诚”，从而使“诚”的内涵获得更大的延伸。因此，芭蕉的俳论同时主张“风雅之寂”，强调风雅与禅寂相通，具有孤寂与闲寂的意味。

芭蕉在《笈小文》中强调“风雅乃意味歌之道”，写道：“西行的和歌，宗祇的连歌，雪舟的绘画，利休的茶道，其贯道之物一如也。然风雅者，顺随造化，以四时为友。所见之处，无不是花。所思之处，无不是月。见时无花，等同夷狄。思时无月，类于鸟兽。故应出夷狄，离鸟兽，顺随造化，回归造化。”

从芭蕉这些论述来看，芭蕉俳谐的风雅精神，首先是摆脱一切俗念，“出夷狄，离鸟兽”，回归同一的天地自然，采取静观的态度，以面对四时的雪、月、花等自然风物乃至与之相关的人生世相。其次，抱着孤寂的心情，以闲寂为乐，即风雅者也。文中所说“顺随造化”“回归造化”的“造化”，就是“自然”，是“以四时为友”，人与自然的调和。芭蕉认为心灵悟到这一点，一旦进入风雅之境，就具有万般之诗情，才能在创造出“风雅之诚”的同时，也创造出“风雅之寂”来。

换句话说，风雅本身，就是孤寂，就是芭蕉的所谓“俳眼”。从这点出发，以静观自然的心情静观人生，则人生等同于自然，达到物我合一，真实的物之心与纯粹的感情相一致，即人物才能得“物之心”，达到“物我一如”之境而显其真情，这样才能把握物的本情。

然而，自然是随着四季推移而变化的，所以把握自然的本质，不应是眺望原来的自然，而是要将凝视自然所获得的本质认识还原于原来的自然之上。这样凝视物象所把握的东西，就是“闲寂”，就成为芭蕉自然观照的根本。“闲寂”是当时流行的美理念，它继古代写实的“真实”“物哀”和近古的幽玄“空寂”之后成为近古流行的新的文学理念和美学理念。

上述芭蕉的名句《古池》，就是通过“闲寂”的独特表现力，产生艺术性的风雅美、余情美的。换句话说，“风雅之寂”的精神基础是“禅俳一如”，以禅作用于自然之美和艺术之精神。芭蕉在旅次以“四时为友”，“顺随造化”，通过对自然观照，自觉四季自然的无常流转，进而感受到“诸行无常”。因此，他竭力摆脱身边一切物质的诱惑，以“脑中无一物为贵”，“以旅为道”，将大自然作为自己的“精神修炼场”，在俳谐思想中培植“不易流行”的文艺哲学思想。从这个意义上说，“不易流行”成为其“闲寂”的思想结构的基石。芭蕉俳论的“不易流行”是芭蕉风雅观即“风雅之诚”与“风雅之寂”的中核。

关于“不易流行”说，按芭蕉本人的解释是：“万代有不易，一时有变化。究此二者，其本一也。”土芳在《三册子》中按其师的本意作了如下的说明：“师之风雅，有万代不易的一面和一时变化的一面。这两面归根到底可归为一。若不知不易的一面，就不算真正懂得师之俳谐。所谓不易，就是不为新古所左右。这种姿态，与变化流行无关，坚定立足于‘诚’之上。综观代代歌人之歌，代代皆有其变化。且不论其新古，现今看来，与昔日所见不变，甚多令人感动之歌。这首先应理解为不易。另外，事物千变万化，乃自然之理。作风当然也应不断变化。若不变，则只能适应时尚的一时流行，乃因不使其心追求诚也。不使其心追求诚者，就不了解‘诚’之变化。今后不论千变万化，只要是发之追求诚之变化，皆是师之俳谐也。犹如四时之不断运行变化，万物亦更新，俳谐亦同此理也。”

由此观之，“不易”是万古不变的东西，即现象千变万化，然而其生命是万古不易的。从文学美学思想来说，“不易”也是贯穿于日本文学美学历史长河的“真实”之中，这是有其传统的。而“流行”是随时代推移而变化的，自然也是随着四季流转而变化的。所以，把握自然的本质，不应是眺望原来的自然，而是以凝视自然所获得的本质认识还原于原来的自然之上。

芭蕉的结论是：“句，有千载不易之姿，也有一时流行之姿，虽为两端，其根本一也。之所以为一，乃是汲取风雅之诚也。不知不易之句难以立根基。不知流行之句难以立新风。”（《俳谐问答》）

可以说，芭蕉主张的不易的“诚”与流行的“寂”，正是根基与新风的关系。穷究芭蕉俳论，都归为这两者，而这两者又归于同一根源，就是不易的风雅之道。这样，松尾芭蕉从根本上解决了俳句不断革新的理论问题。芭蕉这一俳谐的根本文学理念和美学理念为俳句带来了重大转机，在近古俳谐史、文学史上建立了一座丰碑。

蕉风从理论到实践的形成与发展过程中，松尾芭蕉起着巨大的作用，这种历史作用是任何人也替代不了的。不过，这又不仅是芭蕉以个人的力量所能完成的，而是通过其弟子的共同劳作，尤其是他的俳论，是通过其主要弟子著书立说而传承下来发扬光大的。蕉门弟子凡两千以上（其角《枯尾花》），其中有俳谐史称的“蕉门十哲”，但留传下来的十哲的名字有两种说法，一说是宝井其角、服部岚雪、森川许六、向井去来、各务支考、内藤丈草、杉山杉风、立花北枝、志太野坡、越智越人，这是见诸谢芜村的画赞《续俳家奇人传》的，也就是由芜村根据自己的标准选定的；一说前六人无异，后四人则为河合曾良、广濑惟然、服部土芳、天野桃邻。享宝十一年（1726）举行芭蕉 33 周年忌辰时，陶工一瓶、石田久光为祭祀俳圣芭蕉而创作“一翁四哲像”，芭蕉像坐其中，其角、去来、岚雪、丈草等四塑像则分列左右，故其后又有“蕉门四哲”之称。这都是后人评说的，许多地方上的杰出俳人，比如凡兆，并未列名其中。实际上留下伟大业绩的佼佼者，首先是其角、岚雪、许六、去来、土芳，其次是各务支考、山本荷兮、野泽凡兆、河合乙州、浜田洒堂（珍碛）等。无论对“蕉门十哲”如何评定，他们在蕉风发展的不同时期都是不能忽视的重要存在。

第四章　日本通俗文学的流行

第一节　通俗文学的流行及其类型化

进入江户时代以后，社会处在相对和平的时期，初期资本主义萌芽，町人在政治上和经济上拥有更大的实力。德川幕府实行文治改革，文化教育水平得到更大的提高，学术复兴，出版业发达，町人的求知欲望空前高涨，町人文化和通俗的平民文学也迅速获得了普及。在这种形势下，一种新的平民文学应运而生，大致分三大体系：一是净琉璃词章、歌舞伎脚本的戏曲文学；二是俳谐连句、俳句、俳文等的俳谐文学，这在上两章已经论述；三是作为通俗文学的读物小说类型，包括假名草子、浮世草子、草双纸、洒落本、滑稽本、人情本、读本等。这些文学体裁大大地丰富了庶民的文化生活，增加了这个时代文学的分量。

在读物小说体系方面，最早出现于江户时代前期的假名草子，与诗歌方面的俳句几乎是同时流行起来的。所谓“假名草子”，是指用假名书写的通俗读物类，目的在于将文学普及于大众。假名草子的先行作品是描写一对男女悲恋故事的《恨之介》，以及以书简体描写少女薄雪与少男卫门相恋、薄雪不幸病逝、卫门悲伤至极而遁世的故事《薄雪物语》。假名草子类别比较庞杂，大致可分为三大类：第一类为启蒙教化性作品，主要有《七人比丘尼》《二人比丘尼》《可笑记》《浮世物语》等，大多具有宗教或儒学教化的意味，还有女性教训的内容，这一类重功利性，占据着主导的地位；第二类为娱乐性作品，主要有《恨之介》《薄雪物语》《醒睡笑》等，少有教化的要素，多具故事性、风俗性、怪异性，完全以娱乐为目的；第三类为实用类作品，属见闻记录性质，主要有《东海道名胜记》《竹斋》《京童》《江户名胜记》《镰仓物语》等，内容多为游历名胜古迹、英雄会战、青楼评判等。假名草子的体裁是多样的，以小说体、随笔体为主，囊括问答体、寓言体、列传体、书简体、评判体（评论体）等，大多不具备完整的小说结构，因此上述的分类法不完全是以文学理念和美学理念为基准的。确切地说，假名草子并非通俗小说，而是通俗读物。

假名草子第一人是浅井了意。他的假名草子的特色之一，是根据自身务农的生活体验，表现了对农民悲惨生活的同情并对官家课以农民繁重劳役进行批判。从《浮世物语》《伽婢子》开始，经过《镰仓九代记》《北条九代记》，直到遗作《假犬》等，尽管类别不同、体裁各异，但这些代表作都贯穿了这种批判的精神。他抨击官家“对百姓町人无理无法地课役”，并发出了“不思民之苦劳，榨取民膏，吸取民血，以自身为乐。若论天理之本，他是人，我也是人”这样激愤的批判言词。这种批判，有时在笔下锋芒毕露，有时又在怪异谈中告发，或在滑稽的笑中展现。

他的作品特色之二，是具有纪行文的随笔性质，颇具知识性和趣味性。代表作是《东海道名胜记》，这是根据作者旅行东海道的体验，以写实的技法，描写了沿途的名胜古迹、神社佛阁、风俗历史、自然风光乃至青楼风情等，内容丰富，并在描写中编织了不少狂歌和发句，散文韵文结合，相得益彰。这部作品对于其后的滑稽本，比如十返舍一九的《东海道徒步旅行记》的问世，产生了直接的影响。同类作品，他还著有《江户名胜记》《京雀》等。

特色之三，是他的作品颇富怪异性、传奇性和浪漫性。姐妹篇《伽婢子》《假犬》等则属于怪异小说，内中的幽灵谭、神仙谭、天狗谭等都是以中国的怪谈为参照，展开自己的讲谈。这两部作品都运用了传统物语的雅文体，特别是编入数十首和歌，使散文与和歌浑然相融，增加了较多的文艺要素，同时又糅杂了劝惩的思想和因果报应的思想。它们的出现，对于确立怪异小说起到了先驱作用，带来了怪异小说一时的流行。

具有代表性的假名草子还有富山道治描写山城国医生在京无法立足而到各地行医见闻的《竹斋》、作者不详的讲述七个尼姑忏悔故事的《七人比丘尼》、安乐庵策传的包括风流好色谭等各种笑话故事的《醒睡笑》、铃木正三描写两个女子亡夫后为尼修行的不同命运故事的《二人比丘尼》等。假名草子的作者，大多是僧侣、儒学者、医学者、公卿、武士等，甚少出自町人，而且大部分作品作者不详。

总体来说，假名草子是从少数人享受的文学转向大众享受的文学的过渡形式，以教化第一、艺术第二为宗旨，不免缺乏文艺的要素，同时混杂各种形态，呈现一种混沌的状态。尽管如此，它对其后的浮世草子、读本、滑稽本等通俗文学的诞生起到了促进的作用。尤其是后期出现了以青楼风情为主题的假名草子，比如作者不详的《吉原鉴》、藤本箕山的《色道大鉴》、作者不详的《浪花钲》，掀起了前近代的性解放的风潮，对于井原西鹤的《好色一代

男》、上田秋成的《雨月物语》等名作的问世，还是产生了一定影响的。因而，尽管假名草子作为文学作品存在不成熟的一面，但在通向通俗小说兴隆的过渡期所起的历史作用是不能忽视的。

同时期，井原西鹤的《好色一代男》问世，宣告了一种新的通俗文学形态——浮世草子的诞生。浮世草子以大阪为中心开展创作活动，对于以京都为中心流行了 70 年的假名草子是一个很大的冲击，并且逐渐取而代之，确立了这一时代町人自己的文学，占据着日本文学史上重要的位置。

浮世草子所谓的“浮世”，就是“现世”之义。它与假名草子的主要区别是：浮世草子不像假名草子那样重教化性、实用性，而是具有更多的文艺性。更重要的是，浮世草子具备假名草子所不完全具备的小说基本特征，比如人物的塑造、较完整的故事结构以及贯穿其中的文学理念和美学理念，更具庶民性。

浮世草子多属“好色物”，加上当时德川幕府采取保护公娼的政策，文坛群起效仿井原西鹤，对其后各种通俗文学形态的形成影响很大。可以说，在这一领域里，井原西鹤是独占鳌头的。在文学史册留下名字的浮世草子作者及作品，还有云风子林洪及其《好色汗毛》、夜食时分及其《好色解毒散》以及江岛其碛的《女色三味线》《风流曲三味线》《倾城禁物》。其碛的上述三作以轻快的笔触描写了各种男女的“色道”诸相，有“色道大全”之称。江岛其碛成为继西鹤之后的浮世草子最有代表性的作者，但是大多数浮世草子的作者都被人遗忘了。井原西鹤逝世 11 年后，京都出版的报告文学《情死大鉴》收入男女殉情的事件 12 例，比较典型地反映了江户时代男女在性爱上受到封建主义的压抑以殉情来表现对人性与自由追求的现实，这是一种消极的反抗。由于这是报告文学，都有事实依据而不是虚构，幕府生怕会助长已流行的殉情风气，便以“好色书”为由而禁止发行。一些浮世草子作者模仿西鹤的作品而作，很少有独创性，浮世草子走向衰落。

17 世纪末至 19 世纪即江户中期至后期，首先流行的是“草双纸”，主要以妇女少儿为读者对象，以图为主，图文结合，体裁简素化、庶民化。草双纸种类繁多，分草创期的赤本、黑本、青本，是以封面颜色为名。发达期的黄表纸、后期的合卷等类又总称“江户草纸”。草创期的草双纸，题材多与净琉璃的内容有关，后来发展到取材于歌舞伎、稗史、童话、传说、神佛信仰、恋爱故事乃至街谈巷议，其特色与庶民生活和风俗密切联系，具有浓厚的娱乐性和一定的教化性，插图以风格画居多。有口皆碑的古老传说“猿蟹会战”“桃太郎”等都成为重要的题材。

随着流行的黄表纸逐渐提高了草双纸的文艺性，题材发生了很大的变化，多为“讽刺物”“讨敌物”“好色物”等，读者的对象也扩大到男性成年人。

代表作者是山东京传（1761—1816），他是黄表纸兼洒落本、读本的作者，代表作《江户风流荡子》。作品中，富家子弟艳治郎是个鼻子丑陋的男子，为取得风流人物之美名学唱谣曲、取乐艺妓，甚至买妓女演出“殉情”等，做出了种种卖弄风流的事。

京传主要从事洒落本的创作。所谓“洒落本”，是有别于草双纸、以图为主的“册子体”通俗文学形式，它文为主，图为辅，文体则以游戏的对话体为主。作为必要条件，洒落本以青楼为背景，内容多描写以江户吉原为中心的青楼男女的风流情怀，也涉及当时的社会世相。据日本学者考证，这是受到中国艳书类小说的影响（久松潜一责编《日本文学史》），可以说洒落本相当于中国的“艳书”。

洒落本初期的作者，主要是汉学家，多属做学问之余消闲而为之，以潇洒、滑稽、谐谑为特色。具有代表性的洒落本有田舍老人多田爷的《游子方言》、梦中山人寝言先生的《辰已之园》等。但“洒落本”这个名字，最早见于田螺金鱼的洒落本《十八大通百手枕》一书，“洒落”者极尽滑稽之意。

山东京传的洒落本则开拓了新的素材、新的视角，他以写实为主调，创作了代表作《通言总篱》《倾城买四十八手》。前者描写艳治郎与两位友人在吉原一家总店里，通宵达旦地畅叙食文化、茶道、色道等风雅甚或风流的闲话，直至天明，大醉方休；后者描写不同类型的男子家臣、地方武士、町人与青楼女子的关系。两部作品均成为洒落本的写实文学的杰作。此后，作者们模仿京传的作品日渐增多，促使洒落本发展到了全盛期。洒落本还有梅暮里谷峨的《倾城买二理》《青楼之癖》《宵之情》三部作品，模仿了山东京传的手法，对照地描写了青楼里色男的轻浮游戏与丑男的诚实游戏两者的强烈反差，道出了游兴不同的二理以及男女的真情，因而取得了成功。从整体来看，洒落本以轻快的对话体为主，主要采用写实的手法，内容通过青楼女与客人的对话，真实地反映出他们之间轻浮的游戏恋爱或纯真的恋爱故事。后期的一些洒落本还诉说了青楼女的悲惨的命运。在山东京传因为写洒落本而遭“笔祸”之后，通俗文学的作者们另寻活路，摸索着创造新的形式，先后产生了“读本”“滑稽本”“人情本”等类型。它们都含有上述诸种通俗文学的若干要素，而又具有各自不同的特色，为通俗文学的更大发展打下了坚实的基础。

“读本”不同于以图为主的草纸，而是以文章为主，不同于以现实为主的浮世草子、洒落本的写实小说，而是以历史传说为主的传奇体小说。它大致可以分为“传奇物”“劝惩物”“实录物”三大类，其中“传奇物”占半数以上，代表作是上田秋成的《雨月物语》。“劝惩物”代表作是曲亭马琴（泷

泽马琴）的《南总里见八犬传》（简称《八犬传》）。这是在“读本”中影响最大的两部作品，上田秋成和曲亭马琴两人在日本文学史上都占有重要的位置。“实录物”则缺乏成功的留世之作。读本经马琴之手，发展到了繁荣期，以后就迅速衰退了。

滑稽本、人情本的形式类似洒落本，它们通过叙事视角和角色模式的适当运用，在叙事文的表现法、会话的描写以及人物的塑造等方面都有所创新，对于确立近代小说的形态是产生过直接影响的。十返舍一九的《东海道徒步旅行记》就吸收洒落本的滑稽成分，描写了旅行东海道的滑稽的风俗见闻、好色的失败谭乃至江户儿对性的关心等等，为通俗文学开辟了新路，开了滑稽本的先河。式亭三马的《浮世澡堂》和《浮世理发馆》，以对话体描写了当时庶民以澡堂、理发馆为社交场所，笑谈人生，充满了滑稽的讽刺和逗笑，将滑稽本的创作推向一个新的阶段。

人情本是通俗小说的最后一种模式，代表作有十返舍一九的《清谈峰初花》、泷亭鲤丈的《明鸟后正梦》。人情本与洒落本、读本、滑稽本最大的不同，一是它既不以青楼为题材，又不以奇谭、劝惩为主题，而是将目光集中在市井的人情世态上；二是既无读本的传奇性，又不重洒落本、滑稽本的写实性，而是追求浓厚的情绪性，特别是哀的情绪性，突出强调“从诚意知‘哀’中，真正了解到人情”。

“江户人情本元祖”为永春水（1790—1843）的代表作《春色梅儿誉美》《春色辰巳园》，集中体现了人情本的这一特色。春水还著有《春色惠之花》《春色英对暖语》等，从不同的视角描写一男与三女四角恋爱，和封建时代一夫多妻制下男女关系的故事。尽管其故事结构尚欠严密，却给人物增添了人性的色彩，成功地塑造出具有个性的人物形象，同时通过女性恋爱活力的集中描写，构造出一幅幅女性的人生图景，缩短了故事与现实、小说人物与读者的距离，从而赢得了读者的喜爱。尤其是《春色梅儿誉美》以江户近郊的风物为背景，以柔媚的笔触描写了吉原青楼的男主人丹次郎与米八、阿辰、仇吉三个美女缠绵相恋，从中展现三个女子不同的痴情性格，通篇流溢出凄切、娇艳和伤感的情调，故拥有广大的女性读者。这五部作品总称《梅历》，意即历尽了辛苦后，有如迎春之梅花，无比艳丽，形成了“春色系列”，使人情本达到了最盛期，其流布延至近代的明治维新。为永春水的人情本，孕育了近代砚友社的风俗小说。

从假名草子、浮世草子、草双纸、洒落本到滑稽本、人情本等这一庞杂的类型化通俗文学，泛称为“江户戏作文学”。它们从不同的视角，用不同的模式，试图通过描写市井乃至青楼的生活、风俗和世相，诙谐逗笑，而不流于鄙俗和猥亵，但这仍与当时的社会规范的“义理”相克，与传统的“家”的秩序相悖。虽然这种戏作式的消极对抗属于个人无意识的抗争，但反映了町人的享乐主义的价值观，受到町人社会的广泛欢迎。然而，这些却不为权力所容忍。在幕末政权的严格检查制度下，一些作者，如井原西鹤、式亭三马、山东京传、为永春水，都蒙受过笔祸，他们的书遭到查禁，他们本人也受到不同的刑罚。因此，有些作者转而改写以读本为主的“劝惩文学”。不管怎样，这些通俗的“戏作文学”成为江户文艺和江户文化存在的基础，而且影响着通俗文学的审美观，在日本文学史上，特别是在大众文学史上占有重要的地位。

第二节　井原西鹤与“浮世草子”

浮世草子的历史，几乎可以说是以井原西鹤为中心的历史。

井原西鹤（1642—1693）是个多才多艺的作家，身兼俳谐、浮世草子、净琉璃的创作者，曾一度经商，熟悉商界的种种内情。这种町人生活的体验，为其后他的文学创作尤其是使他成名的浮世草子打下厚实的生活基础。西鹤的浮世草子分为四大类：一是“好色物”，二是“武家物”，三是“杂话物”，四是“町人物”。其中“好色物”和“町人物”无论在西鹤的个人创作史上，还是在日本文学史上，都占有重要的地位。

西鹤首先发表的《好色一代男》，是他成为小说家的处女作，也是在文学史上开创“浮世草子”时代的里程碑式的作品。小说以町人社会的新兴为背景，以青楼为舞台，描写了富商梦之介沉迷于女色，与青楼女子生下世之介。世之介受其父“熏陶”，少年时代就饶有兴致地偷听男女的情话，涉足青楼去体验“初欢”的“乐趣”。他目睹有的青楼女子为摆脱苦海而削发为尼，从青楼女子那里了解到辛酸的社会世相。父亲辞世，世之介继承了其父遗产，仍倾注于情爱，成为“风流人”，达到町人唯一的自由世界。可是，人到花甲之年，身边无父母妻儿，孤身一人，觉得这个俗世已无可留恋，不想再沉迷于女色，便乘坐一艘新造的“好色号”，从伊豆半岛起航开赴女护岛，从此音讯全无。

这部作品的文体，以近于口头语的通俗文语体为主，插入某些和歌、谣曲、汉诗文等，从小说结构的 54 回，到角色模式两代的好色，都模仿了紫式部的《源氏物语》，以世之介继承其父的好色一生为主轴，细致地描写了地方的民风习俗，勾勒出各种人物的鲜明的性格轮廓，不时以俳句式的谐谑笔调，讽刺轻浮的现世以及现世的价值规范和行为准则之诸相，加深了风流情趣的文化内涵。小说共 54 回，构成一部统一而完整的长篇，但各回又自成相对独

立的故事，以世之介好色一生为经，以各地方风俗为纬，从不同视角编织出一幅町人现世的多彩的世相图，一幅江户时代町人社会风俗文化的缩影图。

继《好色一代男》之后，西鹤还写了《好色二代男》（本题《诸艳大鉴》）等系列“好色物”，以爱欲的自由和人性的解放为主题，贯通了当时流行的“粹”，即风流的美学思想。他的好色文学就是“粹”的美学的形象化。换句话说，他的作品大多对“男色”，即男子与青楼女子的爱欲，持肯定的态度，加以赞美，并称他们“双方都是上好，是人人也模仿的‘粹’”，始终称赞人性的美，即使是揭示丑恶的一面，也是作为在封建制度下人性的一种扭曲，是性的自白。

以女色为主题的，西鹤还写了《好色一代女》《好色五人女》等系列作品，描写了女子得不到真正的爱而殉情，或者揭露了男女地位的不平等，比如官宦与青楼女子、小姐与男仆之恋，低贱一方被对方背弃，或者因触犯封建社会严格的等级制度，低贱一方被对方处死，或自己殉情，总之是低贱一方受害或与殉情相连。西鹤对当时“好色”女子的殉情这样解释说：这类殉情，既非义理，也非人情，而是出于不自由，这是根据无情而在是非的极点上形成的。这种殉情无一例外都是青楼女子，身为官宦巨贾的男人，即使迷于恋情，难道他们会去殉情吗？

从西鹤这段话来看，他的“好色”审美情趣，首先是将爱与性放在反封建“义理”、反礼教的特殊位置上，始终追求爱与性的自由表现，以赞美的笔触来展现女性包括青楼女子大胆的情爱，以及隐秘的人间爱与性的悲欢、风雅和美。尽管他笔下“好色”的描写大胆、露骨和放荡，但正如他说的，好色者，“纵使放荡，心灵也不应该是龌龊的”。也就是说，西鹤认为好色主要指精神方面，而不是性的生理本身，即着重追求自由与肯定人性，尤其是从性的侧面肯定人的自然的生的欲求，表现出风流的情趣。可以说，西鹤的“好色物”是乐观、健康和明快的，是对恋爱自由的肯定，显示了上升期町人的人文精神。

以井原西鹤为代表的通俗文学产生“好色物”不是偶然的，是有其历史文化背景的。那就是当时存在以武士阶级为代表的封建性的儒学理想主义以及以町人为代表的前近代性的现世主义两种对立思想潮流。后者以人为本位，重视人的自然生命、人的本能性，追求自我满足、享乐和个人生活的充实，反映了这一时期人文主义的萌芽和性意识的自觉，“好色”形成一种可以被广泛接受的风潮。在日本文学中，所谓“好色”，是一种恋爱情趣，是属于精神性的，而不是追求性本身，也就是说，主要从性的侧面肯定人的自然的生活，享受现世的人生。本居宣长以“出淤泥而不染”的荷花来比喻“好色”者，并将“好色”作为生命的深切的“哀”，用“物哀”这一概念将平安时代的“好色”观念与当时的宿命观相统一，概括其美的本质，赋予其普遍的文明价值和精神特征。由此，“好色”的理念有了新的内涵，以表现纯粹精神性的新内容为主体。

在日本文学史、美学史上，这一时期纯粹精神性的“好色”的美理念，首先被提升归纳为“粹”。一般来说，通俗文学发展前期的假名草子、浮世草子追求的美理念称“粹”。从江户时代“好色”文学思潮发展的脉络来看，将男女“知恋爱”的“好色”情趣作为纯粹精神性始于假名草子和浮世草子，“粹”一词始见于假名草子的《青楼女评判记》《秘传书》。至西鹤的浮世草子，采用“粹”的称谓就普及了。但这种男女的恋爱大多发生在青楼女子与男子身上，所以“粹”作为理想的存在，一种美理念，也限定在青楼内的男女情爱关系上使用，而在青楼以外的男女关系上是忌用这个词的。从这个词的语源、语义来考察，最早源于“纯粹”“拔粹”“生粹”，意思是通人情，特别是指通晓青楼或艺人社会的情事。通俗文学发展中期以山东京传为代表的洒落本、以式亭三马为代表的滑稽本称之为“通”，后期以为永春水为代表的人情本称之为“雅”，其内容大致是相通的，只不过不同时期、不同文艺形式其称谓有所不同罢了。可以说，日本“好色”的理念是有其风雅甚或风流的特殊含义的。

继“好色物”之后，西鹤继续在浮世草子创作方面开拓新的空间，最有成就的是“町人物”。他透过町人社会的表象，深刻地把握了町人社会的内部世界。西鹤代表作有《日本致富宝鉴》，它由30篇说话组成30个不同的故事，但都是以上层町人强烈的物质占有欲为主题，描写有的漕运商发家致富，安富尊荣；有的布商拉拢官府承包官服，得来“数不尽一本万有账”；有的小商神助聪明，八面玲珑，精于买卖，成为当地一宝，稳做“太平盛世人”；也有的老富翁一生节俭积下的钱财被第二代挥霍净尽，“一度欣荣一度衰”；或富商之子因欠伶俐，家业衰败，财宝空荡，方悟“金钱之为物，聚之不易，挥之则快”等。作品通过一个个靠机智和节俭积蓄财富兴家的成功者的故事，或一些破产没落的失败者的故事，道出种种致富的奇妙方法，体现了町人的“世上没有什么比金钱更有意思”“世上缺少不得的是钱财”的思想，反映了町人社会的经济生活的浮世百态。作者在书中最后说，此乃“为供后人借鉴，书于日本宝帐”。

还有《世人的如意算盘》，由20个短篇说话组成，冠以副题《除夕一日千金》，描写了下层町人要精于家计、应付买卖的种种福气与晦气的问题，有的人家朝不保夕，计算着花费过日子；有的人腊月除夕典当家物，靠几个铜钱过年；有的人一年到头将精力耗尽，只能糊口过年夜；有的人债台高筑

或万事赊账，大年夜躲债，躲得了初一躲不了十五，招来一身大晦气，神灵也难保佑；有的人甚至欲走上自杀之路等。作者通过一幅幅世间凄凉、人情淡薄的除夕景象，客观写实地反映了他们每年大年夜要打好如意算盘，苦于贫穷的生活，同时也鞭挞那些束手不干活、只想一步登天发大财的穷人。作者慨叹，“当今之世，富则极乐，穷则地狱”，且“看古今世态人心”。他在小序中告诫，做下层町人“贵在精心打好算盘，一刻也不能疏忽”，道出了该书的主题思想。

此外，西鹤的创作素材也不断扩大，以武士的义理为主题的“武家物”，代表作有《武道传来记》《武家义理物语》等；以日本各地的奇谈怪论为素材的“杂话物”，代表作有《西鹤诸国奇谭》《怀砚》《本朝樱阴比事》等。

正是浮世草子这一文学领域的劳作结晶，使井原西鹤与俳圣松尾芭蕉、净琉璃•歌舞伎剧作者第一人近松门左卫门齐名，被世人公认为近古“元禄文坛三杰”“元禄文艺复兴的旗手”。

第三节 上田秋成与《雨月物语》

上田秋成(1734—1809)是个遗腹子，4岁被生母遗弃，自言“生父生死不知，生母只一面耳”，“无父不知其故，4岁母亦舍，有幸上田氏所养”。少时患水痘，断右中指，截左二指，他自戏为“剪枝（指）畸人”。这种境遇给他的心灵留下了深深的伤痕，使他患了幻想症。青年时代，爱好中日的古今奇谈，这对他的文学创作产生很大的影响。他关注庶民个体的独立性，产生了前近代小说的自觉，开始从事文学创作。他从写作浮世草子开始，后转型采用读本的形式，写了《雨月物语》，将这种“读本”文学推向一个新的高峰。

《雨月物语》是一部梦幻式怪异奇谈，全书由《白峰》《菊花之约》《夜归荒宅》《吉备津之釜》《佛法僧》《鲤鱼梦》《蛇性之淫》《青头巾》《贫富论》等9篇短篇辑成。《吉备津之釜》和《蛇性之淫》两篇是《雨月物语》中最怪异之杰作，是借用东方宗教文化有关人的灵魂离开个体，超越生死与时空而自由地活动的构思衍生而来的。

《吉备津之釜》描写吉备国有个富农的儿子，父母虽为他娶了一个美貌的妻子，他却生性放荡不羁，仍沉迷于酒色，并欺骗其妻的钱财，与青楼女子外逃。不料，途中青楼女子感染了瘟疫，命丧黄泉，而被遗弃在家的妻子也因终日抱恨魂归西天，化为怨鬼。夜间这个放荡子被厉鬼附身，手持大釜走出门外，在拂晓前黑暗的夜空下，留下一声悲鸣，奇怪地失去踪影。人们举灯察看，只见屋外墙边留下一摊鲜血、一个发髻，不见尸骸。此乃神釜之所示，可谓鬼气十足。这个故事，使用了日本《本朝神社考》中吉备津神社有关男女用神釜占卜吉凶，结果不祥，以悲剧而结束的传说。

《蛇性之淫》描写渔商之子丰雄乃风雅之人，疏于家业。其父万般无奈，将他送至新宫神社，拜神官为师。一天，下着细雨，丰雄撑着从师父那里借来的雨伞回家，途中在鱼铺避雨时，巧遇美貌的寡妇真名儿及一个小丫环，不觉心荡神驰，萌生了爱意。于是，丰雄将雨伞借给真名儿后，回到家中，总是拂不去真名儿的影子。夜间入梦，寻找到真名儿家中，正欲伏枕细谈时，却醒了过来，难以分辨是梦是真。于是，丰雄赶到真名儿家中，真名儿将亡夫留下的宝刀相赠。官家怀疑宝刀是盗来的国宝，拘捕了丰雄，押着他赶至真名儿家，只见屋宇残破，杂草丛生，进入屋内，看见一个秀丽女子安然而坐，正欲走近逮捕她时，突然天崩地裂，不见女子的踪影。其后，丰雄心中仍闪现着真名儿的身影。家人认为真名儿是妖魔，对他们的爱情加以阻挠。后来，丰雄经家人介绍，与宫中貌美的女官富子结为连理，在闺房里被弄得神魂颠倒。第二夜，他发现妻子富子原来是蛇附身。最后，丰雄在道成寺的法海和尚的相助下，用袈裟紧扣住蛇女。可是揭开袈裟，只见一条白蛇伏在富子的身上。法师将制服了的白蛇封在钵之中。入钵之前，蛇女真名儿对丰雄呼唤出最后一句话：“你为何如此无情！”

从《蛇性之淫》的上述故事结构和人物设计来看，它以中国的《白蛇传》特别是《警世通言》中《白娘子永镇雷峰塔》为蓝本，以蛇化身的白娘子作为痴情女子，演化为作为蛇化身的真名儿的形象，与束缚他们爱情的封建旧习及背弃她的爱情的丰雄抗争。篇名《蛇性之淫》的“淫”字，日语是“爱欲”“性欲”之义，故也可将它译为《蛇性之恋》，都是恪守信义，执着爱欲，只是与中国白娘子因“一时冒犯天条”的抗争手段不同，它采用了蛇性的“恶报”手段来抗争罢了。可以说，两者的主题思想是十分类似的。从情节上来说，比如，两蛇女都有丫环相伴，情人——许仙或丰雄都借雨伞给蛇女，还有白蛇赠许仙以银两、蛇女真名儿赠丰雄以宝刀，最后两蛇女都被道士（或法师）整治，一个永镇雷峰塔，一个永埋道成寺等，也有不少相近之处。《蛇性之淫》融入日本谣曲《道成寺》的蛇女“恶报”的怪异精神。这出剧描写道成寺和尚安珍和美女清姬相恋，清姬决心嫁他，他受到寺庙禁制，渡高曰川而逃，清姬飞川追赶，结果被住持用法力降伏，清姬愤于安珍的负义，积怨变成了女蛇，放毒炎将躲藏在大钟内的安珍化为灰烬的恶报故事。所以《蛇性之淫》的“恶报”也增添了怪异谭的本土色彩，作为蛇性的爱，还含有“哀”，即可怜的因素。

《雨月物语》的其他篇目，内容不同，但都写了亡灵现身与现世交往（《夜

归荒宅》《佛法僧》《青头巾》），或是人变成鱼、变成黄金的精灵现身（《鲤鱼梦》《贫富论》）。全书各篇有着以下共同的基本特色：一是完全或部分根据中国白话小说改编，或受中国小说影响而创作，比如《菊花之约》《鲤鱼梦》《夜归荒宅》《蛇性之淫》；二是根据街谈巷议而创作，比如《佛法僧》，以及参照和汉文献而创作，比如《吉备津之釜》；三是部分根据典籍，部分由作者创作，比如《白峰》《青头巾》《贫富论》。综观之，《雨月物语》部分根据中国白话小说改编，并加以日本化；部分采用和汉典籍，使两者融合，以日本传统审美情趣表现出来。还有一些纯粹根据日本的古典、先行文艺作品改编，或由作者独立创作。不管哪一种情况，作者都充分发挥了自己的自由精神和创造力，作品是和汉文学融合的产物。其突出的成就是：小说结构严密，人物性格一贯，虽是怪异，却将怪异升华为美，使之富有高度的浪漫性和幻想性、浓厚的人情味和封建社会人间像的真实性，加上清新的文体，具有很高的艺术价值，堪称“读本”的杰作，对后期“读本”创作产生了很大的影响。

第四节　式亭三马与《浮世澡堂》

通俗文学方面做出重大贡献的，还有式亭三马（1776—1822）。他自学成才，为了生活，一边经商一边从事创作，除了习作“黄表纸”之外，还取材于狂言、歌舞伎的故事，试作过“洒落本”“读本”等各种类型的通俗小说，而最后取得成功的，是创作滑稽本，颇有“戏作”的天才。

《浮世澡堂》和《浮世理发馆》是式亭三马的滑稽本代表作，也是滑稽本顶峰之作。《浮世澡堂》全书分四篇，三马在第一篇开卷就叙述了澡堂的概况，表明“在澡堂里，神祇释教恋无常，都混杂在一起了”。书中描写了男澡堂的“早晨的光景”“中午的光景”“下午的光景”不同时间内的入浴状况。“早晨的光景”描写中风半瘫的豚七、隐居的老大爷的入浴情景，描写了他们的病态、老态以及他们与澡堂客的对话，道生死病痛的恼人事；医生则点评行医的凄苦；两男子议论放荡的人心术不正、不孝，积聚不了钱财，认为这是报应；两人谈，讥讽投机者对钱财贪得无厌，有如想山芋变鳗鱼，吃到的却是一块鳗的硬皮。最后以澡堂客谈兴正浓之时，豚七因长时间泡澡，中了热气而结束了这一“早晨的光景”。“中午的光景”从浴池里的人喊着要水开始，一个乡下来的人就手拿放在池边的裤带子当手巾擦脸，一个劲地喊“臭呀！”就结束了。“下午的光景”以一群顽童嬉闹开始，叙说一个醉汉借三分酒气要求小伙计归还洗澡钱，贪吃小伙计的茶和点心；五个盲人唱净琉璃，唱出“圣代连续万万年，上下贵贱在一起”；醉汉、盲人又与江户儿、唱净琉璃的义大夫聊起江户的艺能和风习来，等等。在侃侃而谈中，宣示人生之理、风俗之繁、伦理之善恶。

第二篇是“早晨至中午的光景”，第三篇是“正月的女浴”，都是以女澡堂为舞台，通过江户女与大阪女之间、艺妓之间、少女之间、大娘之间、女佣之间等的对话，调侃另一个世界的事。对话从谈论发式、油盐酱醋、婚嫁产子、婆媳关系、夫妻间的拌嘴、孩子间的吵架，到艺妓私下议论男客的逸闻、女佣背后饶舌非议主人，到讨论戏剧、说书、评人物，乃至关西关东语言的差异。话题天南海北，东拉西扯。透过女人们赤裸裸的言谈，展现出种种社会世相和人物形象，还提出一些伦理道德的问题，都是属于斑驳的女人世界。这正如作者本人在自序中所戏言：“在九尺四方澡堂里，尽吐谵言。”

余下的第四篇，又回到男澡堂，时间已是“秋天的光景”。从开头春暮、夏逝到秋来，随着季节的变化，此时男客泡在浴池里转向谈起七月十五日盂兰盆节舞蹈的事、越后大雪和雪女的事、商界吝啬人的事、花钱的事、作俳句的事以及茶余饭后吃喝玩乐诸如此类的事，事无巨细，无所不包，都尽在谈论的话题之中，忠实地再现了自己所熟悉的江户市井杂事和庶民方方面面的生活感情。作者在这一篇的跋文中，借用中国宋代周敦颐（茂叔）的传记中的“胸中洒落，如光风霁月”句，写了下面一段话，结束了全书:“面对砚台，滑稽跃然纸上，诙谐笔下如有神。呜呼，何其洒落。呜呼，何其洒落。茂叔胸中式亭腹，其洒落如光风霁月。”

三马在这部作品中没有设定贯穿于全书的主人公，出场人物不断变换，并且多透过人物生动的对话形式，表现以庶民为主的各种不同人物的气质和性格特征。同时透过作者敏锐的“批评眼”，观察和分析“贤愚邪正、贫富贵贱”的“七情六欲”和“大千世界”，并采用调侃的笑或揶揄的笑等等手法表现出来。为确保最大的“笑”，对话的描写有夸张的成分，而且在“笑”中——包括在欢笑与苦笑中进行教化。美中不足的是，作品缺乏完整的故事结构，且人物杂多，缺乏个性，形象多有重复，语言也多有雷同，存在将人物类型化的倾向。但是，作者创造了自己独特的风格，在逗乐中达到自己写作本书的目的，在这点上取得了成功，颇受当时庶民大众的欢迎。

在《浮世澡堂》获得成功之后，三马继续写了《浮世理发馆》，将舞台移到另一个庶民的社交场所——理发馆。他试图通过观察出现在理发馆的众多客人来了解浮世的种种人情，并将它们写出来。所以在作品中，作者让来理发馆理发的中下层町人、浪人豪侠、腐儒隐者、小商小贩等形形色色的人物登场，透过他们幽默滑稽的对话，刻画出一个个栩栩如生的人物形象。比如，

腐儒谈古论今，从中国的《左传》到日本的《万叶集》，别人听不懂，还自以为“和愚人谈论是无益的”，表现了儒者以清贫为乐的性格，同时也幽默地揶揄了他不懂得许多世俗之事，连他自己也不得不承认“圣人也有为难的事”。再比如，少爷德太郎与伙伴谈论女人，评头品足，从议论自己的老婆、艺妓的美与丑，谈到男人娶了丑媳妇也还可以在外纳妾宿妓；还有不少男人谈论女人的笑话，包括当时流行的好色美谈，并通过名叫土龙的男子的嘴，说出男人与女人对“色”与“恋”实际存在的差别，披露了在男女关系上所表现出来的封建道德和审美价值取向。又比如，作品借议论“戒名”之分长短，以表示财富、地位之大小没有高低，讥讽一些连佛道修行都没有的佛爷也起了个长长的“戒名”，慨叹“生时讲名利，死后也讲名利”的世俗，并叹息浮世如梦幻，荣华富贵也只是风前的尘土，如此等等。这些描写，反映了男性人物性格和人生观的特征，以及与之相关的人情之机微和社会之世态。虽然小说仍保持平面式的描写，但细致而精密，而且为适应小说情节发展的要求，小说结构趋于紧密。

从角色模式来说，如果说《浮世澡堂》没有设定贯穿于全书的主人公的话，那么《浮世理发馆》虽设定了主人公——理发馆的主人鬓五郎，但也只是起着穿针引线的作用，引起话题后，就让位于不同角色，展开不同的故事。同时，如果说《浮世澡堂》分别叙说了男人和女人两个不同的世界，那么《浮世理发馆》则主要描写男人的世界，显得没有那么斑驳了。

式亭三马在《浮世澡堂》《浮世理发馆》这两部作品里，聚集各类庶民登上澡堂、理发馆这样的舞台，以“笔头取笑”“舌头逗乐”的形式，让他们尽情地表演，将这个时代的庶民社会和生活、这个时代的大千世界尽情地展现在世人面前，犹如编织出一幅江户下层町人的历史画卷，在文学史上的意义是重大的。

第五节　曲亭马琴与《八犬传》

这一时期唯一的超长篇小说是《南总里见八犬传》（简称《八犬传》），也是当时最伟大的传奇小说。作者曲亭马琴（1767—1848），下级武士阶级出身，家贫如洗，于江户及各地过着流浪的生活，尽情放荡之后，立志于文艺事业。他旅行京阪时，接触到井原西鹤、近松门左卫门以来形成的文学传统和文人风格，于是从创作读本出发，写下了第一部读本《月冰奇缘》，获得好评，作为读本作者而得到文坛的承认。从此，他义无反顾地走上创作之路，这成为马琴创作生涯的重要转折点。

马琴的读本，从题材上可以归纳为四大类："讨敌物"，比如《月冰奇缘》《石言遗响》《三国一夜物语》，是以当时通俗小说流行的讨敌作为主题，多吸收中国小说和日本净琉璃·歌舞伎有关讨敌方面的题材，且加入怪异灵验谭的因素；"传说物"，比如《四天皇剿盗异录》《劝善常世物语》《皿皿乡谈》，是以古代传说为基础，融合相关史实，且含有某些奇谭的因素；"情话·巷谈物"，比如《三七全传南柯梦》《松染情史秋七草》《八丈谈》，是以社会上流传的爱情事件为素材，写出被封建社会认为是猥亵的男女关系，但它们将人物由町人变换为武士，并以义理和宿命的因果说加以制约；"史传物"，《弓月奇谭》《八犬传》就是"史传类"的代表作，它们属于一种演义体的小说，在各类读本中最有成就，形成江户读本的主流。马琴名副其实地成为读本作者的第一人。

《弓月奇谭》，全28卷，分前篇、后篇、续篇、拾遗·残篇。这是马琴从执笔到全部刊出花了约6年的时间完成的第一部长篇读本，主要题材取自《保元物语》《太平记》，并参照中国的《水浒后传》《水浒传》《三国演义》等小说的构思，构建了独特的艺术世界。故事的前半部以保元之乱的史实为依据，描写源为朝在保元之乱失败后被流放到伊豆大岛，在悲运中他寻求新的天地，整治了当地的虐政，开拓了诸岛。后半部则模仿《水浒后传》的英雄李俊赴暹罗平定那里的内乱成为暹罗王的故事，讲述了源为朝与其子到了琉球，平定了当地的内乱，其子成为琉球王，得以子孙满堂的故事。

马琴以史实为背景，通过小说的虚构，将人物性格加以理想化和单纯化。同时，马琴充分发挥天才的想象力，拉开故事序幕，铺陈源为朝的曲折而具几分神秘的生涯，最后源为朝登上八头山，会神仙福禄寿，福禄寿示意琉球未来的命运，规劝他回到日本，这时从云间出现保元之战阵亡的战士，源为朝见此便乘马飞天，隐没在云间，最终以这样无稽的手法，落下了全故事的帷幕。正如作者所说，这是一种"空想的结构"，"此书述古添新，流风文采，自然奇拔，亦是虚实参半，似唐山演义之趣"。它虽归属"史传物"类，然而已发展成一个新的文体——演义小说体。这部作品的问世，对于当时净琉璃·歌舞伎的剧本创作产生了很大的影响并及于当代，比如三岛由纪夫的现代歌舞伎剧本《弓月奇谭》也是据此改编的。

马琴由此更充满自信，立下雄心壮志，要在读本这一领域再大显身手。于是他闭门谢客，伏案写作，度其余生。他的不朽名作《八犬传》就是在这种情况下诞生的。《八犬传》全9辑98卷，从48岁开笔，到75岁完稿并全部出版，前后历经27年。可以说，作家是花了毕生的精力和心血来完成这部宏大的长篇巨作的。但晚年的马琴忍受了丧妻失子之痛，双目失明之苦使他

无法执笔，最后三四年不得不改由本人口授，儿媳代笔，好不容易才完成全部书稿。正如他在第 9 辑最后一卷《回外剩笔》中所慨叹的："老翁目衰难执笔，教媳代书苦难言。"众所公认，《八犬传》作为史传体小说，在日本大众文学史上是无与类比的，作为长篇小说，在世界大众文学史上也是屈指可数的。作家自嘲自叹地说："知吾者，其惟《八犬传》欤。不知吾者，其惟《八犬传》欤。"

这部作品以南总里见家盛衰兴亡史作为题材，故事大意是：里见义实战败之后，逃至安房，在国主的遗臣孝吉的帮助之下，消灭定包，并处定包之妾玉梓极刑。玉梓死前诅咒里见儿孙将人畜生道，变成犬类。在安房苦战景连时，里见曾对爱犬八房说："你若能咬死景连，就将爱女伏姬嫁给你。"八房将对方的首级拿下，向伏姬求爱。里见见状，欲将八房杀掉。伏姬反对，最后与八房一起出家，躲在富山洞内诵读《法华经》。但是，里见却召孝吉之子孝德救出伏姬，招孝德为婿。孝德欲击毙八房，不慎误射伏姬。伏姬为表忠贞，剖腹自尽，从腹中飞出一串 108 颗的玉珠，散落地上的 8 颗上面分别刻有"仁、义、礼、智、忠、信、孝、悌"各一字的灵玉，成为八犬士出世之前兆。其后由此出世的八犬士，冠以犬姓，分别成为具现儒教八德的勇士，代表"善"的一方，与八德相反者是"恶"的一方。八犬士自认为乃是宿世之兄弟，结集在主君里见义实的旗下，互相结义，力尽忠节，帮助里见家复兴。小说以这八犬士为中心人物，描写了他们在与主家聚集中的悲欢离合，不断出现的奇遇、奇祸，以及与代表善恶邪正的各类人物周旋，经历变化万千的危机，冒生命之危险，叱咤风云，最后完成复兴封建主里见家的大业，功成名就后，与里见家的八位姬君成婚，子孙满堂。他们老来进入富山山中，成仙隐身，以大团圆而结局，从而实现了作者的理想世界。

马琴的《八犬传》主要是仿中国故事编成，其目的是宣扬"劝善惩恶"和"因果报应"思想。如作者所云，他撰写《八犬传》，目的是"推说因果，以警醒妇孺"。

从作品的整体构思来看，主要参照《水浒传》，部分由中国《搜神记》《三国演义》《西游记》等故事衍生而成。尤其是作者自始至终都以《水浒传》作为参照系，无处不对照《水浒传》，取其精髓，而又异其事，在描写和叙述上更多采取暗示的象征手法，描写了世态人情，甚至以中国传说中的"人畜交婚谭"等怪谈鬼话安排情节，抹上了浓重的浪漫色彩。然而，作者又嫌《水浒传》的"劝惩过于隐晦，至今无善悟者，徒观其表，不过是强人之侠义"，"毕竟，游戏三昧，于世毫无裨益"，故而他摆脱《水浒传》过多的俗谈之观念，使之寓意于劝惩，以虚构之事而警醒尘俗，在对众多人物彼此的对照中，更有意识地突出宣扬儒佛的劝善惩恶和因果报应的思想，还对武士道以死守忠义的精神大加礼赞。因此，作者未模仿《水浒传》众多好汉阵亡的悲剧结局，相反，以里见开创十代之荣耀，尽大团圆之欢而终结，此乃如作者本人所说："作者之用心从一开始就不同于《水浒传》"，"毋宁说，作者之用心是'劝惩'二字"。也就是说，尽管《八犬传》效仿《水浒传》的怪谈，但表面相似，内在实质是不同的。因而，他强调"怪谈有雅俗之别，余所撰怪谈无不寓劝惩者"，缘此他写怪谈乃赋予"劝善惩恶"教训之意，显现了马琴的独立思考，以构建作者自己的理想世界。

其次，借鉴本土的战记文学《义经记》吉野山的英勇战斗史迹、《太平记》犬戎国等的故事，以及借用《平家物语》"祇园精舍钟声""两株沙罗花色"以警世"诸行无常"和"盛者必衰"的道理，作品演绎出"如是畜生发菩提心"，以优美的文字写了伏姬的起居和心境。同时，作品精密地查阅有关里见的《里见代代记》《里见战记》等历史文献和《房总治乱记》《房总地志》，把握有关史实，使史实与虚构交错，进一步将历史抽象化，通过宏伟壮阔的场景、曲折离奇的情节和奸贼淫妇的纠葛，横向揭示人物的善恶行为、空想的仁义事件以及这些人物的不同命途。同时，作品分别设置八犬士的列传，纵向展开八犬士波澜壮阔的成长过程，有序地谱写他们的诚信和事业的正义，博得伏姬灵神、灵玉加护的个人传奇经历，配以四季的自然风情，纵横编织出一幅多彩而华丽的浪漫画卷，使这部英雄史诗更加具有吸引力。而且，故事构思奇特怪异，叙述精妙，比喻连续，跌宕起伏，环环相扣，令人拍案称奇。大概是受到战记物语的影响，其中两虎相争、二龙互斗的场面描写得最为豪壮和宏伟。加上文体和汉折中，修辞雅俗兼容，大大地扩展了语言的空间，且笔力刚劲，频频使用拟态词、拟声词等，给人一种跃动感。这些都是《八犬传》的基本特色，引人入胜。

可以说，《八犬传》脱胎于《水浒传》，借助形式多于思想，即使借助思想，比如忠义思想，也是扎根于本土的武士道以死相赌的义理精神和当时流行的"劝惩主义"文学思潮的土壤之中，既借鉴外来的《水浒传》的小说技法，又完全摆脱它们的羁绊"脱胎换骨"，完成了纯日本式的演义体小说，有日本《水浒传》之称。

概括地说，马琴的文学模式具有四要素，即荒诞怪异的虚构内容、通俗的语言表达、"稗史七法则"的技法、以宣扬因果之理来达到劝惩的目的。马琴的这种文学模式通过《八犬传》得以完成，在日本文学史上写下了不可或缺的一页。

第五章 日本近代文学的诞生

第一节 启蒙思潮与近代文学

随着日本从传统社会向近代社会过渡，实现近代化，其启蒙思潮不可避免地接受了近代西方人文主义的精神和人格平等的自觉性。

在这种背景下，明治维新后六年（1873），福泽谕吉、西周、中村正直等一批启蒙思想家成立了“明六社”，并于翌年创办《明六杂志》。除了宣扬西方的科学技术和物质文明以外，这些启蒙思想家十分重视介绍和普及西方精神文明。他们不仅致力于政治思想启蒙运动，而且直接进行文艺美学上的启蒙教育，这对于日本近代文学的生成与发展产生了直接而重大的影响。明治维新初期，日本引进了大批西方文学作品，但是未能及时消化。这是因为一方面还没有相应的新美学理论体系来支撑，另一方面文学传统所带有的惰性也不能适时地具备接受西方美学的新知识的能力。文学的启蒙，自然地选择文学结构的核心美学作为突破口。

西周、中江兆民和菊池大麓最先在翻译介绍西方美学方面做了出色的启蒙工作。西周在《百学连环》《百一新论》中不仅传播了实证主义思想，而且提出了他对美学思想的构思。中江兆民翻译出版了维龙的《美学》，即通称的《维氏美学》（上下卷），从孔德的实证主义和斯宾塞的进化论出发，排除观念上的理想美，主张艺术上的真实与个性。菊池大麓翻译了《修辞与文采学》，还运用心理学的美学来探讨语言美的种类和效果，以及诗的本质和分类等。这些翻译的西方美学作品，对于日本近代的文学艺术思想和美学思想产生了重大的影响。同时，值得一提的是，美国东方美术研究家劳诺洛萨在东京发表了题为《美术真说》的讲演，提出了“以娱乐人心，使人的气质和品格趋于高尚为目的”的美学观，强调传统的艺术精神与西方艺术精神的交流的重要性，对于促进新的西方美学的传播起到了重大的作用。

从近古向近代转型，日本接受西方近代文学，始于青木昆阳翻译的四首

《劝酒歌》、前野良翻译的拉丁语诗集以及司马江汉翻译的有关西洋画技法的书。最早翻译的文学作品，则为黑田麴庐通过荷兰语本翻译的《漂流记》，其后横田由清重新编译，译名为《鲁滨孙漂流记》。此外，还有《一千零一夜》和《伊索寓言》等。

出于宗教的原因，当时翻译的《赞美诗》，译文采用日本文语体，是当时最美的文章之一，可以作为文艺作品来享受，对近代日本翻译文学也产生了积极的影响。但这一时期，从翻译的目的和态度来看，真正从文学的立场和观点出发翻译的作品并不多。直至明治维新后10年，日本文坛上才正式掀起一股介绍西方文学作品的“翻译热”，又经过10年达到了全盛期。

以文学启蒙为目的而翻译的先驱者，是织田纯一郎。他翻译了英国政治家、作家利顿的《阿内斯特》和《艾丽丝》，译名为《欧洲奇事·花柳春话》，还译了《庞培的末日》，译名为《奇想春史》。他强调翻译文学的目的，突出文学的人情性，通过西方文学来了解西方人的人情世态。这时出现了一批具有强烈政治意识的翻译文学作品，其翻译目的都是与自由民权运动相呼应的。在此前后，还出现了一批具有文学价值的译作，其中坪内逍遥意译了司各特的《兰玛穆阿的新娘》，取名《春风情话》，全译了莎士比亚的《尤利乌斯·恺撒》，译名为《恺撒奇谈·自由大刀余波锐锋》；二叶亭四迷翻译了俄国屠格涅夫的《父与子》，译名为《虚无党性格》，是最早用口语体译出的作品。此外，译坛还将长篇叙事诗《湖上美人》、左拉的《小酒店》、易卜生的《玩偶之家》、陀思妥耶夫斯基的《罪与罚》《卡拉玛佐夫兄弟》和莫泊桑的《女人的一生》等一批西方名著陆续翻译出来。译者首先是重视文学的价值，强调通过翻译文学来了解西方的现实与人生，尤其是西方人的感情世界。这正是翻译外国文学的真正价值之所在。

总体来说，当时翻译文学发展的主要原因，一是出于宗教的动机，二是为实现政治的目标作鼓动，三是确立文学以人情为本的价值，因而它加强了文学与人生及现实的联系，在表现抒情的、自我的感情的同时，还体现了自我的理性的反省和对人生与现实的探求。最后这一点，对于近代文学的启蒙是非常重要的。

翻译文学展现了适应新时代要求的新理念和新形式，从而提高了大众对文学欣赏的热情，对于开辟新文学的发展道路和促进近代小说的形成，也产生了重大的影响。同时，翻译文学是在自由民权思想主导下发展起来的，大多数作品具有浓厚的政治色彩，成为启蒙文学思潮的基础，也成为以宣传政治思想启蒙为目的的政治小说诞生的刺激剂。当启蒙家认为翻译小说已经不能完全适应日本国情的时候，他们就动手创作自己的作品，以此作为自由民

权运动的思想武器，政治小说也就应运而生。这是日本近代启蒙文学的一大特色。

政治小说第一作是户田钦堂的《情海波澜》，它采用“戏作文学”的讽刺形式，表达了对自由民权的政治诉求，阐明了国民、民权和国会的关系。矢野龙溪的《经国美谈》则取材于古希腊正史，以叙述事实的方式，披露自己的“有序改进”的政治理念，讴歌自由民主的政治理想。东海散士的《佳人奇遇》则是描写主人公留学美国获得世界各小国民族主义的高涨和要求自治运动蓬勃开展的信息，便联系到当时的日本的状况，思考自由民权运动的政治课题。这类政治小说大多是用来作政治宣传的，缺乏人物性格的描写。有些只描写人物生活的表象，而未挖掘人物在封建压抑下的苦恼的内心世界，更没有正确理解文学对人生与社会独立的意义。

自由民权运动于 1885 年发展到顶点，然后开始落潮。近代人的自觉尚未发展到国民的规模，近代的自我并未完全确立，就被纳入绝对主义天皇制的框架内。在国粹主义思潮高涨的情况下，以三宅雪岭、志贺重昂等为首成立了政教社，并创办《日本人》杂志，反对欧化主义，反对模仿西方文学，提倡“日本精神”。《日本人》与德富苏峰创办的宣传平民主义的《民友社》及《国民之友》等杂志，以及北村透谷、岛崎藤村创办的提倡男女平等的《女学杂志》形成尖锐的对立。

日本真正意义上的近代文学的诞生，是从新诗体开始的，并直接由译诗引发。青木昆阳率先根据荷兰语原诗译出《和兰劝酒歌》，由大规玄泽主持翻译了荷兰语的祝寿歌，再加上志筑忠雄的《兰诗作法》和加茂舍鹰的《三翻兰诗》的文章，合集出版了《三国祝章》，另外还出版了修订本《赞美诗》和《赞美诗及乐谱》。西周也采用汉诗、短歌、七五调的形式翻译或改编了荷马、莎士比亚等人的诗，具备了西方诗的初步知识。在这个基础上，外山正一、矢田部良吉、井上哲次郎合作翻译的《新体诗抄》为移植西方新诗进行了新的尝试。序文写道：“学泰西诗，随世而变。（中略）故今之诗，周到精致，使人习读不倦。于是乎又曰，古之和歌，不足取也，何不作新体之诗乎。”他们将近代诗作为一个重要的课题，进一步探索了新体诗的语言、形式和内容。但是，他们三人都是学者，不是专业诗人，自作的诗重知性，而缺少纯粹的抒情内容，在艺术表现上并未完全成熟，但在语言和形式上给人们带来了新鲜的感觉，在内容上表达了近代社会人生和人的思想感情，在诗的素材选择上开辟了一条近代诗、近代文学的新路。

概括地说，在启蒙思潮和自由民权运动的影响下，文学改良运动首先是从诗界开始的。他们反对旧汉诗、和歌吟咏风花雪月的趣味，提出要创作符合新时代要求的诗。这一运动以《新体诗抄》为先导，一方面介绍西方的诗，一方面用改良的形式创作诗，进行诗歌改良的尝试。新体诗的实验，经过山田美妙的《新体词选》发展到森鸥外的译作《于母影》、北村透谷的《楚囚之诗》《蓬莱曲》等，标志着新体诗从草创时期步入稳定时期，完备了新体诗的艺术价值，从而促进了近代诗的诞生。

其次是小说改良运动，其导火线是坪内逍遥的文论《小说神髓》，它批评了江户文学的传统及戏作文学的劝善惩恶主义，要求从封建性的文学观中解放小说，以写实的手法来表现社会的人情和世态风俗。《小说神髓》为小说改良运动奠定了理论基础，也为二叶亭四迷的写实主义小说《浮云》的诞生创造了条件。

可以说，日本文学从翻译小说、政治小说和新体诗的兴起，到文学改良运动，至少在以下两个方面促进了日本近古文学向近代文学的转变：一是反对封建传统的文学观方面，二是反对传统的文体方面。可以看出文学改良运动在日本文学史上的作用是不容忽视的。但是，文学改良运动的基础，是以明治维新后新生的革命不彻底的资产阶级和没落的旧士族为主体的，他们既无力彻底改革残存的封建制度，又无力推进彻底的文学革命，再加上文学改良运动是在 1883—1884 年进行的，这期间发生了一系列镇压自由民权运动的事件，明治政府正向确立绝对主义天皇制迈进，资产阶级的革命热情受到了扼杀，缺乏浪漫的激情，给近代文学造成了许多局限性。

另一个有关文学向近代转型的中心问题，就是如何对待文学的传统与近代，即对传统的再评价问题。在启蒙思想家中，福泽谕吉主张全面吸收洋学，而对传统特别是对儒学采取彻底否定的态度。中江兆民则主张学习洋学的同时也要学习汉学，使传统与现代结合。但是，他们更多的是集中关心西方的制度改革，继他们之后主张文学改革的森鸥外、夏目漱石则把注意力集中在改革与传统的关系问题上，主张在和洋文学的对立中，借助西方文学观念与方法，来完成日本文学传统的创造性转化。幸田露伴、尾崎红叶等则主张以传统主义反对“欧化主义”，立足于东方传统，贯彻传统的美学情趣，重点继承江户的町人文学。最终他们背离了启蒙文学，走向了拟古典主义。

于是，日本近代文坛出现了以尾崎红叶、山田美妙为代表的“砚友社”文学，他们接受了坪内逍遥肤浅的现实主义的影响，但从一开始又混淆写实主义与自然主义的概念，倾向于纯客观的暴露，且受江户时代戏作文学的强烈影响，追求生活享乐的情趣，追求纯技巧性，走上拟写实主义、拟古典主义的道路。以岛崎藤村、国木田独步、北村透谷等为代表的作家，不满“砚友社”的“纯客观暴露”和追求纯技巧性的倾向，积极提倡自由主义，以诗歌为武器，宣

扬个性解放和恋爱自由，试图树立一种新的道德观和价值观，以对抗封建的传统道德观念，为日本浪漫主义文学开辟了道路。

尽管如此，由于上述日本历史和社会条件的限制，现实主义、浪漫主义也没有发展成一股强大的文学思潮，用来推动日本近代文学的进一步发展。一批浪漫主义作家对这种时代和文学的窒息现状深感不满，有要求反省时代和反省自我的愿望，认为暴露社会的同时应该暴露自我，以发现“时代的真实”和“自我的真实”。也就是说，他们一方面有自我觉醒，要求确立自我，现实地追求个人内在的真实，全力倾注在感觉和感情的解放上；另一方面，又对现实生活感到迷惘，对理想感到幻灭，虽然不是排除但却存在忽视争取政治上的解放的倾向，所以他们未能完全把握真正的批判精神。总之，日本现实主义文学刚刚萌芽，浪漫主义文学刚刚取得了初步的成绩，就失去了进一步发展的可能性。日本文坛受到西欧自然主义文艺思潮的猛烈冲击，对日本自然主义的诞生的确起到了催化剂的作用。

这就是日本文学向近代转型的过程和基本特征。

因此，从历史的发展来看，日本近代文学的形成并没有像西方近代文学那样，以浪漫主义文学作为开端，而是以写实主义文学的诞生迎来了近代文学的曙光。写实主义文学的创始者是坪内逍遥（1859—1935），他出身于下级武士家庭，少年时代起爱欣赏歌舞伎和江户戏作文学，尤其是曲亭马琴的作品。就读名古屋英语学校和东京帝国大学之后，坪内逍遥更多地关心西方文学，尤其是注意并涉猎西方的文学评论，这便成就了他的文论《小说神髓》。

《小说神髓》开篇是“原理篇”，首先明确提出小说的定位是一种艺术形态，有其独立的价值，为小说确立了它在艺术上的地位，同时强调小说的主体性，认为小说只受艺术规律的制约，而不是用来为政治、宗教和伦理道德服务的，而且还批判了当时流行的江户时代的文学观。其次，强调小说的内容应以写人情为主，批评马琴的劝惩主义，指出小说的主要目的是写人情，其次是写世态风俗。他还补充解释，所谓人情就是“人的情欲”，就是指人的“喜怒哀惧爱恶欲”七情，写“世态风俗”就是写现实。

接着是“技术篇”，提出小说内容形象化的方法问题，提倡写实主义的方法是近代小说的基本创作方法，认为小说写人情必须穿其骨髓，尽力促其逼真。也就是说，小说要写人的真实，写人的心理活动的真实，作为方法论则提倡对人物心理的剖析。

最后是“文体论”，将文体分为雅文体、俗文体和雅俗折中体三种，认为平安朝的雅文体不适合描写现代的人情世态，戏作文学的俗文体又容易流于鄙俗，所以提倡“雅言七八分的雅俗折中文”。

总之，从整体上来说，坪内逍遥的《小说神髓》从内容到形式都提出了变革的主张，对于日本近代写实主义文学的诞生，无疑起到了催生的作用，但也存在着很大的缺陷。实际上，他的写实理论，是朴实的现实反映论，只停留在现象的、凡俗的写实方面，虽然也提出“穿其骨髓”，但却又认为“只应当旁观地如实摹写”，其缺陷是：强调把握写“真实”的技巧，主张如实地描写现实的外表现象，而没有提到须深入地写出内在实质和典型环境中的典型人物，忽视了真实与典型的关系；强调对现实的真实描写，却又认为作家不应解释自己所描写的现象，更不应评判它，从而排斥现实主义的表现理想，将现实与理想对立起来；强调写人的“情欲”，主张文学论和心理学原理结合，即运用心理学来描写人的内心世界，这是一种进步，但在创作方法论上却没有进一步说明如何运用心理学原理。运用心理学原理从事创作是近代写实主义小说的重要表现之一，这是构成近代文学的一个重要因素。

坪内逍遥的《小说神髓》揭开了近代文学的序幕，奠定了近代小说论的基础，反映了逍遥在转型期对传统和现代的矛盾思想和探索两者结合的强烈欲求。这一点，在以《小说神髓》为理论依据创作的实验性小说《当代书生气质》中也反映了出来。它写了几个从事自由民权运动的书生与封建专制斗争与妥协的侧面，描写了他们的种种不同的柔弱性格，来展开转型期东京书生的风俗画卷，但贯穿了“没理想”的精神。也就是说，它的写实主义放弃了对理想的追求，是屈从于现实而产生的。它不能算是写实主义的成功之作。

近代文学理论的进一步完善和构建新的近代文学理论体系——写实主义文学理论体系的任务，是由坪内逍遥的后继者二叶亭四迷来继续完成的。二叶亭四迷（1864—1909），武士出身，少年时代爱好中国古典写实主义文学，对曹丕、魏叔子的作品尤有兴趣，耳濡目染地接受“建安风骨”的精神影响。入东京外语学校专攻俄语，开始接触俄国文学作品和文艺批评，以俄国的文艺理论为指导，总结坪内逍遥的《小说神髓》和《当代书生气质》在理论上和实践上的经验和教训，写就了《小说总论》。

《小说总论》从批评逍遥的《当代书生气质》出发，在文学论上具体阐明了文学的本质与现象、内容与形式这个根本性的问题，主张文学的主要目的是真实地描写生活现实，揭露生活现象偶然性的外壳所掩盖的实质，强调作家不应脱离现实、歪曲现实或根据自己的理想来粉饰现实，但同时在描写生活的某些现象时又不能没有自己的观点。所以说，文学是人们认识生活的

方法之一，它的作用和社会意义也在于此。他扬弃了逍遥的朴实的写实论的偏颇，深化了近代写实主义理论，并在创作实践上加以体现，这就是《浮云》的诞生。

《浮云》通过官僚机构的小办事员内海文三洁身自爱，宁可忍受被撤职的痛苦而不愿充当附庸，和同是小办事员的本田升为了一官半职而寡廉鲜耻，出卖自己的灵魂这两种对官僚体制的不同态度，以及文三的婶母逼着女儿阿势同失去官职的文三中止恋爱关系而嫁给本田升的故事，揭示了明治社会在"文明"的背后所隐藏着的种种丑恶现象和不合理制度。

二叶亭所选择的这几个不同性格的人物，放在封建制度出现动摇、资本主义社会正在形成、新旧事物新旧思想错综交织和复杂斗争的典型环境里加以塑造，具有鲜明的个性色彩，达到了某种典型化的高度。比如，在二叶亭的笔下，内海文三这个人物的性格特征是时代留下的烙印：一个只悠闲地思索和感觉而不行动，又不肯随波逐流的知识分子，他肯定是赶不上时代的潮流，甚至作为一个"多余的人"而存在的。他就像一片浮云度过一生，可以说他就是一片"浮云"。

《浮云》最大的成就表现在以下方面：突破了当时占文坛主流地位的戏作文学的旧框架，选择了明治维新后的日本政权机关这个典型环境，通过内海文三这个正直的知识分子的艺术形象，真实地再现了明治社会的生活世相，直接批判了明治的官僚制度，抨击了官僚的特权思想和官尊民卑的庸俗观念，具有积极的批判现实的力量；突破旧文学的创作技巧，描写了人物的心理活动流程，有时通过人物自身的内心独白，有时作为第三者进行心理剖析，有时又利用客观的生活形象展现人物的内心世界，或者几种方法交错兼用，相得益彰；实践言文一致，创造了新的文体。《浮云》不仅内容新、体裁新，而且文体也新，创造了以近代口语为基础的言文一致体，为表现新思想、创作新文学提供了有利的条件，为日本近代文学走向通俗化以及近代文学语言的创立准备了一定的历史条件。

在《浮云》之后，日本近代文学虽然断断续续地出现过山田美妙的《武藏野》、坪内逍遥的《妻子》、樋口一叶的《大年夜》、尾崎红叶的《金色夜叉》、德富芦花的《不如归》等写实主义或具有写实主义倾向的作品，但都没有达到《浮云》那样批判现实的高度。可以说，日本近代文学在《浮云》之后失去了进一步向批判写实主义方向深化的机会，从而近代日本写实主义没有像西欧写实主义那样得到充分的发展，就此告终了。

日本近代文学之所以出现这一现象，是由于日本的近代写实主义文学的形成与发展受到了本国近代化具体历史条件的种种限制。首先，明治维新资产阶级革命的不彻底，使社会结构和文化结构中残存着浓厚的封建性。此外，日本近代文学形式的后进性，以及西欧自然主义文学理论的过早冲击和写实主义理论的准备不足等等，也都造成日本近代写实主义文学存在着诸多软弱性格。

其次，日本近代文化精神结构未能完全确立以人本主义为基调的近代自我，三宅雪岭、志贺重昂成立的政教社宣扬了国粹主义，强调个人要绝对服从天皇制绝对主义，并以此建立自我与社会的新关系。自我意识与前近代的现实所造成的矛盾，使日本近代文学，尤其是写实主义文学虽然重视文学上的自我觉醒，但未能正确地把握自我与社会的关系，从而未能把自我的问题作为社会的问题来加以探求，而是常常将自我与社会的关系视为静止的，这样势必出现一般化形式而无法创造出典型的作品来。

再次，日本资本主义社会尚未发展成熟，就向封建军国主义、帝国主义阶段过渡，所以日本浪漫主义在资本主义发展初期还未能形成一种文学理论体系，近代日本文学就首先朝写实主义方向发展了。但是，当时文学战线上的砚友社所标榜的“写实主义”，即拟写实主义，其实是追求“似是而非”的无思想性的纯技巧论，在自然主义文学理论出现之前，由它统治了日本文坛。日本近代写实主义未能建立在日本资本主义发展期的追求近代性社会和引进欧洲近代文学来适应人和文学近代化的基础上。

同时，日本近代写实主义理论未能充分展开，就将法国自然主义文学理论译介过来，这对写实主义是一个严重的冲击，以致日本评论家、作家常常将写实主义与自然主义混淆，给写实主义理论带来很大的暧昧性。在这样错综复杂的文学时期，要贯彻批判现实的精神是非常困难的，更失去进一步开拓批判现实主义的道路。

最后一点，日本近代启蒙文学是从改良文学开始的，未能达到根本性的文学革命，其朴素的写实理论，将写实与理想对立，因而在创作实践中只追求真实地描写生活，而不要求表现作家的理想，不要求在艺术形象的塑造中体现作家的理想。因而日本近代写实主义文学作品所写的，不是理想人物，而是“多余人”。从整体来说，日本近代写实主义理论和实践的不足和缺陷，使其主流具有明显的软弱性格特征，这是近代日本现实主义文学不成熟的根源。

第二节 森鸥外等与浪漫主义文学

如果说写实主义倡导者是坪内逍遥，那么浪漫主义先觉者则是森鸥外（1862—1922）。森鸥外出身于武士家庭，少年时代来到东京，寄住于启蒙学者西周家，后进文学社学德语，并考入第一医科大学（现东京大学医学系）。毕业后，他留学德国四年，专攻卫生学和军医学，课余爱好文学、哲学、美学和艺术，广泛涉猎古今东西方的名家名作，开阔了视野，培养了近代的实证科学精神，接触了近代文学的新风，这为其后来从事文学创作和评论活动打下了坚实的基础。回国之初，森鸥一度在陆军医科学校当教官，但深感日本文坛处在一个“混沌的文学世界”中，于是与同人共同翻译西方的诗集《千面影》，目的是学“泰西诗学”，以整合这种混沌的状态，确立作为美的价值的文学世界。森鸥外第一次用日语表达西欧诗的精神和感情，给日本近代诗坛带来了新鲜的感受性和自由的空气；同时在译诗方面运用近代再生的雅文体，进一步作出将传统的技法与西欧的技法相融合的尝试。可以说，《千面影》带来了移植近代诗的机运。

《千面影》发表后翌年，森鸥外又写下了小说《舞姬》《泡沫记》《信使》，作为他留德的青春爱恋的纪念三部曲。《舞姬》是森鸥外的处女作。它描写青年官吏太田丰太郎奉官命留学德国，在德国期间，救济了贫困的德国舞女埃丽丝并与之相爱、同居。日本某省官厅得知后，准备免去他的官职。太田在大学时代的好友相泽谦吉的“忠告”之下，为了安然回到日本，保住官位，不得不抛弃有了身孕的恋人，抱着伤心之情回国了。这使舞女埃丽丝失望而发疯，酿成悲剧的结局。

在日本近代文学作品中，作者第一次以近代自我的觉醒问题作为主题，力图描写主人公太田从令人窒息的封建社会到了德国，接触西方的近代文明和自由的空气，思想逐渐产生了变化，有了近代自我的初步觉醒的过程。为此作者选择了那个时代最普遍存在的、最具典型意义的觉醒与屈从、叛逆与妥协的问题，围绕太田在自我觉醒的过程中的爱情与功名的激烈矛盾冲突来展开故事情节。作者笔下的主人公太田，一方面接受了新思想的洗礼，积极追求个性的解放、恋爱的自由，在一定程度上表现了他的叛逆性格；另一方面，这种内在的叛逆性格又是不彻底的，在外在的孝道、利禄面前，他又动摇乃至妥协。这个人物所具有的明显的两重性格，正好反映了新旧社会——从封建社会到资本主义社会转型期，知识分子在激烈动荡的变革中的复杂心态、软弱性格以及他们在旧的伦理道德束缚下思想的不成熟性。这说明，日本初期的浪漫主义缺乏西方浪漫主义奔放的激情和彻底叛逆的精神。

森鸥外的《舞姬》三部曲孕育了萌芽期的浪漫主义思想，成为日本浪漫主义的源流。继之，作者创作了《雁》，采用写实主义与浪漫主义相结合的创作手法，描写了明治初期贫苦的少女阿玉的悲剧故事。阿玉为生活所迫，受尽巡警的欺凌，后沦为高利贷者的小妾，遭人冷落。她不甘屈辱，热切地追求独立和自由，暗自爱上了医大学生冈田，但她甚至连单独向他倾吐爱慕之情都没有来得及，幸福的幻影就破灭了。

作者采用大学生冈田的朋友“我”的回忆形式来铺展故事情节，把叙述、议论、抒情三者有机地结合起来，通过一系列的细节描写，有层次地展现人物的内心世界，赋予人物以鲜明的性格特征。特别是对阿玉这个人物，作者更是细腻地描绘了她从受凌辱到觉醒的全过程，以及她纯真、善良、开朗、追求自由的性格，反映了明治初期日本妇女要求摆脱封建束缚、追求个性解放的进步愿望。小说最后以冈田偶然投石击毙一只雁来象征阿玉的不幸命运和凄凉结局，贴切地表达而且进一步深化了主题，给读者留下了诗一般的余韵。

晚年的森鸥外转向历史小说的创作。在日本近代文学史上，他将西方近代的文学理念和方法引进日本，并试图在评论活动、美学译介与研究乃至小说、诗歌、戏剧创作方面，探索和实践在日本文学近代化过程中再创造这种理念和方法，探索以汉文脉为主的日本传统文学近代化的可能性，并在历史小说和传记的创作实践中创造了独特的口语文体，在推动日本文学近代化方面建立了丰功伟绩。

此外，幸田露伴、宫崎湖处子等的作品在某些地方也体现了浪漫的倾向，只是他们的浪漫主义的欲求由于受到非近代意识的制约，缺乏自我解放的主体性的热情。于 1893 年 1 月创刊的《文学界》杂志，是日本浪漫主义运动的据点，同人有北村透谷、岛崎藤村、平田秃木、星野天知、星野夕影、户川秋骨、马场孤蝶、上田敏、户川残花以及聚在其周围的田山花袋、柳田国男、樋口一叶等。其中，北村透谷的评论活动和岛崎藤村的诗歌创作起了开拓性和指导性的作用。北村透谷的《何谓干预人生》《内部生命论》等作品，强调尊重人、尊重人的内在生命，并以探索内在生命作为对自由的追求。岛崎藤村的《嫩菜集》等诗作，热烈追求个性的解放和美好的生活，充满了青春的气息和奔放的浪漫情绪，开拓了前期浪漫主义文学。

日本浪漫主义文学全盛期，是由与谢野晶子的短歌，樋口一叶、泉镜花的小说以及高山樗牛的评论构成的。与谢野晶子（1878—1942）通过《栅草子》《文学界》接触新时代文坛的新鲜气息，成为新诗社的成员，开始发表诗歌。她是以短歌集《乱发》[①]而在浪漫主义歌坛展露才华的。她在《乱发》中大胆而真情地唱出：

你不接触柔嫩的肌肤，
也不接触炙热的血液，
只顾讲道，
岂不寂寞！

《乱发》通过对奔放的本能和主情的爱欲的歌颂，表露了个人主义对因袭旧道德的现实的一种反抗，以及对恋爱、官能和个人的生命的自觉。这是浪漫的主情主义充分的艺术表现，也是浪漫主义文学的闪光部分。高山樗牛在评论方面与之呼应，以他的《论美的生活》来宣扬人的本能满足是美的生活的绝对价值。

浪漫主义文学运动，以诗歌和评论为先导，同时也出现了一批浪漫主义的小说家，代表人物是樋口一叶、泉镜花、德富芦花、田山花袋、国木田独步、木下尚江等。其中泉镜花的《高野圣》等浪漫小说，从人的纯情出发，批判了贵族社会的伪善、明治社会对人性的压制，歌颂了灵魂的纯洁、恋爱的永恒，表达了对受虐者的爱。樋口一叶的代表作是《大年夜》《青梅竹马》，前者写了失去双亲的少女阿峰大年夜偷了主家的钱，将要暴露时，恰巧主家的浪荡公子也拿了钱去游乐，于是阿峰的盗窃事被掩盖了。后者写了花街三个少男少女思春期的恋心，以及他们的心理和生理的变化，形象而生动地反映了生活在那里的人们的爱、忧郁、悲哀、痛苦与怨恨，并以怜惜的感情描绘了陋巷的现实，从而揭示了贫富差别和对立的社会矛盾。

日本浪漫主义文学发展的全过程，几乎是以诗歌和评论来支撑的，小说并不占主导地位。所以浪漫主义文学运动，先以《文学界》同人，后以《明星》同人为轴心而展开。它是日本近代文学史上不可或缺的文学运动，为确立近代文学的主体做出了不可磨灭的历史性的贡献。

---

① 《乱发》是日本著名浪漫主义女诗人与谢野晶子脍炙人口的短歌集，出版时以热情奔放创新的风格轰动了文学界，呈现了一个勇于追寻爱与自由的日本近代新女性图像。这些温柔典雅的短歌深刻描写与谢野晶子在爱与友情、社会制约与传统道德规范方面的纠葛，透露了女性诗歌的悲欢爱欲。

第三节 田山花袋等与自然主义文学

19世纪后期，西欧自然主义文学的名字已传到日本，但尚未被真正地理解。至20世纪以后，在西欧自然主义文学思潮盛极而衰时，它的影响才波及日本，形成日本的自然主义文学思潮，迎来了近代日本文学的历史转折时期。

20世纪初，日本先后发表了小杉天外的《初姿》序、《流行歌》序，田山花袋的《野花》序，永井荷风的《地狱之花》跋，其中都初步提出自然主义文学的论说。山田美妙、尾崎红叶等作家通过英译本开始接触左拉、莫泊桑、福楼拜等法国作家的作品，其后左拉的《娜娜》以及莫泊桑的大量短篇小说直接由法文译成日文，在日本广为传播。小杉天外首先模仿左拉的《娜娜》，写成了前期日本自然主义小说第一作《初姿》以及《流行歌》，尤其是后者接受左拉的自然主义理论的影响，引进了生物学的方法，将女主人公雪江的异常奔放的行为描写成遗传和环境两个要素造成的结果。这一阶段，无论在理论上还是创作上，都是对西方自然主义的肤浅解释和表面模仿，是日本自然主义的孕育阶段。

日本的自然主义作为文学活动，则创始于田山花袋写的《露骨的描写》。它具体而直接地提倡自然主义的文论，成为鼓吹露骨、真实、自然的描写的第一声。田山花袋（1871—1930）幼时由于家境贫寒，没有接受正规的教育，在一家书店当过学徒。他曾在私塾学习英语，并开始接触西方文学和元禄文学，走向文坛后提倡自然主义。

花袋的日本自然主义第一作《棉被》，是在《露骨的描写》的理论指导下的实践之作。小说描写中年文学家竹中时雄收了19岁的女弟子横山芳子，时雄为她艳美的容姿、温柔的声音所倾倒，对她产生了爱慕之情，但为其妻子嫉妒，且遭到芳子父亲的反对，只好把自己的爱欲强压在心头，终日郁郁寡欢。芳子离去以后，时雄独自走进芳子的卧室，躺下来盖上芳子的棉被，埋头闻着芳子在棉被上留下的余香，一股性欲、悲哀和绝望的情绪袭上心头。这是田山花袋本人的一段实际生活的原本记录。

《棉被》打破了一般小说通常的表现手法，没有着重以事件为中心来安排小说结构，而完全按照作家本人所主张的"舍弃小主观""露骨的描写"的观点，来展现主人公之恋的心路历程，以反映作家本人的生活、思想和吐

露自己的主观的感情。《棉被》这种写自己的感情的自然和写自己最直接的经验成为一种定式，对日本自然主义文学的发展方向产生了决定性的影响，并形成日本独特的“私小说”模式，推动了以私小说为主体的日本纯文学的发展。

《棉被》问世之后，花袋更加充满自信，以自己的行动和心境以及身边的人和事为题材，又写了《生》《妻》《缘》三部曲。故事以田山家族为中心，反映老母卧病在床半年期间所产生的母子之间、婆媳之间、姑嫂兄弟之间的微妙关系，暴露出这个封建家庭的阴郁生活、新旧两代人的代沟和爱憎交织的感情。作者强调，即使是对客观的事象，也不介入其内部，同样也不介入人物的内在精神世界，只是把自己所历所见所闻如实地描写出来。

与花袋齐名的德田秋声（1871—1943）出身于下级武士家庭，上中学后喜爱文学，加入砚友社。正式确立他作为自然主义作家不可动摇的地位，是在发表了《足迹》和《霉》之后。前者描写女主人公阿庄少年时随没落的地主父亲离开农村，到了大城市东京谋生，受到周围淫荡和暗郁的贫困环境的困扰，尝尽了人间的辛酸，作为女子的本能而逐渐醒悟的过程。作者虽然以彻底的客观描写来反映阿庄平凡无奇而又坎坷的半生，但采用立体描写的方法，切入人物的心理深层，深入刻画了人物的性格。后者描写主人公与妻子在结婚前数年同居，生了二子后才登记结婚，但夫妻性格不合，产生龃龉的故事。这篇小说成为私小说的先驱作品之一。

德田秋声的自然主义强调，要写出作者的内心世界就要不拘形式，采取印象式的描写法，将作者自己头脑里最深刻的东西描写出来。他的自然主义代表作《糜烂》，描写了主人公浅井和妻子阿柳、女儿静子的共同生活。后来浅井为艺妓阿增赎身，把阿柳气死。阿增收养静子，同远亲阿今一起生活。可浅井又同阿今私通，阿增预感自己可能会落得同阿柳一样的下场，于是把阿今许配于人。作者通过阿增这个平凡女人的颠沛的生活和阴郁的命运，淋漓尽致地描写了她的爱欲，试图以此窥视人性的真实，挖掘潜藏在卑小的自我当中的人生观的一面。

秋声的笔触所向，主要是自己身边的庶民的平凡而单调的生活，在琐碎细小的生活描写中，着重暴露颓废阴暗的心理和渲染悲观绝望的情绪，试图从印象式的描写中发现半封建社会的人生的意义。为此，秋声在文坛上有“天生的自然派”或“庶民作家”之称。他的自然主义代表作还有《粗暴》等。但是，晚年的秋声反思这段创作生活后，表示自己必须从已经衰微的自然主义摆脱出来，重建自己的文学。他终于写下了最重要的作品《缩影》。

《缩影》从社会的视角出发，深入描写生活在社会黑暗角落里的下层女性的典型人物银子的坎坷一生，多层次地把握银子这个人物的心理、生理和命运。随着时间的流逝，银子从小城市转辗到了东京浅草，但艺妓的苦难人生并没有改变，依然是苦苦地挣扎在社会的最底层。同时，作家通过银子等下层女性与中流阶层生活的复杂纠葛，立体地把握人生的世相。实际上，《缩影》通过花柳界的特殊环境，反映了日本社会的变迁，是那个时代的人生缩影。《缩影》是德田秋声文学的高峰之作。

重要的自然主义文学家，还有正宗白鸟和岩野泡鸣。正宗白鸟的《向何处去》《微光》《泥人儿》等，对于推进自然主义文学发展所起的作用是不可忽视的。但是，白鸟没有满足于纯客观的写实，他运用弗洛伊德的精神分析法，写了一些实验性的心理小说，比较有代表性的有《地狱》《徒劳》等。岩野泡鸣则更多地从理论方面推进自然主义文学运动，他的《神秘的半兽主义》《自然主义表象诗论》《新自然主义》等，主要强调如下两点。第一，“文艺即人生，艺术即实行”，即认为生命的刹那的满足是人生的第一义。文学艺术的创造也如此，是表现最个人的、最刹那的东西，即表现肉欲最充实的刹那，刹那主义的神秘。第二，“灵肉一致”，即认为灵与肉不是二元，而是同一存在，只是表面的变化、表象的转换，且具有一种盲目性。从道德来说，使灵与肉活跃是无目的的。所以站在兽的、肉的、灵的自然主义的立场上来说，表象的感情活动，就是最优秀的诗人，也就是最优秀的文艺家。其理论总称为“神秘的半兽主义”。

在日本近代文学史上，没有一个流派像自然主义如此重视理论建设，并且建立了自己的一套理论体系。在其中起着指导者作用的，是岛村抱月（1871—1918）。父亲从商失败，岛村抱月未成年已经打工糊口，但他学力超群，尤其是在坪内逍遥、大西操山的指导下，在文学、美学方面的学识进步很大。他以其深厚的美学理论和丰富的艺术知识，系统地论述了日本自然主义文学产生的根据及其价值和意义，建立了自然主义的理论体系。他于1908年连续发表的《文艺上的自然主义》《自然主义的价值》《艺术和现实生活之间划一线》等作品，构成自然主义理论的核心。他强调日本自然主义者的基本态度和最终目的，就是求“真”，以及根据自然科学的实证的认识方法，用心理学、生理学、进化论的观点来观察自然和人生，解释社会的现象。在描写方法上，他将自然主义分为纯客观和掺入主观两种，并指出前者“写自然的时候，尽可能真写、细写客观的本来面目”，“宛如映射在明镜上的物象一样”，并且“尽可能完全无念无想地用谦虚的心来迎送其事物。从这里便产生排斥技巧、排斥主观的倾向”。他将这种态度视作消极的态度。后者“用某种方式，再渗入一度被排斥了的主观”。他主张“内在的写实”，挖掘内在的痛苦与

悲哀，多少掺杂主观的因素。也就是说，作家将感觉世界中对外物的印象以及由此而产生的情趣上的印象合一留声机式地再现，而这种印象也体现作家本人的个性和感情，以说明自然为目的，他将这种态度视为积极的态度。

在自然主义评论家中，还有长谷川天溪，他写了《排除理论的游戏者》《无解决与解决》《暴露现实的悲哀》《现实主义的诸相》《自然与不自然》等，主张原原本本地追求实际人生的真实，对建立日本的自然主义理论作出了巨大努力。

尤其是他在《排除理论的游戏者》和《无解决与解决》中，提出日本自然主义的纲领性口号“破理显实”和“无解决”，强调文艺上的自然主义的立足点，正是在于达到破除理想的境界，即破理显实，抛弃一切理想，直观现实，发现新的意义。而所谓“无解决”论，则是主张面对纷繁的现实世界，不要下任何理想的判断，即不予以解决，凝视原原本本的即可。天溪的这些论点，给后期自然主义带来很多消极的影响。

在自然主义文学思潮的影响下，出现了“私小说”的形态，它同其他文学形式相互影响和渗透，逐渐形成日本近现代文学的独特模式。田山花袋的《棉被》、岛崎藤村的《家》、德田秋声的《霉》和岩野泡鸣的“五部曲”，不仅形成自然主义小说的主流，而且开了日本私小说的先河。特别是《棉被》为私小说在确立作者个性方面树立了楷模，这是日本自然主义日本化的结果。

第四节 白桦、新思潮、新浪漫三派鼎力

面对自然主义式微的文坛沉闷形势，作家兼诗人石川啄木发表了《时代闭塞的现状》一文，提出这个时期自然主义已经丧失其前期暴露社会阴暗的积极态度，转向更多地暴露自我和肉欲，失去了初期反封建传统、追求自我个性解放的性格，自然主义的初衷是克服人生苦恼，最后却变成制造人生苦恼，因此必须抛弃自然主义。文章的发表促进了反自然主义文学思潮的形成。于是，一批青年作家举起反自然主义的旗帜，先后掀起了白桦派的理想主义和新思潮派的新现实主义文学运动。但是，两者反对自然主义的出发点不同，白桦派是对自然主义的“无理想”的反拨，主张恢复理想，故称理想主义；新思潮派则是对自然主义的“无技巧”的反拨，主张恢复技巧，故又称技巧主义。这一时期，白桦派、新思潮派与新浪漫主义一起，迎来了近代文学史上三派鼎立的时代。

白桦运动主要由一批贵族、资产阶级出身的青年作家发起，主要成员有武者小路实笃、志贺直哉、有岛武郎以及长与善郎、有岛生马、里见弴等。

他们的基本特色是：尊重人的个性和肯定自我，主张人的价值是艺术的源泉；肯定人生，以善为本，主张“为人生的艺术”；强调“调和”与“和谐”，以无抵抗作为其文学的中心思想。可以说，白桦派确立近代的自我、个性和肯定人生的热情，是反对封建主义遗制、反对旧价值秩序，表达了继续完成明治维新未竟的资产阶级民主主义的强烈愿望，反映了资产阶级上升期市民社会和文艺的向上的气氛、感情和理想；注意艺术的良心和艺术家的气质，并在文艺上彰显了作家各自的特殊个性，创作倾向各有侧重。

武者小路实笃（1885—1976）处在白桦派的指导地位，出身于公卿华族家庭，入贵族学校学习院就读时，推崇托尔斯泰在文艺上所表现出的人道主义精神及对待战争与和平的思想。

他在《白桦运动》一文中比较全面地论述了人生与文学的问题，其主要论点是：强调热爱文学就要忠于自己的艺术良心；主张从事文学的目的之一就是将自己的内心活动铭刻，将爱奉献给读它的人，并接受读它的人的爱；认为文学的价值与个人的价值是成正比的，如果个人没有作为个人的使命，那么文学这种东西就没有价值；赞美天才，认为受人类的意志支配而从事工作的，都可以称作天才，读天才的作品，可以获得无限的喜悦和充实生命，而人类的意志是通过个人和个性才能发挥出来的。

他的前期创作积极肯定人生，并且表现了绝对的优越感。这种信仰自己的精神一直贯穿在他的《他的妹妹》《人类万岁》《爱欲》等剧本中，这些作品塑造了众多的“不知绝望的、明朗幸福的”“相信爱，相信美、善、真一致的”或“追求人类永恒的理想的”人物形象，热烈地礼赞生命的力量。他还写了《幸福者》《友情》《第三隐士的命运》和《一个男人》等长篇小说。

代表白桦派的理想主义的典型作品《友情》，它的主人公剧作家野岛暗恋着友人的妹妹杉子，野岛向挚友大宫谈了这件事，大宫抱着真挚的友情祝福了野岛。大宫经由野岛认识杉子后，也逐渐为杉子所倾倒，爱上了杉子。当大宫发现杉子也爱自己，悟到这样会背叛对野岛的友情时，便决计离开日本到法国去。杉子写信给远在巴黎的大宫，表明她感到野岛对她的爱恋只是一种困惑，野岛虽赞美她却不想理解她。最后，杉子为了与大宫结婚到了巴黎。大宫用小说的形式写了自己无可奈何地背叛了友人的故事。这个故事以主人公野岛在日记中写下“我自己好不容易地忍受了孤寂。难道今后还必须忍受吗？我已是孤身只影的人。神啊，助我吧！”这样一段话就结束了。其主题突出了自然赋予的东西是不可抗拒的，爱情最终战胜了友情。

志贺直哉（1883—1957）出身于藩主家庭，就读于学习院高等科，毕业后考入东京大学，由于志向当小说家，于1910年中途退学，当年在《白桦》

杂志上发表了《到网走去》等作品。志贺因为选择从事文学事业以及与女佣的婚姻问题等，与其父长期不和，几经周折，最后终于和解。他最具代表性的作品《和解》，以冷静的态度描写了主人公与其父从决裂到和解的经过，对于骨肉亲情和对父亲的抗拒进行了自省，并着意凸现了人与大自然、人与人和解的重要性这一主题。他还发表了《在城崎》《一对父子》《11 月 3 日下午的事》等众多作品，这些作品与前期作品相比有了很大的变化，作者表达了对于将人导向调和世界的异常感动，并暗示性地表达自己对人生的观点。

志贺唯一的长篇小说是《暗夜行路》，描写主人公时任谦作在母亲死后，与祖父的妾阿荣一起生活，发现自己对祖父的妾产生了性意识的念头后，便到足道旅行去了。可是当他知道自己是祖父的儿子后，便移居京都，与直子相恋而结婚，然而爱子出生七个月后便夭折。此时，阿荣在天津经营的艺妓馆失败，经朝鲜回国时，谦作赴朝迎接阿荣，其妻直子与他的表兄发生了关系。他虽然原谅了妻子，但在感情上还转不过来，此时又为阿荣所动心。他为了摆脱因母亲和妻子的过失所造成的苦恼，净化自己的心灵，便又外出旅行，投入大自然的怀抱，寻求一种和谐的氛围，以达到自我的心理平衡，进入一个包容善与恶、幸与不幸、光明与黑暗的调和世界。

战后的志贺发表了《灰色的月亮》，小说描写一个少年工的饥饿的情状和自己无能为力的心境，具有反战的色彩，鲜见地给人一种时代感。但对于志贺来说，如果要进一步超越，显然存在不可逾越的困难，这是由于他阶级出身的局限以及他一生创作所设定的狭窄视野的惰性作用所造成的。此后除了写些小品和书简以外，他几乎没有什么新的小说创作，只是过着作为作家的漫长的“余生”了。

有岛武郎（1878—1923）作为原萨摩武士、大藏省官僚的长子，自幼即受到娇宠，进入贵族学校学习院学习。他学习成绩优异，并尝试习作历史小说。在从事创作之初，虽然是白桦派的一员，却与同属白桦派的武者小路实笃沉湎于乐天的空想世界完全不同，与志贺直哉囿于狭窄的个人天地也不相同，而是力图在现实生活中探求人类的博爱和社会意识。他的处女作《除锈工》就将目光投向社会下层的人物，描写了港湾船坞中除船锈工人的种种苛酷生态，表达了对他们深切的同情并批判了资产者的非人性和体制的非变革性。之后，他又写了《阿末之死》，描写了一个贫民窟少女的悲剧命运。

他的长篇小说《一个女人》，是以国木田独步的妻子信子为模特创作的。信子与国木田独步离婚后，迫于经济原因，准备赴美国与武郎的友人森广结婚，但在赴美的轮船上，认识了另一个男子，两人坠入爱河，遭到世人的非议。信子的这段恋爱生活遭际，对武郎的思想冲击是巨大的，他不愿割舍这原始的素材，于是怀着巨大的激情，重新构建《一个女人》的故事，将主人公置于日本的现实生活中，从根源上探索潜藏在主人公内心世界的各种矛盾，艺术地再现了热情奔放、富有个性的女人叶子追求恋爱自由，但她的行为不为社会所接受，虽然身处孤立的世界，但仍忠实于最纯粹的爱的本能的故事。小说描述了一个具有近代自我觉醒意识的女人的追求与失败的生涯，成功地塑造了一个具有多层挑战意味的女人：向封建的伦理和社会的束缚挑战，向以男人为中心的旧生存状态挑战，向传统的好女人的标准挑战，向世俗的偏见和伪善挑战。小说细腻地表达了一个女人追求自我的解放和发展的心路历程。作者以这样一个故事、这样一个人物形象，揭露了社会的偏见与伪善，宣扬了个性自由思想，蕴含着丰富而素朴的人文精神。

《一个女人》受到广泛好评之后，武郎试图将其在小说中关注的这个问题提升为理论，于是在长篇随笔《不惜夺爱》中，他试图从肉与灵、理想与现实、感情与理性二元论的困扰中解放出来，创造一种没有二元对立的本能的生活。

与白桦、新思潮鼎立的新浪漫主义的兴起，是以上田敏的译诗集《海潮音》介绍西方高踏派的诗和象征派的理论作为开端的。1907 年 1 月，在森鸥外的支持下，由上田敏等人创刊《昴星》杂志，其周围结集了吉并勇、木下尘太郎、北原白秋、长田干彦等一批青年作家、诗人，并且获得了浪漫派诗人与谢野铁干、与谢野晶子和象征派诗人蒲原有明、薄田泣堇等的后援。翌年继之创刊了永井荷风主持的《三田文学》，同人有剧作家久保田万太郎以及水上泷太郎、室生犀星、佐藤春夫、堀口大学等。此外，谷崎润一郎创刊了《新思潮》，石井柏亭创办了美术杂志《方寸》，小山内薰创立了“自由剧场”，这一系列刊物的创办和剧场的建成燃起了新浪漫派创造唯美文艺的热情。稍后，由木下尘太郎、北原白秋发起，以这些杂志的同人为中心成立了“牧羊神之会”，并发行了《屋顶花园》杂志，为新浪漫主义文学的勃兴增添了气势。这些文艺团体和刊物的出现，为推动新浪漫主义文学运动的发展，完成了组织上的准备。在理论上的准备，首先是上田敏在他的唯一一篇小说《漩涡》里所大力提倡的艺术上的享乐主义。小说描写主人公牧春雄随着岁月的流逝，由爱慕异国和怀旧转为执着追求人生的享乐主义。

在文学上，日本经历了明治初期的欧化运动。在日俄战争之后，日本一方面继续引进西方的文化与风习，陶醉在西欧现代文明的幻想之中，一方面转而对本国和本国文化传统盲目狂信，高扬国粹主义精神。在这种情况下，近代文学丧失了初步确立的主体性，也削弱了批判的精神。作家对现实和人生抱着消极的态度，逃避社会与政治，走向自我封闭的道路，一味追怀过去

和沉溺于唯美之中，以寻求文学的自由。当这种欲望遭到压制之后，作家就转向了颓唐主义。后期浪漫主义者高山樗牛在幻想破灭之后、便倒向尼采的极端个人主义和本能主义，提出所谓幸福就是本能的满足，人性的自然要求。

日本新浪漫主义论点大致可以归纳为以下几种：主张“第一是艺术，第二是生活”，认为文学应该游离于生活现实，追求超然于现实生活的所谓纯粹的美；主张唯美的属性就是享乐主义，文学应该以享乐作为目的；强调生活就在于玩味，艺术也绝对在于玩味官能主义，以官能的开放来改变一切价值观念，这一论点，与前两个论点是一脉相承的，它们否认思想、感情的普遍性，认为艺术之美的首要要素，就是求得最彻底的享乐；追求所谓真正的自我，以为享乐主义的精神主体就是本能的自我，因而将自我看作是集中快乐感觉的实体而主张尊重个人主义和人性的自然；尊重西方异国情调，憧憬西方的风习，同时又追求都会情调、江户情调，认为其美的激情受到江户情趣的强烈刺激，是通过江户时代的一切人情风习来体味的。

在这种唯美文学理论的指导下，日本新浪漫派更加积极地开展创作活动。永井荷风、谷崎润一郎是日本新浪漫主义文学的两根有力的支柱，这将在下章论述。此外，颇具代表性的作家还有佐藤春夫、铃木三重吉、近松秋江、田村俊子等。但是，从整体来说，新浪漫主义文学的成就，与其说在小说方面，不如说更多的是在诗歌方面，具有代表性的诗人和歌人是北原白秋、木下尘太郎和佐藤春夫，此外还有吉井勇、三木露风、高村光太郎、萩原朔太郎、室生犀星等。

北原白秋（1885—1942）生于经营酿酒业的家庭，中学时代就喜爱诗歌，于 1906 年参加新诗社。他与其他新浪漫主义诗人一样，既憧憬异国的情调，又执着传统的情趣。他的诗集《邪宗门》[①] 就反映了诗人追求东西方艺术精神合成审美意识的强烈愿望。诗人在诗集卷首特别写道：

经过这里，面对一团旋律的烦恼；
经过这里，面对一份官能的愉悦；
经过这里，面对一种麻醉神经的痛苦。

这三行“扉铭”，可以视为一篇代表新浪漫派的“唯美主义宣言”。那就是表达诗的象征意义的同时，诗人的目的是以西方的异国情调来编织出刹那的官能享乐主义的主题。白秋的这种努力还表现在抒情小曲集《回忆》上，他将柳河的乡土风俗以及自己儿时奶妈背他去观海潮、少年时代性意识觉醒的生活诗化。尤其是对他少年期的官能所抱的怀疑和神秘感的抒发，充满了浪漫的气氛，抹上了浓重的颓唐色彩。诗集《东京景物诗》充分展开唯美诗

① 《邪宗门》是日本诗人北原白秋所创作，1918 年发表。

风的同时，采用了都会新时代的一些新事物，用近代的感觉，表现了近代的色彩、观念和感情，反映了都会的颓唐、感伤、情痴情绪的一个侧面。这些诗集，确立了白秋在唯美诗坛上不可动摇的地位。

北原白秋还著有诗论集《艺术的圆光》，比较全面地论述了他的文艺观，主要论点是：提倡诗的品格和气韵，品位是艺术美的品格，气韵则在人世间的善恶之上；诗是诗人自身的纯洁无垢的创造物，诗要有充实的个性的表现，才有艺术的魅力；诗的个性只有通过语言才能完美地表现出来；诗的韵律，犹如林泉在静中而生音，言语不断，飘荡于缥缈之中；诗的价值在诗本身中产生，其艺术的价值应完全用艺术的鉴赏眼光来评判。也就是说，他认为就诗来说，真正必需的东西，是品格，是韵律的至妙至美。诗人要通过这科学神圣美的最高诗品，最终将自己提高到神圣的绝对之境，就是达到戴上圆光——金色光环之境。这就是艺术的诗的圆光。

木下土太郎（1885—1945），幼时过继给姐姐家，在大学时代，参加了新诗社。他的诗集《食后的歌》（1919）大大地发展了唯美的异国情调和江户情趣、都会情趣，由颓唐转向享乐，确立了其唯美享乐的诗风。诗集中最有光彩的一首诗《金粉酒》曰：

啊，五月，五月，小酒盅，
我的酒铺的彩色玻璃，
降在街上的雨的紫。
女子啊，酒铺的女子，
你已经穿上丝绸洋服了吗?
现出了淡淡的蓝条纹，
素白的牡丹花，
不许触摸，花粉要散落，花香要飘散的啊!

诗人将诸如小酒盅与彩色玻璃、蓝条纹与丝绸洋服等日本和西方两种特异的东西，作为诗的素材，创造了一种现代的享乐情趣，从而向读者展现了走向现代化的东京混杂着江户文化与西方文化的情景，暗示他所创造的“新的世界”的情调。

在他们的后继者中，佐藤春夫（1892—1964）则兼及新浪漫主义的诗歌和小说，而且还从事评论和翻译工作，为新浪漫主义的创作做出了自己的贡献。春夫出身于医生世家，自少年时代起就接受文学的教养，参加了后期新诗社的活动，并结识了与谢野晶子，接受了他们的古典情绪和唯美的浪漫主义的熏陶。这些激发了他的唯美的诗情。

春夫最典型的作品是《殉情诗集》，其中收录的《水边月夜歌》就咏道：

恋爱的苦恼，
让月影的寒冷渗入我心。
正因为知物哀，
才面对水月兴叹。
即使我觉得虚幻无常，
但我的思绪却非泡影。
我尽管卑微，
但也要驱散哀愁，
为了你。

这种物哀、风雅甚或风流的古典的诗美，引起了诗坛的注目。在同时代的作家中，他与芥川龙之介、谷崎润一郎同时被认为是通晓古典的作家。由于他对传统的诗美非常敏感，故素有“第一古典抒情诗人”之称。

佐藤春夫在小说创作方面以短篇小说《田园的忧郁》[①]和中篇小说《都市的忧郁》[②]为代表作，充分地体现了新浪漫主义的唯美精神。这两部作品将田园和都会的“忧郁”发挥得淋漓尽致，被谷崎润一郎誉为“那种忧郁的一字一句侵蚀着读者的神经”。

概括地说，新浪漫主义在艺术上进行了积极的探索，从荒诞、丑恶、颓废中提取美，拓展了艺术的表现空间，在美学上维护了艺术的独立与真实，在培养人的美感和美的享受方面，并非全无其文学价值。但是，他们又都全面否定艺术的社会功能，只醉心于形式美的追求，从而走向纯粹的形式主义和反理性主义的道路，并最终走进文学的死胡同。可以说，日本新浪漫主义创造了美，也毁灭了美。正是这种美的幻灭，致使谷崎润一郎也不得不发出“异端者的悲哀”的慨叹。

① 《田园的忧郁》是佐藤春夫的代表作。其散文诗般优美的文体、独特的美学表达上承王尔德、爱伦·坡的神秘唯美主义及以上田秋成为代表的物语文学，同时又自成一派，对太宰治、郁达夫等中日作家影响深远。短篇小说《田园的忧郁》描写了一个无所作为而充满幻想的青年的故事。

② 中篇小说《都市的忧郁》是佐藤春夫的代表作，创作于 1922 年，描写一个青年对自己的才能和妻子都产生怀疑，最后和妻子分居。

第六章 日本现代文学的探索

第一节 无产阶级文学与小林多喜二

日本近代和现代文学之交，正处在“大正民主”时代，个性分化并达到成熟。从20世纪20年代开始，日本文坛面临新的时代精神的胎动。芥川龙之介生命的完结，预示着近代文学的完全终结。这时候，相互对立的两大文学潮流——无产阶级文学和新感觉派为对抗日本自然主义衍生的私小说而诞生，各自以新的作品和理论（前者受1921年前后兴起的社会主义运动的影响，后者主要以一战后的西方前卫艺术为导火线）开展新的文学运动，并且获得迅速的发展。无产阶级文学和新感觉派文学诞生初期，由于两者对既成文坛的对抗是共同的，彼此还多少有些交流与联系。但不久，两者雄踞整个文坛，成为现代文学的两大主流，并在激烈的对抗中寻求发展。这种对抗掺杂着社会和政治的因素，文学的分解和重组也就更趋尖锐化和复杂化。

无产阶级文学从形成、发展、分裂到统一，走过了曲折的道路。1921年前，田河广一郎、叶山嘉树、黑岛传治等创办《播种人》杂志，平林初之辅发表了《文艺运动和工人运动》，第一次引进苏联的“无产阶级文学”这个概念，强调了艺术的阶级性，初步构建起无产阶级文学理论的框架。1924年6月，平林初之辅与青野季吉、金子洋文等13人创立了《文艺战线》。参加《文艺战线》的还有叶山嘉树、林房雄、千田是也、黑岛传治、村山知义、藤森成吉、藏原惟人、平林泰子等。青野季吉作为《文艺战线》的理论家积极活跃在文艺理论战线上，叶山嘉树、黑岛传治等在文艺创作中也取得了丰硕的成果。

在无产阶级文学运动中，各团体围绕无产阶级文学理论、文艺统一战线以及“左倾”、右倾的政治观点的分歧，多次分裂又重新组合。这些团体有“日本无产阶级文艺联盟（普罗联）”“日本无产阶级艺术联盟（普罗艺）”“劳农艺术家同盟（劳艺）”“前卫艺术家同盟（前艺）”。至1927年，根据《二七纲领》批判了“左倾”、右倾之后，无产阶级文学运动内部出现了要求统一

的动向。藏原惟人、中野重治适时地号召无产阶级文学各派摒弃政治和艺术上的分歧，在反对日本帝国主义、反对资本主义的大前提下实现联合。翌年3月，“日本无产阶级艺术联盟（纳普）”成立，《战旗》杂志创刊，迎来了无产阶级文学运动的全面高涨。从1931年开始，日本帝国主义发动了对中国的侵略战争，无产阶级文学运动及其统一战线遭到了空前残酷的镇压，于1934年2月完全瓦解了。

在日本现代文学史上，从来没有一个文学运动或流派像无产阶级文学运动那样重视文学理论的建设，而这种理论的确立和发展是与青野季吉和藏原惟人的名字分不开的。

青野季吉（1890—1961）从《播种人》后期开始进行指导性的理论活动。《文艺战线》成立后，他更是全力投入无产阶级文学的理论建设工作中，发表了一系列文章，否定传统的文学观以及传统近代小说的表现方法，探索新的文学概念。他突破传统资产阶级的“内在批评”的文艺批评模式，提倡决定艺术作品的社会意义的“外在批评”，并提出“目的意识论”，对于无产阶级文学理论的形成起到了关键作用。但是“目的意识论”强调了文艺上的阶级性，注意到在阶级社会里各阶级的美的观念是不同的，却没有认识到各个阶级也有共同的美。它忽视了各阶级的共同美感，同时没有合理地强调文学的自律性。

继青野季吉之后，对无产阶级文学理论做出重大贡献的是藏原惟人（1902—1991），他的理论活动的中心是提倡“无产阶级现实主义论”，强调以下两点：第一，用无产阶级“前卫的眼”来观察这个世界；第二，以严正的现实主义态度来描写这个世界。这对于无产阶级文学理论建设是非常有价值的。但是，藏原惟人在这里忽视了无产阶级现实主义还有两个值得探讨的问题。首先是现实主义与浪漫主义的关系问题，藏原只承认资产阶级初期和无产阶级艺术初期的浪漫主义“在历史上起过一定的进步作用”，但对批判地继承浪漫主义采取一概否定的态度，所以在探索无产阶级文学新方法时没有提出无产阶级现实主义与革命的浪漫主义相结合的问题。这种只肯定无产阶级现实主义的创作方法，排斥浪漫主义，妨碍了创作方法的多样化，因而导致无产阶级文学创作方法的贫乏化。其次，就是如何对待批判地继承文学遗产的问题，藏原也承认批判地继承过去人类积累的“艺术性技术”，却机械地切断资产阶级、小资产阶级的现实主义文学与无产阶级现实主义文学的联系，忽视作为过去的现实主义文学组成的主要部分“人民性”的继承问题，因而未能坚持全面贯彻马克思主义真实地反映“人民性”这一条重要的原则，不可避免地以“阶级意识”来支配其全部文学的审美意识，这不能说不是重大的疏漏。最后，他追随宫本显治提出的“政治首位论”，使文学从属于政治，将无产阶级文学推向泛政治化的道路。

总体上来说，藏原惟人的无产阶级现实主义，将平林初之辅提出的历史性和阶级性问题上升到理论，并将青野季吉的"'经过调查'的艺术"和"'目的意识'的艺术"的主张发展为无产阶级现实主义论和作为无产阶级实践的课题，给小林多喜二等无产阶级作家带来很大的影响，对无产阶级文学的理论建设起到了重要的作用。

小林多喜二（1903—1932）出生于秋田县北秋田郡下川沿村的一个贫苦农民家庭，父母喜爱文学和戏剧，小林也从中接受了文学的熏陶。在小樽商业学校就读时，小林接受民主潮流的洗礼，对文学产生更自觉的追求和投入。在《播种人》的影响下，他对社会和文学有了新的认识，开始将朴素的人道主义正义感与思想信仰和思想方法联系起来思考革命与艺术的问题，逐渐从一个批判的现实主义者转向一个战斗的无产阶级作家，写下了像《1928年3月15日》《蟹工船》《在外地主》《沼尾村》《为党生活的人》等优秀作品。

《蟹工船》是小林多喜二的代表作，也是日本无产阶级文学杰作之一。在此之前，叶山嘉树发表了《生活在海上的人们》，这给多喜二以启迪，成为他执笔写蟹工船渔工悲苦生活和严酷斗争的直接动机。《蟹工船》描写了渔业资本家勾结帝国的反动军队对北洋蟹工船上的渔工、杂工进行野蛮剥削和残酷镇压，渔工们过着地狱般的非人生活，他们在实际的阶级斗争中接受了革命思想的影响和血与火的洗礼，逐渐觉醒，加强团结，在生死界上同"阶级恶"的象征——渔业资本家的代理人浅川监工及其他恶势力进行英勇、机智的斗争。这场斗争虽以失败告终，但觉醒了的工人们并没有气馁，他们总结失败的经验教训，重新组织力量，满怀胜利的信心，再一次迎接新的战斗。

作者一开头就让上蟹工船上劳动的渔工喊出："下地狱去啰！"这说明作者有意识地选择了像地狱一样的蟹工船这一特殊的劳动形态和典型环境，深刻地剖析了带有浓厚封建性的日本资本主义的剥削关系，科学地揭示了帝国主义阶段的资本主义的实质，同时无情地揭露了日本帝国主义发动侵略战争的总根源，从而把蟹工船上的渔工们为改善劳动条件和生活待遇的经济斗争引向反对天皇制的政治斗争。作者在这方面作了如下两段精彩的描写：

> "浅川、浅川，是蟹工船的浅，还是浅的蟹工船？"
>
> "天皇陛下高高在云端，跟我们没有关系。可是这浅，就不那么简单了。"

每年，照例在渔期快要结束的时候，就特制进贡天皇的蟹肉罐头。可是很"不恭"地特制的时候，从来不特地斋戒沐浴，平时渔工们都认为监工这样干是很不敬的。可是，这一次却没有这种想法了。

“这是榨取咱们的血和汗做的，哼，吃起来大概特别鲜吧。吃了可不要肚子痛呀。大家都是抱着这样的情绪做的。”

“放点石头进去，管他呢！”

多喜二就这样以他的胆识和勇气，向日本绝对主义天皇制挑战，发出了时代的最强音：“不愿被宰割的人们联合起来！”这部作品虽以蟹工船为舞台，但它通过船上各阶级代表人物包括作为资本家代理人监工浅川的活动以及“秩父号”的沉没、川崎船的失踪、帝国军舰的“护航”等情节，有机地把蟹工船同整个日本社会乃至国际社会密切联系起来，大大地扩展了活动的空间，以更加丰富的思想内容，展示两大阶级的对立和斗争。小林多喜二给藏原惟人的信中就《蟹工船》的写作指导思想作了这样的说明：“如果仅仅停留在描写蟹工船内部的苛酷劳役，只能唤起人道主义的愤怒，而尚未接触到他们背后的帝国主义机构、帝国主义战争的经济基础。所以必须全面地表现帝国主义、财阀、国际关系、工人四者的关系。”多喜二以“帝国主义、财阀、国际关系、工人”四者作为一个整体，通过它明确地揭示了帝国主义机构、帝国主义战争的经济基础以及无产阶级必须反对帝国主义战争的历史任务，而且将它与日常的生活结合，探求在黑暗的现实中解放的可能性。

小林多喜二的某些作品，受到一些错误理论，比如“文学运动布尔什维克化”的影响，有倾向公式化、概念化之嫌。比如，《为党生活的人》中主人公“我”与笠原的关系在特殊的环境下不可避免地受到了当时政治主义的影响，作品反映出来的问题，不仅是小林多喜二的个人问题，而且也是无产阶级革命运动及其文学运动存在的问题，即革命的实践者和文学的表现者如何统一的问题。简言之，是政治与文学的关系问题。

在无产阶级文学运动全过程中产生的优秀作家和作品还有细井和喜藏的《女工哀史》、藤森成吉的《茂左卫门受磔刑》、叶山嘉树的《生活在海上的人们》、黑岛传治的《盘旋的乌鸦群》、中野重治的《初春的风》、德永直的《没有太阳的街》、宫本百合子的《贫穷的人们》、佐多稻子的《牛奶厂里的女童工》、平林泰子的《医疗室》以及同路人野上弥生子的《真知子》等，都为无产阶级文学增添了光彩。

无产阶级文学运动经历了艰难曲折的历程，它在法西斯政权的政治镇压和文化围剿下，能取得这样不朽的成就，是伟大的历史功绩，但从运动本身、理论指导和创作实践上看，也存在不少问题，有待于总结。

第二节 新感觉派与横光利一

在日本现代文学史前期，现代主义文学或称现代艺术派文学，包括新感觉派文学、新兴艺术派文学、新心理主义文学和正统艺术派文学等。

日本文坛最早出现的现代主义文学——新感觉派的源流，可以追溯到20世纪初期，当时欧洲现代派文学艺术被介绍到日本，但日本并没有受到欧洲各国在一战中受到的那种物质破坏，日本知识分子也没有受到欧洲知识分子所受的那种精神冲击。所以，这股潮流没有找到适合其生长的土壤，而只是影响到艺术界和部分诗界，还没有影响到整个日本文学和美学、哲学领域，未能形成一种思潮。

关于日本现代派文艺思潮的起因，首先，它是伴随着日本资本主义的发展和机械文明的发达而产生的。机械技术支配人的生活，人的生活方式和思维模式发生了很大的变化，在人的观念、文学的观念发生变革的情况下，不可避免地会产生一种新文学模式的要求，也就是要求排除以个人实感为基础的传统的写实，而以主观感觉为中心，在物质运动和瞬间的外部行为中分解人和现实，并且以感觉的文体和即物的文体变革为主导，通过这种新的文体再构筑这种变化了的人与现实，实行“文学革命”。其次，1923年发生了关东大地震，引起了政治、经济的大混乱，日本统治阶级又以维持治安为借口，对工农革命运动进行残酷的镇压，整个日本处在一片白色恐怖之中。这一系列事件震动了日本知识界、思想界和文艺界，引起他们相当一部分人的思想混乱、不安和动摇，使他们陷入精神危机的漩涡中。无政府主义、虚无主义、唯我主义等社会思潮应运而生，西方战后贪图瞬间享乐的风潮席卷而来，冲击着日本传统的价值观念，他们对自己在社会中的存在感到不安、彷徨，产生了消极和绝望的情绪。他们竭力挖掘自我内心的不安，追求刹那间的美感、官能上的享受和日常生活中非现实的东西。这种精神上的变化，为一种新思潮的诞生提供了实现的可能性。新感觉派的诞生和发展，就是顺应了这种趋势，将可能变为现实。

当时文坛的情势是，1923年1月，占据文坛的新思潮派作家菊池宽创办同人杂志《文艺春秋》，有意识地培养一批年轻作家，以对抗无产阶级文学的兴起，但未能达到预期的目的。因此，一批有才华的年轻作家，像横光利

一、川端康成等认为艺术家的任务在于描写内部世界而不是表面现实，对日本文学传统表示怀疑，对一切旧有文艺形式提出否定，主张追求“新的感觉、新的生活方式和对事物的新的感受方法”，探索“表现形式上的革新”，即文体改革和技巧革新。他们甚至公开提出“破坏既有文坛”、进行“文艺革命”的口号。年轻作家今东光、横光利一、川端康成、片冈铁兵、中河与一等14人，继无产阶级文学派创刊《文艺战线》之后，宣布新刊物《文艺时代》问世。川端康成在《〈文艺时代〉创刊词》中直言：“《文艺时代》创刊的目的，是新作家对老作家的挑战，可以说是破坏既有文坛的运动。”

新感觉派的核心和灵魂是横光利一（1898—1947），他生于一个测量技师的家庭，大学未毕业，就埋头于习作小说，于1923年发表了处女作《太阳》和《绳》，一反自然主义照相式的平板写实技法，通过构建雕刻性的文体，来完成构图的象征性的美，已初露新感觉的表现的特征，受到文坛的瞩目。

横光最具新感觉特征的作品是《绳》和《头与腹》。《蝇》以马车夫的“自我”为中心，揭示了人与人之间的冷漠关系，但作者没有作纯粹的客观描写，而是通过对大眼蝇的眼睛的透视，折射出马车夫与各种乘客之间在开车问题上的复杂关系，由此引发出人与人、人与马之间的尖锐矛盾，最后以人马俱亡作为悲剧的结局，试图以此来刺激人们的官能，让人痛切地感受到现实的阴森和人生的不安。作者在这一幕带有戏谑味儿的悲剧中，强调了人生的无目的性和命运的偶然性，嘲弄人的渺小，人在命运面前似乎比蝇还软弱无力，曲折地反映了资本主义制度下人的孤独无依、苦闷彷徨、生存威胁，仿佛站在毁灭边缘的状况。

可以说，作者在《蝇》中始终把蝇放在凝视现实的位置上，通过大眼蝇的眼睛，再现出一幅人世间的生活图景。根据这幅图景，作者突出自我解体、感觉崩溃的内在必然性，又通过这种感受性，使人们产生一种丧失现实性的不安定感。蝇眼所透视的正是作者主观世界的感觉，作者以蝇眼来表现自我的主观感受，从而突破事物的表象，表现了事物内在的本质乃至内部人生的真实。很明显，蝇是作为拟定的视点而存在的，它在马背上、车篷上和天空中都是用眼睛来观察人世间的种种生活现象的。蝇眼就是新感觉派作家所说的“小小的洞穴”，它能够产生联系外部世界的最直接的“电源”。

《头与腹》通过描写路轨发生故障，列车停车后绅士与一般乘客在退票问题上的依存关系，着意说明在以权势、财势为中心的社会里人的心灵被扭曲的现实。如果说《蝇》是通过这个象征性的“小小的洞穴”来窥视人类的生存和命运，捕捉“内部人生的全面存在和意义”，那么《头与腹》便是运用“小小的外形”来象征“巨大的内部人生”。作者以“大腹”象征腰缠万贯的绅士，而“无数的头”象征一般乘客，只有“大腹”挤出人群办理退票手续以后，“无数的头”才如获天启，涌向“大腹”争先恐后地退票。这是通过“头”与“腹”的视觉作用，剖视人与人之间的畸形关系和依存法则。“大腹”实际上是世人心目中的财势、权威和“真理”的化身，这是吸引“无数的头”的原因所在。作者选择了“头”与“腹”这一外在形态作为主观感觉的触发物，是为了使这个“巨大的内部人生”象征化、个性化，刺激人们产生一种新的感受，进而领悟这“小小外形”中所包含的思想底蕴，读者从中可以体察到作者内心深处的愤懑之情，以及对整个社会和人生的无限感慨。

为此作者以经过人工修饰的主观感觉和抽象化了的语言表现为中心，创造出一种崭新的文体，并通过新奇的文体和华丽的辞藻来表现主观感觉中的外部世界，使描写对象获得生命。他提倡“从根本上革新文艺”，首先是指革新文体。他在文章中讲究行文的语汇、诗意和节奏，同时凭借主题的曲折、行与行之间的默然飞跃，情节的倒叙、重复和速度，创造一种意境，显示一种寓意。《头与腹》的首句：“大白天，特别快车满载着乘客全速奔驰，沿线的小站像一块块小石头一样被抹杀了。”

这是新感觉派的典型的艺术语言，前半句是客观描述，“大白天”“特别快车”“满载”“全速”都是极限用语，后半句作者有意识一反呆板的机械客观描写，用“抹杀”两字来强调主观的感觉，使人感觉到火车奔驰的迅速，从而引起另一种感觉观念。作品也就是以这种象征的表现，将快车全速奔驰的客观事实，同在头脑里感觉到小站“被抹杀了”的主观感受放在同一平面上，把快车、小站和作者自我感受连接在一起，产生一种新鲜而强烈的节奏感，加强了主观感受的效果。

此后，横光写了另一篇新感觉派代表作《春天马车曲》，描写一对夫妻间的正常爱情被严重扭曲，他们只好互相嫉妒和猜疑，比如丈夫把卧病在床的妻子比喻为动物园铁栅栏里的野兽，试图用这种残忍的恶意的语言来表达隐藏在内心深处的“强烈的爱”。作者写这对恩爱夫妻的反常心理，在于说明在那个社会里，人与人的组合，包括夫妻的组合，是与善意和真诚无关的，尽管相处在一起，但各自以自我为中心，谈不上互相信任，更谈不到真正沟通思想。这种变态的情感，从根本上怀疑爱情的可靠性和人的相互理解的可能性，把情欲看成是痛苦与失常的根源。可是，作者却以“春天马车曲”这样优美的辞藻来装饰凄怆的现实。这篇小说，虽然未能充分运用新感觉主义的文体，但新感觉主义文学的思想性格却是十分明显的。此外，横光还写了一些同样颇具浓厚的新感觉特色的作品，比如《拿破仑与疥癣》《静静的罗列》。

《上海》是横光利一的新感觉主义集大成之作，也可以说是横光文学的

杰作。故事以横光自己在旅居上海期间发生的五卅运动中所见所闻作为素材，叙述主人公上海一银行职员参木爱上了土耳其浴室的女佣阿杉，老板娘阿柳妒忌，将阿杉解雇了。阿杉又惨遭参木的旧友甲谷玷污，沦落风尘。参木转职日本人开办的纺织厂，对美貌的女工芳秋兰表现出关心和理解。在五卅运动中，参木两次救出了芳秋兰。最后殖民当局加强镇压运动，发展到巷战。芳秋兰消失了。这时参木也因为被当局认为是"通敌的叛徒"而藏匿在阿杉那里。阿杉在昏暗中与参木再会，最后喃喃地说了一句："你什么都不要再想了，就来这里吧。"

横光在这部长篇小说里试图以个人的心情和体验为中心，通过上述故事，在半殖民地上海的混乱、颓废和不稳定中，捕捉人的不安定状态，以及人所背负的个人与历史的宿命，反映了近代人两面性格的形成和近代个人主义解体的过程。因此，这部小说比起作者本人其他新感觉小说中完全抽象的思维表现来，多少运用了通过主观感觉不可能透视的现实的力学，使之含有社会小说的某些因素。横光以此自负地说："充分地将文学作为问题的社会主义文学，当然是在正统的辩证法发展阶段成长起来的，具有从新感觉派文学中应该产生的命运。"（《新感觉派与共产主义》）这部作品虽然技法上是新感觉派的，从中也可以窥见作者试图在文学上拓展新感觉派与现实和历史的联系，但这种对现实和历史的静止的态度，自然地瓦解了横光自身的新感觉派的因素。

川端康成在新感觉派文学运动中，以《新进作家的新倾向解说》一文，从哲学思想到文学形式对新感觉派作了全面系统的论述，与片冈铁兵为建立新感觉主义理论基础立下了功劳。但在创作实践上，他只写过掌小说集《感情装饰》、短篇小说《梅花的雄蕊》和中篇小说《浅草红团》等少数几篇具有新感觉主义文学特色的作品，以及新感觉派时代唯一的电影剧本《疯狂的一页》。而且，这些都不算是成功之作。因此，川端康成曾说，"新感觉的时代，是横光利一的时代"，"假如没有横光及其作品的存在，也许就没有新感觉派的名称，也就没有新感觉派运动"。实际上，川端康成是"新感觉派的异端者"。

片冈铁兵、今东光、中河与一也是新感觉派的核心人物，活跃在新感觉主义文学运动的第一线。十一谷义三郎、佐佐木茂索、池谷信三郎、铃木彦次郎等也发表了一些有新感觉派特色的小说，构成了新感觉派的一道风景线。

片冈铁兵（1894—1944）在理论和创作两方面开展了新感觉主义的文学活动。他发表了《告青年读者》《新感觉派的如是主张》《新感觉派的表象》等文章，以主观唯心主义作为哲学理论基础，相信主观的力量，相信主观的绝对性，立足于“扩大主观”，把“个我”看成存在的核心，把世界万物看成“个我”的表现、补充或者阻碍，以为只有意识才是真正的存在，而物质世界、存在、自然界只是意识、感觉、表象、概念的产物。实质上，他以上述论点为依据，把感觉看成唯一的实际存在，从而否定外部世界的存在，否定理性认识的作用，走向非理性主义。他创作的小说《钢丝上的少女》，与今东光的《瘦新娘》、中河与一的《刺绣蔬菜》、十一谷义三郎的《青草》、佐佐木茂索的《旷日》、池谷信三郎的《桥》、铃木彦次郎的《七月的健康美》等，成为最具新感觉主义特征的作品。

新感觉派作家是具有丰富的感受性和敏锐的观察力的。他们不满当时的日本社会和文学现状，对于资本主义社会人的生存关系相当敏感，并以其丰富的感受性生动地表现人内心的苦闷、对人性的绝望和对现实的不安，同时也愿意去揭示社会的丑恶与罪恶。但是，他们又常常缺乏正视现实的勇气，对现实社会失去信赖，认为自我是无能为力的，因而追求一种超脱，一种心灵深处的不安感。正因为如此，他们没有也不可能对冷峻的社会现实进行积极的正面的揭示，总是把现实抽象化，通过作者自己的主观感觉来曲折地反映现实世界中不协调的关系和矛盾现象，流露出虚无主义、悲观主义、唯我主义乃至颓废主义的倾向。可以说，新感觉派文学在思想上具有两重性格，它既折射出资本主义的矛盾现象，又有意无意地掩盖了矛盾的实质，游离于日本社会现实和大众的生活感情之外，反映了近代个人主义和人性的解体过程。它是伴随着科技文明的发展和生活模式的现代化，加上都市文化的冲击而出现的，是以一战和关东大地震之后日本社会的不安定作为背景的。它对于了解当时日本社会无疑是有一定帮助的，但它一味寻求新鲜的刺激、神经的刺激， 乐于官能上的陶醉和麻痹，具有浓重的颓废色彩，是一种带有一定破坏性的思想。

第三节 现代诗歌与戏剧

日本现代诗与整个日本现代文学一样，是在现代艺术派诗与无产阶级派诗的对立和并存中，从探索艺术的革命和革命的艺术两个不同方向揭开序幕的。1921 年，以平户廉吉、高桥新吉、萩原朔太郎等批判和否定民众诗和象征诗，要求在诗的内容和形式上的革命开始，标志着近代与现代之交现代诗已经胎动。这一年前后，意大利的未来主义、瑞士的达达主义、德国的表现主义、英国的意象主义、法国的超现实主义等欧洲的新兴前卫艺术开始传入日本，对于现代诗的问世起到了直接的促进作用。平户廉吉发表了《日本未

来派运动第一回宣言》，同时发表了诗论《我的未来主义与实行》《关于同一表现主义》等，提倡在艺术理念、表现形式等方面对诗歌进行革新。

继之，高桥新吉在辻润支持下移植了达达派诗，写了《达达诗三首》《达达派新吉的诗》，试图将“近代苦恼”用象征化的达达主义诗表达出来，对当时诗的现代变革产生了很大的促进作用。同时期，萩原恭次郎、壶井繁治、小野十三郎、冈本润等创刊《赤与黑》，继承了达达精神，否定传统的价值观念和既有的语言秩序，为破坏而破坏叫好，从根本上动摇了传统的抒情诗的精神和形式。他们在《赤与黑》创刊号上高声疾呼：“何谓诗？何谓诗人？我们放弃过去的一切概念，大胆地断言‘诗是炸弹！诗人是向牢狱坚固的墙和门投掷炸弹的黑色的犯人！’”这反映了这一诗派的性格特征：一方面他们进行诗的形式革命，变革诗的情绪和韵律，构建现代诗的新的主题，一方面又充满焦灼、虚无和绝望的感伤情调。

萩原恭次郎的《死刑宣告》、小野十三郎的《半开的窗》、冈本润的《从夜到早》等就以这样的新面目出现。比如，恭次郎的《死刑宣告》一诗就是在激烈的绝望与希望、猛烈的破坏与创造的交替中唱出，从这首诗中，不难看出恭次郎的达达派诗以一种超常的呐喊体现了罢工工人对社会现实否定的意志和破坏的力量，流露出焦躁与不安的心情，传达了那个场面既激越又彷徨的氛围，就像“不安的钢轨”发出的“音响”。这首诗无论是在诗魂还是在诗形上都给现代诗带来了一次新的艺术革命。

新感觉派的兴起，给新体诗成立以来现代诗理念和方法革命带来了好时机。安西冬卫、北川冬彦等创刊《亚》，促进短诗向新散文诗发展，标志着现代艺术派诗的起点。从艺术的革命出发的，还有堀口大学的译诗集《月下的一群》，翻译和介绍法国最具代表性的象征派诗人波德莱尔和前卫艺术派诗人阿波里耐、科克托等的诗作，推动了现代诗运动的开展，成为其后《诗与诗论》的现代派诗运动的先驱。他们对抗传统的韵文和破坏自由诗的形式，进行现代诗的形式革命。

《诗与诗论》的主要成员有北川冬彦、安西冬卫、三好达治、西胁顺三郎、北园克卫、神原泰、村野四郎等，他们以这个刊物作为阵地，以超现实主义作为主导，扩大了现代艺术派诗的范围，开展新散文诗的理论工作和介绍欧美的诗和诗论。同时，它不仅限于诗的领域，还接受欧美现代主义文学运动的影响，积极介绍新文学的理论和实验性作品，拥有很大的影响力，成为现代新诗的母胎。

《诗与诗论》最具代表性的诗人是西胁顺三郎、三好达治。西胁顺三郎（1894—1982）在这一运动中创造了很大的业绩，他的散文诗《馥郁的火夫啊》

这样唱出：

繁殖的神啊！在梦游患者面前筑起一道悬崖吧！奥列
安达之花的火。在桃色的永恒中抽泣、杳钓。若本教下波
像女性般低语，风尾船就滑行了。突然绽开的合欢花啊！
我喝奥德科龙了。死，再见！

诗的最末一行，诗人呼出："来吧，火啊。"火，是一种"破坏力乃至爆炸力"的代表，火夫就是诗人，以花的火、合欢花的馥郁、死来"破坏现实诸关系"或"人生经验的世界"，这是诗人对诗的超现实主义的追求。

但是，这一派围绕诗与现实关系问题产生了意见分歧。冬彦与持相同意见的三好达治于1930年脱离《诗与诗论》，新创刊了《诗·现实》，提倡新现实主义，试图将前卫的方法活用到社会的现实中，整合艺术派诗与无产阶级派诗两者的关系。所以刊物也发表马克思主义文学论、艺术论和诗论。

在近代诗经历了儿玉花外的社会主义诗、石川啄木的社会主义革命诗和民众诗之后，一些积累了经验的抱着明确的历史使命感的诗人，呼唤诗应该面向劳动者，在诗的理论和方法上探求一条新路。1926年，《驴马》问世，无产阶级派诗和诗论以中野重治为中心展开，开辟了具有批判精神的现实主义的诗歌道路。

当时的无产阶级派诗人，有知识分子出身的，如中野重治、洼川鹤次郎、森山启；有工农出身的，如松田解子、长谷川进；还有从现代艺术派诗立场转向，参加了无产阶级派诗运动的，如壶井繁治、小野十三郎。1930年，《无产阶级诗》创刊，从此开始了以确立无产阶级派诗为目标的统一的诗运动。这前后，小熊秀雄作为无产阶级诗人崭露头角，发挥了他的天才。在诗论方面接受了苏联的社会主义现实主义的理论，小熊秀雄、大江满雄等于1934年创刊《诗精神》，在时局恶化和整个无产阶级文学运动受挫的情况下，改变过去的指导理念，在开发极具个性的诗法中继续传承无产阶级派的诗精神。小熊秀雄和壶井繁治、金子光晴写下了许多讽刺诗，对当时的社会及国粹主义进行了批判。

无产阶级派诗人中，中野重治和金子光晴可谓佼佼者，在现代诗史上做出了不可磨灭的贡献。中野重治（1902—1979）在无产阶级文学运动有关政治与艺术关系的长期论争中，坚持日本文学的美意识和感受性，一贯主张诗人必须在现实中追求个人的主观和感受性，坚持个人的爱情和愤怒。因此，他的诗保持着一种浓郁的浪漫抒情性和强烈的现实性。明显的标志是《黎明前再见》《歌》等诗作向浪漫、激越的抒情性的转变。他的名篇《雨中的品川车站》更是借助描写在雨中车站送友"出征"的场景，以国家的河川将要"冰封"，"出征者"叛逆的心也将要"结冻"，暗喻战争将给国家和人民带来灾难，

并以大无畏的气概将讽刺和批判的矛头直接指向驱逐“出征者”走上侵略战场的天皇，即战争的根源天皇制。

金子光晴（1895—1975）的反战诗《鲨鱼》，以尖锐的讽刺和批判的诗风，对当时的社会进行了有力的抨击。他还将自己创作的诗篇结集出版，取名为《鲨鱼》，此时来到日本的郁达夫为诗集封面题字。光晴的诗从批判现实主义的视角出发，以一种隐喻的象征手法，对于日本帝国主义对亚洲的掠夺、日本军队的残暴等进行揭露和批判，显示了诗人对抗军国主义坚定的态度。

这些诗作以新的思想和新的语言，呼喊出时代的声音，代表着正义与进步，给当时沉默的左翼诗坛带来了新鲜的空气。

在无产阶级派诗和现代艺术派诗开始退潮之际，一批诗人想在落潮的这两种艺术理想之间重建日本的抒情诗，于是出现了现代抒情诗的潮流。其标志是堀辰雄、三好达治、丸山薰先后投入季刊《四季》的工作，形成最大的诗歌集团。同人有萩原朔太郎、芳贺檀、田中克已、中原中也、立原道造、室生犀星、伊藤静雄、田中冬二等。

这个时期还有与《四季》的偏向西方抒情诗体不同的诗派，就是1935年创刊的《历程》派，创刊人有草野心平、逸见犹吉、高桥新吉、中原中也等，宫泽贤治、高村光次郎、金子光晴等也成为这一派的成员或支持者。他们致力于诗的现代性，无固定的主张，尊重诗人的个人立场。比如，草野心平同情弱小的生命；高桥新吉倾向无政府主义，表现出对社会现状的不满；宫泽贤治将对诗的热情倾注在庶民的生活感情上；中原中也则追求没有含义的单纯的音的效果。

上述现代诗运动具有如下基本特点：初期的现代诗运动，是从艺术的革命和革命的艺术的对立和并存之中展开，进行诗的内容与形式的革命，一方面坚持意识的持续，一方面追求刹那的感觉冲动，明显地具有自我分解的特征。大多数诗人都参加某一集团，这与近代诗坛以诗人个人为中心的创作活动形成对照，形成了集团性。与此同时，集团的约束性又不大，对个人有适度的宽容，诗人可以在跨集团的刊物上发表诗作，甚至可以同时参加两个集团。这是现代日本诗坛特有的现象。进入现代以来，诗坛还有一种现象，就是相继发行有分量的诗刊，从现代主义派的《诗与诗论》起，经过新现实主义派的《诗·现实》、抒情诗派的《四季》，到无产阶级诗派的《无产阶级诗》等，都是引人注目的。

现代日本戏剧是以小山内薰及土方与志于1924年创建的筑地小剧场为基地而发展起来的，它保证了新剧的正常公演，同时培养演员，探索演员艺术的新的创造方法，以重新振兴现代的新剧运动，实现改革戏剧的理想。

筑地小剧场创办伊始，一直采取上演西方剧的方针，西方翻译剧成为新剧舞台的主演剧目，包括易卜生的《群鬼》、契诃夫的《万尼亚舅舅》、莎士比亚的《威尼斯商人》等，直至创立第三年，才开始上演坪内逍遥的《角色的修行》、武者小路实笃的《爱欲》、中村吉藏的《大盐平八郎》等。在公演西方现实主义经典剧的同时，也上演一战后兴起的梅特林堡、安东列夫等的西方象征剧，深受青年观众的欢迎。同时，筑地小剧场培养了一批新剧新人，如著名的新剧导演、演员杉村春子、千田是也、岸辉子、泷泽修、山本安英，他们当时都参加了筑地小剧场发起的现代新剧运动，战后分别成为四大剧团的台柱子。

与此同时，无产阶级戏剧运动兴起，其战斗的戏剧精神给时代敏感的青年，特别是劳动青年带来很大的刺激，支持这一运动的观众大增。土方与志以公演马塞的《夜》为契机，也开始转向左翼戏剧，筑地小剧场内部由此而产生裂痕。主张艺术至上主义的艺术派杰出人物是久保田万太郎（1889—1963），他的代表作是四幕剧《大寺学校》，以明治末期的东京浅草地方为舞台，展开了一个平凡的故事：一个以自己名字命名学校的校长，以旧式方法办学，跟不上时代的步伐，在迎接 20 周年校庆之际，大寺校长耳闻老友鱼吉在大寺学校附近创办了一所新型的公立学校，他深恐竞争不过对方，于是自酌自饮，低吟近松的歌，来消解心中的忧愁。这部剧作表现了落后与进步的对立、人情与义理的纠葛，从一个侧面反映了现代历史进程中个人的宿命，从戏剧的布局、结构、情节发展和结尾来看，与西方现代话剧相似，被认为是筑地小剧场创立以来艺术派戏剧的最高杰作。

在无产阶级戏剧方面，秋田雨雀（1883—1962）的《国境之夜》《骷髅跳舞》成为无产阶级戏剧运动的开端。《国境之夜》以北海道十胜为舞台，作为主人公的开垦者大野三四郎对外界的事不闻不问，独善其身。一个大雪之夜，一对带着孩子的夫妇敲门向他求助，他佯装听不见。翌晨醒来，接仆人通报，这对夫妇和孩子冻死在雪原中，他始知自己的罪过。《骷髅跳舞》以关东大地震后日本当局迫害当地朝鲜人为背景，写了一个朝鲜人被自警团抓获处以私刑。一个有同情心的日本人救了这个朝鲜人，并将自警团团员变为骸骨，让他们随着自己的领唱跳起舞来。此两剧以写实手法或以魔幻的形式讽刺和嘲笑社会和政治的反动，也批判了明哲保身的思想。

村山知义（1901—1977）建立了东京左翼剧场，发表和上演了许多优秀的无产阶级戏剧剧本和剧目，促进了无产阶级戏剧运动的勃兴与高涨。这一时期，筑地小剧场剧团上演了藤森成吉的《茂左卫门受磔刑》，左翼剧场上演了村山知义的《暴力团记》。从这个意义上说，藤森成吉和村山知义是无

产阶级戏剧创作的重要支柱。

村山的四幕九场新剧《暴力团记》，以 1923 年中国京汉铁路工人“二七”大罢工为背景，描写了京汉铁路工人为反抗军阀的压迫，组织总工会，团结广大工人举行大罢工，并与军阀豢养的暴力团绿党的破坏罢工行为进行勇敢的斗争，最后在军队的血腥镇压下失败了。终场镇压的枪声停止，舞台转暗，在黑暗中传来庄严的声音，这说明工人们觉悟到失败的原因，决心克服困难，与农民联盟继续战斗。帷幕渐降，工人的口号声四起：“打倒军阀！打倒帝国主义！工农政府万岁！”作品没有设定特定的主人公，而是着力塑造工人的群体，宣扬无产阶级的革命英雄主义和阶级的牺牲精神。剧本发表时，最后的一句口号是“工农 XX 万岁”。这部多幕剧由于正面把握无产阶级反对一切统治阶级斗争的现实，以及运用与之相应的表现方法——比如正确处理集团的演技和运用群众的场面，受到很高评价，被誉为“现代无产阶级新剧创作的最高标志”，奠定了该剧作者村山知义在日本现代戏剧史上的重要地位。

第四节 战争黑暗时期的文学

进入 20 世纪 30 年代，日本卷入了世界性的资本主义经济危机，国内工农运动此起彼伏。日本当局为了摆脱内外交困的处境，实行对外侵略扩张，从 1931 年发动“九一八事变”起，开始了长达 14 年侵略中国的战争。这个时期，无产阶级文学运动走向了低潮，新感觉派及其后的新兴艺术派在种种意匠粉饰下解体，私小说由于其自身陷入卑小的自我意识和自我陶醉，以及社会政治的重压，也先后自然衰微。但是，文坛的老作家重新活跃起来，岛崎藤村的《黎明前》、山本有三的《真实一路》、永井荷风的《荷风随笔》、谷崎润一郎的《春琴抄》、德田秋声的《化装的人物》、志贺直哉的《万历红瓷》、宇野浩二的《枯木风景》、尾崎士郎的《人生剧场》、川端康成的《禽兽》等的问世，带来了 1933 年下半年“文艺复兴”的机运。但众多知识分子面对上述政治局面和文化、文学形势，感到自己无能为力，产生了一种“不安情绪”和“危机意识”。这时候，三木清与德田秋声、丰岛与志雄等 70 多人发起，成立了由知识界、文学艺术界广泛组成的“学艺自由同盟”，在极端艰难的条件下，为维护学术和创作自由，做了自己力所能及的工作。同年，文艺界以维护创作自由为宗旨，共同创刊了《文学界》（第二次），成为当时文艺界的一股力量，掌握了当时文坛的领导权，主张艺术至上，反对文艺从属于政治。

《文学界》创刊翌年，即 1934 年，“不安的文学”“行动主义文学”“转向文学”先后盛行起来。1935年，以保田与重郎为首掀起了一股所谓“日本浪漫派”文学风潮，同时，以藤田德太郎为代表也发动了一场所谓的“新国学”运动。他们借助德国的民族主义理论，鼓吹所谓“神州不灭”，“日本必须创造日本的历史”。这时，警察头目松本学亲自出马，也打着“文艺复兴”的幌子，于1936成立了由官方控制的“文艺恳谈会”，以加强对纯文学和大众文学的控制。从此，不少作家屈服于法西斯当局的强大压力，发表鼓吹侵略战争、“讴歌”法西斯军队的作品。尤其是1939年后，内阁情报局为了把文学家牢牢地拴在侵略者的战车上，动员一批作家到军中去鼓动士兵。此时，鼓吹侵略的战争文学甚嚣尘上，其中高村光太郎的所谓“爱国诗”和火野苇平的所谓“士兵三部曲”——《麦子与士兵》《土地与士兵》《花儿与士兵》是最有代表性的。内阁情报局进一步将大批作家、文化人纳入所谓“从军”计划，下令菊池宽等22人分别参加陆海军“报道班”，俗称“笔杆子部队”，开赴侵华战场，大搞所谓“报国文学”。林房雄为此举办了名为“文学与新体制”的座谈会，为宣扬“国民文学论”造势，与“日本浪漫派”的复兴古典运动合流。

无产阶级作家、进步的自由主义作家，则坚持批判侵略战争，采取包括文学形式在内的种种形式，反对日本军国主义。他们中最勇敢的批判者是小林多喜二，他不仅用笔写下了《1928年3月15日》《为党生活的人》《地区的人们》等作品，从揭露日本帝国主义准备发动侵略战争到直接描写工农大众反对侵略战争，而且作家本人以实际行动投身反对侵略战争的运动中，最后英勇牺牲。无产阶级文学家中的宫本显治、藏原惟人、西泽隆与病重保外就医的百合子写下了往来书简《十二年的书信》，展示了为保卫和平与文学而斗争的坚定信念。还有藏原的《艺术书简》、西泽的狱中诗《编笠》在战后始得公开发表，深受读者喜爱。这个时期宫本百合子的《越冬的蓓蕾》，如题名所象征的那样，表现了黑暗时期坚持自己的良心与信念的人的精神美。宫本显治的《文艺评论》、洼川鹤次郎的《现代文学论》等，则以文学评论的形式反映了他们追求历史的真实和不屈的文学抵抗的精神。

作为“笔杆子部队”一员的石川达三赶赴侵华战场后，目睹和经历了日本侵略者实施的南京大屠杀的惨状，凭作家的良心，以犀利的笔写下了《活着的士兵》，客观地描写了日军的暴行和厌战的情绪，在一定程度上反映了反战的倾向。当局以“扰乱安宁的秩序”为名，将其判刑囚禁4个月，缓期3年执行。最后石川也“顺应时势”，写了《武汉作战》这样支持侵略战争的报告文学。

这个时期，诗坛出现了一批像金子光晴、小熊秀雄、小野十三郎、冈本

润、壶井繁治等有代表性的抵抗诗人，他们在困难的条件下，以各自的反抗方式发表了抵抗诗。还有一些作家进行“艺术的抵抗”，比如德田秋声的《缩影》、谷崎润一郎的《细雪》、永井荷风的《墨东绮谭》、川端康成的《雪国》、阿部知二的《风雪》即属于此类作品。

1941 年，日本帝国主义发动太平洋战争，法西斯当局立即成立所谓“文学报国会”，公开宣扬其宗旨为“集结全日本文学家的全部力量，以确立显扬皇国的传统和理想的日本文学，以及协助宣扬皇道文化为目的”。1942 年，以“文学报国会”为中心，鼓吹侵略战争的文学达到了高潮，凡是所谓离开这个“国策”的文学作品都在被禁之列。此时，“转向文学”盛行，抵抗文学、反战文学的声音十分微弱。但是，处在半拘禁状态下的中野重治完成了《斋藤茂吉笔记》，借助斋藤茂吉这个人物没有拒绝写歌颂战争的歌的事，来探索背负着天皇制绝对主义重压的近代人性的自觉，显示了在艺术上对战争的独特的反抗。此外，广津和郎的《流逝的时代》、伊藤整的《得能五郎的生活与意见》，以文人的孤高精神，对时代的重压进行了直接或间接的抵抗；幸田露伴埋头于《芭蕉七部集》的注释；里见谆的《风中火炎》仍然保持着艺术的独特性；田宫虎彦、十返肇等八名青年作家组成“艺术派”，执着于作品的艺术性。这些从另一个角度说明了艺术的抵抗的意义。在作家、诗人进行“艺术的抵抗”的同时，平野谦、本多秋五、岩上顺二、花田清辉、杉浦明平、荒正人、佐佐木基一、小田切秀雄等一批青年评论家，以孤独的自我意识，通过文学的批判进行社会的批判。加藤周一、中村真一郎、福永武彦等也通过艺术的抵抗反对现实的重压。到了最后，艺术的抵抗也明显地向私小说、历史小说和风俗小说的方向发展了。

从整体来说，在封建军国主义的绝对统治下，日本民众未能有组织地进行反战运动，日本文学界的抵抗缺乏社会的基础，也未能像纳粹德国统治下的法国文学界那样推进浩大的抵抗文学运动，而且日本的抵抗文学没有达到组织化和深化，主要是作家个人孤立地以艺术的抵抗、沉默的抵抗的形式展开，抵抗的力量是非常微弱的。野上弥生子等许多无产阶级同路人作家完全绝笔，以沉默的方式进行抵抗。战争初期志贺直哉虽然写过一篇“祝捷文”《新加坡沦陷》，但其后也与宇野浩二、室生犀星、井伏鳟二等一起，一直对战争和军国主义保持绝对沉默以示抵抗。反战文学、抵抗文学自不消说，就是艺术的抵抗，比如德田秋声的《缩影》、谷崎润一郎的《细雪》等都被勒令停止连载。随着战争局势的发展，连发表艺术性的作品也已不可能。现代日本文学在战争体制下进入了最黑暗的时期。

第七章 日本现代文学的重建

第一节 战后民主化与战后文学

第二次世界大战中，世界反法西斯国家和人民获得了伟大的胜利。日本对中国和亚洲其他地区的侵略遭到了彻底的失败，于1945年8月15日接受《波茨坦公告》，无条件投降。美军以盟军名义占领日本，并在日本强制推行非军事化，将废除绝对主义天皇制作为其在战后的日本推行民主化和现代化的中心任务。日本现代史从此出现转折。

战后的新时代，呼唤一种新文学。战后派的诞生，已成为历史的必然。战后新创刊的《近代文学》和《新日本文学》代表着新生一代的战后派文学，传统文学派老大家的复出，占据着战后文坛的中心位置，成为战后日本文学的起点。多种文学力量的结合，还直接影响着战后日本文学的进程和变革，恢复了日本文学的生机，促成战后文学史的展开。

日本无条件投降两三天后，藏原惟人立即联络壶井繁治、宫本百合子等，推动日本新文化和新文学的重建。同年10月29日，宫本百合子发表《新日本文学的开端》，首先就14年战争时期的文学进行了回顾与批判，指出旧日本文学已经完全崩溃，但这并不表明日本的文学精神在丧失。日本文学要重新出发，就必须认清文学精神的本质。继之，藏原惟人于11月10日发表了《向新文学进发》一文，主张“恢复文学自身的艺术性”，强调“作家要与民众生活在一起，战斗在一起，了解民众的苦与乐”，“艺术的形象和样式尽可能多种多样”，“要充分发挥各个作家的个性”等。这篇论文发表后五天，由宫本百合子、中野重治、藏原惟人、德永直、秋田雨雀、江口涣、壶井繁治、藤森成吉、洼川鹤次郎等九人发起，成立了新日本文学会，并创办《新日本文学》杂志。老作家志贺直哉、野上弥生子、广津和郎等三人作为赞助人，其后正宗白鸟、宇野浩二等也加入赞助人的行列。为了适应战后的时代变化，新日本文学会规定：“新日本文学会不是无产阶级团体的简单的恢复，它是适应

新的民主主义革命进展而成立的，它必须为一切民主主义文学的前进而斗争。”

宫本百合子抱着强烈的历史责任感，在《新日本文学》试刊号上发表了具有历史性意义的《歌声哟，响起来吧！》一文，强调：“所谓民主文学，就是意味着我们每一个人都要为社会和自己合乎历史逻辑的发展而献身，就是要唱出完全真实地反映世界历史的必然趋势的歌！”

从 1946 年 1 月起，战后日本文学突破战时设置的长期文化锁国的藩篱，战争期间保持沉默的传统派作家或被禁止执笔的不顺应“国策文学”的作家首先活跃起来，迈出了再出发的第一步。比如，一直搁笔的新浪漫主义作家永井荷风和前白桦派作家志贺直哉率先分别发表了作品《舞女》《灰色的月亮》，后者用凝练的笔触精确地描写了车厢里一个少年工人饥寒交迫的形象，以反映日本战败后粮食匮乏、老百姓忍饥挨饿的严峻现实，震惊了文坛。此外，正宗白鸟的《战争受害者的悲哀》、野上弥生子的《砂糖》、丰岛与志雄的《波多野邸》、宇野浩二的《龙胆草》、川端康成的《续雪国》、广津和郎的《疯狂的季节》、井伏鳟二的《今日停诊》等，都是这些老大家复出后的第一批作品，也是战后文学复兴后的开篇之作。作为传统文学的私小说、心境小说的中坚作家，上林晓、尾崎一雄、檀一雄等也纷纷登场，他们一如既往地脱离热火朝天的战后的现实生活，将自己闭锁在一片小天地里，咀嚼自己生活中的种种体验。其中上林晓的《在圣约翰医院》、平林泰子的《这样的女人》、尾崎一雄的《虫子的二三事》等都是战后私小说的代表作。

传统文学老大家和中坚作家的作品，填补了战时和战后初期的文学空白，显示了他们传统的文学功力和较高的艺术修养，对于战后那些对文学如饥似渴的读者来说，不愧是美味的飨宴。

可是，这些文学作品一个很大的弱点，就是不贴近社会生活，尤其是私小说和风俗小说并没有随着战后文学革新而有所变化。

相反，在既成文坛中，还有一批与上述传统文学作家具有鲜明对立意识的作家群，比如太宰治、石川淳、织田作之助、坂口安吾，试图以反传统的文学理念和方法来反映战后人们的虚无、颓废和绝望的心境。当时文坛将他们称为“新戏作派”或“无赖派”。

同时，战后日本文坛对西方文化、文学表现出强烈的关心，广泛地翻译西方的文学理论，引进西方的各种文学思想和理念。

青野季吉、小林秀雄、中村光夫、河上彻太郎、渡边一夫、桑原武夫等一批中坚文学评论家、文艺学学者，以自己的学识和良知，进行战后的启蒙批评活动。他们引进西方的知性和现代人文精神，批判日本社会文化和文学的封建性、落后性和贫弱性，为确立战后的社会文化和文学而努力。

新日本文学派方面，产生了宫本百合子的《知风草》《播州平原》、德永直的《妻啊，安息吧》、中野重治的《五勺酒》、野间宏的《阴暗的图画》《脸上的红月亮》、金达寿的《玄海滩》等一批优秀作品。它们不仅多角度、多方位、多层次地反映了战后反对绝对主义天皇制、控诉军国主义的侵略战争，而且在克服因创作方法单一和题材狭隘而使作品流于公式化的缺点方面，以及在尊重文学的特殊性和作家的个性、积极探索文学形象和模式的多样化方面，都迈出了可喜的一步。他们为拓展民主主义文学的创作道路做出了自己历史性的贡献。

1946年1月，平野谦、本多秋五、荒正人、埴谷雄高、山室静、佐佐木基一、小田切秀雄等七名评论家创刊《近代文学》，标志着战后派文学的诞生。《近代文学》的同人一度全体参加了新日本文学会及民主主义文学运动，同时，《近代文学》还数度扩大同人，并将一批战后作家送上文坛。他们中有作家野间宏、梅崎春生、中村真一郎、椎名麟三、埴谷雄高、大冈升平、武田泰淳、堀田善卫、安部公房，以及评论家花田清辉、福田恒存、加藤周一、寺田透等。

《近代文学》以“确立近代的自我”的文学批评先行，尊重人和自由，摆脱包括封建主义在内的意识形态的束缚，追求文学的真实性，反对文学的功利主义，提倡艺术至上主义。比如，本多秋五的《艺术·历史·人》、荒正人的《第二青春》就艺术至上主义作出了自己的解释，反映了《近代文学》同人在思想上和文学上的真正立场，迈出了战后派文学的第一步。

这些战后评论家以文学批评先行，战后作家则在实践中跟上。野间宏率先发表了《阴暗的图画》，接着埴谷雄高的《死魂灵》、梅崎春生的《樱岛》、中村真一郎的《死亡的阴影下》、椎名麟三的《深夜酒宴》、武田泰淳的《蝮蛇的后裔》等也先后问世。这批作家和一系列作品在人的观念、文学的观念和文学的方法上，强烈地显示出战后的新特点。他们在内容与形式的新变革上不是与战前文学简单地嫁接，而是在批判和否定战前文学的基础上大胆创新，实现了思想内容和审美观念的重大变革。日本文学史上称他们为第一批战后派作家。

在战后派评论家中，加藤周一、中村真一郎、福永武彦发表了《1946年文学考察》一文，这是由作为“创造性的战后一代”的他们三人通过与西方的思想、文化和文学的比较研究，对战时的日本社会文化进行了激烈的批判，同时对日本文化和文学的传统与现状进行了理性的思考。他们在文中指出，战争期间，由于日本文学从属于法西斯权力，“从战时到战后，日本没有足以对抗外在现实的、完成内在力量充分成长的作品”，强调要进行民主主义力量的变革就必须既要反对顽固狭隘的超国家主义，又要反对具有极端破坏

性的“革命精神”，这样才能在日本人中“培养理性和人性”。与此同时，他们以西欧的合理主义精神批评近代日本文学的“远离普遍性和贫弱”，并把战后文学起步时的重大课题——“革命的文学和文学的革命”中的“文学的革命”作为奋斗的目标。他们抱着改革日本文学的极大激情，发出了战后文学批评的第一声，给战后文坛带来了很大的刺激和震动。中村真一郎概括地说：“从整体来说，战后文学具有‘革命的文学’和‘文学的革命’这种广阔的视野。”可以说，战后派既有别于战前无产阶级文学所提倡的“革命的文学”，也有别于艺术派文学所主张的“文学的革命”，它具有双重的性格。

从整体来说，战后派文学具有如下新的特点。

一、具有强烈的社会性

战后派作家关心的都是直接与战争有关的绝对主义天皇制、战争责任、战争与和平、民主主义等问题，特别是由于战争而暴露出来的社会与人以及文学上的封建性问题，并对这些问题进行反思。他们在文学范围内，以自身的战争体验，从多角度来探讨人在战争中的奇异行为，揭示人性的阴暗面以及战争给人们留下的创伤。比如，野间宏、加藤周一积极批判绝对主义天皇制，椎名麟三、梅崎春生揭示战争泯灭人性，大冈升平通过俘虏生活暴露战争罪恶，武田泰淳、堀田善卫深入挖掘战争与国家、民族问题等。

二、具有强烈的自我意识

战后派作家重新确立近代的自我，比如在批判绝对主义天皇制和追究战争责任等问题上，就强调要与根植于自身内部的半封建性质的感觉、感情、欲念做斗争，来确立现代人的自我，从孤立的自我内部来发现新的观念世界。野间宏在《阴暗的图画》中借主人公深见进介的口说：“在日本，还没有确立自我，必须不断追求自我的完成。”“除了构筑起探求自我完成的道路以外，别无其他生存的路。”埴谷雄高甚至认为，“在文学上，确立现代的自我，比追究战争责任更为重要”。这种认识是以痛切的战争体验为基础的。

三、具有新颖的表现方法

战后派作家突破传统的反映论模式，注意审美价值取向的多元性，在改革表现方法上也作了大胆的尝试。尽管战后派作家各自的创作方法不尽相同，但在表现的主体，即把表现的对象转向人的内心世界这点上，则是相同的。

战后派文学最具有代表性的作家是野间宏（1916—1991）。野间宏走上文学道路之初，就广泛接触西方的思想和文学艺术，耽读瓦莱里、巴尔扎克、福楼拜、布鲁斯特、纪德、陀思妥耶夫斯基等西方作家的作品和移植过来的西方传统哲学。这对于他的文学创作的独特艺术风格的形成产生了重大的影响。他的中篇小说处女作《阴暗的图画》不仅使他初展才华，还作为战后派文学的第一作确立了他在战后派的核心地位。小说以“七七事变”后日本国内强化战争体制的史实为背景，描写了主人公深见进介看到京都大学的左翼学生运动遭到镇压、十分憎恶社会的这一严酷的现实，但他又无法与人民阵线的同学们一起坚持参加抵抗运动，引起了同学们的不满，因而陷入了无法排遣的不安、孤独和痛苦之中。他摩挲着曾给自己留下深深印象的勃鲁盖尔的画面所飘逸出来的阴暗的苦恼、呻吟和慨叹，将自己的性欲与战争和社会的黑暗压迫下的痛苦叠合起来，试图以此拯救自己的魂灵。最后他再一次“回到以宇宙的全力支撑着我的脊梁的那个位置”。作者以批判的笔触，通过描写勃鲁盖尔的“阴暗的图画”所表现出的人们在专制主义统治下的痛苦的形象，揭示了知识分子在军事法西斯的黑暗统治下迷惘、苦闷以及苦苦地“探求确立自我”，隐喻地表露了从自我丧失到自我完成的挣扎，暴露了背后压迫着自我的沉重的社会桎梏。同时，作品文体明快平易，是日本语的一种新的表现。

作家以现实主义手法作为文学创作的基本方法，但又没有停留在单一的创作方法上，而是抱着革新日本近代文学传统的满腔热情，不断探索着多种创作方法，走兼容并蓄的艺术道路，完成了《脸上的红月亮》和《崩溃的感觉》。《脸上的红月亮》讲述从南洋战后复员归来的内心受到战争创伤的士兵北山，与战争寡妇仓子邂逅，拨动了他的恋心。然而仓子脸上的痛苦神情，勾起了他对战争往事的回忆。现实中，对于仓子的痛苦他也爱莫能助。他无法摆脱战争压在自己身上的重负，也无法在与仓子的爱情生活里迈出新的一步。这两部作品都描写了战争给人们的精神和肉体留下的伤痕，并探讨战争带来的人性的泯灭，它们成为野间宏战后初期的代表作。

经过战后初期的创作实践，野间宏的认识有了新的飞跃，开始从生理、心理、社会三个层面来综合地把握人与社会，探索日本发动侵略战争的性质和根源。这不仅为野间宏建立了文学的多维架构和开创了综合小说的写作方法，而且为战后文学开辟了广阔的道路。具体体现这一创作思想的，是《真空地带》。作家在这部作品里描绘了上等兵木谷，他被扣上抱有“反军思想”的罪名判刑两年，刑满后从陆军监狱回到所在的连队。他用自己的眼睛观察兵营里的种种世相：军官争权夺利，士兵自私利己，等级森严，官兵之间、新老兵之间的关系冷酷、残忍与仇恨等等。作品通过这些非人的生活事实揭示了这台犹如“真空地带”的侵略战争机器，空气被强大的力量抽走了，人性也被强大的力量抽走了。作者通过抱有良知的知识分子出身的一等兵曾田

的口，说出这样一句点题的话："兵营是用栅栏围起来的一块四方形的空间，是用强大的力量制造出来的抽象的社会。人在其中，人性被抽走，就成为士兵。"曾田试图通过木谷事件引证这句话的客观真实性，并进一步找到摧毁这个"真空地带"的可能性。可以说，作家要揭示的，是比兵营更大的、战争期间整个日本社会的"真空地带"。这部堪称日本战后文学经典之作的问世，将日本战后文学推向一个新的艺术高峰。后期野间宏还著有反对歧视部落民的5卷本长篇巨作《青年之环》等。

野间宏总结说："我的创作方法虽是采用现实主义与现代主义结合的方法，但并不是盲目吸收西方现代主义，而是经过筛选、消化，使之日本化。我们作家必须扎根于本国的土壤，从本民族传统现有的东西出发，来吸收外来的东西，这才是作家的出路。"因此，野间宏的作品完成了现实主义与象征主义的完美结合，达到了社会性与艺术性的高度统一，在战后日本文学史上写下了光辉的一页。野间宏被誉为"牵引战后派文学的重型坦克"。

1950年，朝鲜战争爆发，以此为界，迎来了重要的转折。大冈升平的《野火》、安部公房的《S.卡尔玛氏的犯罪——墙》、堀田善卫的《广场的孤独》等的问世，继续以多样的形式发展了战后文学，史称他们为战后派第二代新人。在现代文学史上，战后派是最活跃的流派之一，其创作的旺盛活力，在松原新一看来，"除了自然主义勃兴时期以外，恐怕是绝无仅有的"。

日本经济由于朝鲜战争军需产业的急速增长而日渐景气。文坛的形势是：经过战后派第二代新人，战后派文学渐次解体，民主主义文学运动经历了分裂与再统一，竹内好等提倡"国民文学论"并引发了文坛的一场论争，风俗小说、纪实小说和私小说再流行。与这些现象并行而起的，是一批无论在文学思想还是在文学方法上都完全有异于战后派的新人，他们中有安冈章太郎、吉行淳之介、小岛信夫、庄野润三、岛尾敏雄、三浦朱门、远藤周作、阿川弘之，以及曾野绫子、有吉佐和子、园地文子、幸田文、大原富枝、濑户内晴美等女作家，还有吉本隆明、武井昭夫、奥野健男等评论家，展现了现代文学的新的特质和新的方向。山本健吉在评论文章《第三代新人》中第一次将他们称为"第三代新人"。有的评论家将这批新作家的文学特征归纳为小市民的、日常的、现实的、私小说的、批评性减弱、不太关心政治等六点，并指出他们是对"战后文学"的叛逆，是日本恢复景气后的产物。

这批作家活跃在这一时期的文坛上，实现了与战后派作家的交替，而且他们还囊括了1953年上半年到1955年上半年连续三年的芥川奖。比如，安冈章太郎的《坏朋友》、吉行淳之介的《骤雨》、小岛信夫的《美童学堂》、庄野润三的《游泳池畔小景》、远藤周作的《白色的人》，它们的出现更为这批新人出场造势，这一时期成为“第三代新人”的黄金时期。

第三代新人与战后派一代对历史和社会所抱有的强烈的责任感和批判精神完全相悖，与战后派一代通过前卫的思想和方法来创造新文学的态度也迥然不同，他们对社会抱有一种不信任感，对政治、思想漠不关心。他们的文学渐离社会现实，淡化了战后派文学的批判性，摒弃了抽象性的思想和概念性的语言，忠实于自我感觉的真实性，固执于回归日常性，接近战后一度遭到批判的私小说的传统。因此，他们不是叙说战前自己青少年时代的日常生活，比如性意识的觉醒、思想的彷徨，就是描写他们眼前的日常生活现象，比如家庭的风波、生活的自卑，以纤细的文体来展现他们这种种微妙的日常的东西，并非常重视艺术性。这构成了第三代新人文学的共同特色，所以他们也有“审美的艺术派”之称。

第二节 存在主义的再传播

西方存在主义哲学传入日本始于20世纪初。日本开始在文学上译介了西方存在主义的文学作品，有堀口大学译的《墙》、臼井浩司译的《呕吐》《密室》等。同时，日本还陆续出现了由日本人创作的具有存在主义色彩的作品，比如村山知义的《白夜》、高见顺的《应忘故旧》、三好十郎的《幽灵庄》。但是，在当时日趋严重的绝对主义的重压下，存在主义没有找到适宜的发展土壤，没有流行起来形成一种文学思潮，不久就被军国主义思想扼杀了。这造成了日本存在主义发展的滞后性。

战后随着社会民主化和文学改革的推进，萨特的存在主义思想的传播非常广泛和深远。其特点是：将反对战争的反人性的抗议与检讨战争历史教训结合起来；将反对资产阶级社会现行体制与探索社会的前景结合起来；按照日本的思维方式阐述西方的存在主义，使之适合于日本理论知识的诸领域，并通过美学理论的阐释和文艺作品的形式对日本社会意识产生影响。

20世纪60年代，日本经历了反对《日美安保条约》之后，社会处在动荡不安的状态下。萨特访问日本后，日本再度兴起一股存在主义的热潮，研究对象不仅限于萨特，而是扩大到卡夫卡、加缪、陀思妥耶夫斯基、尼采、波多莱尔、马尔罗等，使存在主义的解释更加多样化。

日本存在主义文学的基本内容，首先是探讨战争对人性的扭曲、人的存在的荒谬性和反省人的存在价值；其次是探讨人的自由问题。这是建立在批判战争的非人道、反人道的基础之上的。从创作上来说，战后派的埴谷雄高、椎名麟三，第二代战后派的安部公房，以及“第三代新人”之后涌现的大江

健三郎，都是较有代表性的存在主义作家。

战后派的埴谷雄高（1910—1997），对战后存在主义文学做出了重大的贡献，其功绩在于努力促使存在主义日本化。他在《死魂灵》中提出“意识=存在”的新理念，强调了意识等于一切存在物的互相依存状态，是“自己=他人”“他人=自己”这样一种完全观念性的自我世界。作者试图以此观念构建其日本式的存在主义思想。《死魂灵》小说以三轮、津田两家的三代人为纵轴，以三轮与志同时代的青年们为横轴展开思想问题、观念问题的种种议论。与志少年时代就对自己的生抱有一种异常的感觉，认定人的意识与存在有矛盾。他思考的命题是“A是A，自己是自己”这个伦理学上的所谓“对同一律的不快”，而且只相信这种不快，并推断这是一种与现代人的思维方式完全不同的思维方式。这是主人公自我意识的延长。

小说没有故事情节，描写的地点无论是设置在精神病医院、牢房，还是在顶楼房间、公园，都是以紧张的对话和奔放的思考，围绕与志的“对同一律的不快”这一观念性的主题，展开不同代人之间或同代人之间关于两种对立观念的议论。作者试图通过这些战前参加过或接近过革命运动的人们的自由自在的议论，突出宣扬主人公的“不快”不仅存在于自己，而且还存在于宇宙间的万物之中，因而不断地对自己是现实的存在表示“不快”。它揭示了“对同一律的不快”是一切事实变化的原动力。这一存在主义论，反映了作者本人对于变革人的精神的“存在的革命”的追求，并对西方存在主义论作出“亚细亚式的思考”。作者最后提出只有充分掌握“存在的革命”的三个条件，即“从终结开始则无法开始”“巨大的无关系”“最高的存在才是存在”，才能实现“意识=存在”的模式。这些议论是比较难理解的，但《死魂灵》的独到之处，在于它通过诗的想象力和追求意识流的特异文体，将自我与存在的形而上的观念出色地表现了出来。

此后，埴谷雄高沿着这部探求存在主义论的思想小说的轨迹，撰写了《永久革命者的悲哀》《幻视中的政治》等政论文章，从“永久的革命者”的视点出发，批判了现代的政治结构，强调“现在的政治革命必须联系到存在的革命”，延伸了他在《死魂灵》中对存在主义论的高度抽象的思考。

与野间宏一起成为战后派双璧的椎名麟三（1911—1973），在确立战后日本存在主义文学的地位方面做出了不可忽视的贡献。他的处女作《深夜的酒宴》，描写了一个生活贫困和有“转向”经历的主人公“我”。在贫民窟中，“我”接触到各类下层民众因饥饿与疾病在生死线上挣扎，“我”每日都祈盼着他们出现奇迹般的变化，然而迎来的却仍然是永远不变的、毫无意义的日日夜夜。“我”产生了苦闷，慨叹道：“我只是在无法忍受的现状下忍受着”，

“忍受，对我来说就是生存。我要通过忍受从一切忧郁中解放出来。”最后，“我”在无奈中与他们当中的妓女加代在深夜的酒宴上告别。小说首先表现了人在战后的废墟上的存在，带有一种不安感和不快感；其次表现了对自由的怀疑，认为人既没有希望也没有幸福，只是在不安和绝望中挣扎，就像在死亡线上徘徊。对一切现实和思想都厌恶和不信任，认为人生毫无意义。可以说是《深夜的酒宴》续篇的《在忧郁的潮流中》也充分反映了这种“忧郁”和“忍受”中所充溢着的虚无主义思想。

作家还写了《永恒的序章》《深尾正治的日记》等系列作品，这些构成了椎名麟三的存在主义文学的基调，也是战后派存在主义的基本特征。20 世纪 50 年代开始战后时代终结。新一代的日本存在主义者与战后派存在主义作家不同，他们更多地关注资本主义社会和人的存在的不合理现象，在观念上和形式上都有了很大的变化，对新的社会问题作出了适应时代的存在主义式的新思考，他们的佼佼者是安部公房和大江健三郎。

安部公房（1924—1993）生于一个医生家庭，出生翌年，举家到了沈阳。小学、中学在沈阳就读，对表现主义的作品深感兴趣。1942 年回国时，东京的战争气氛十分浓厚，他面对时代的不安，埋头研读尼采、雅斯贝斯、海德格尔的存在主义哲学并倾倒于陀思妥耶夫斯基，涉猎了他的许多文学作品。东大医学系毕业后，弃医从文，他的第一部长篇小说《终道标》受到埴谷雄高等人的影响，创作倾向超现实主义。战后他发表了短篇《赤茧》、中篇《S.卡尔玛氏的犯罪——墙》，分别获得了战后文学奖和芥川奖，从此一举成名，正式登上文坛，开始了他的文学创作生涯。此后，他又写下了在日本现代文学史上占有重要地位的《他人的脸》《砂女》《燃烧的地图》《箱男》等小说，被认为是日本存在主义的大师。

安部还将先锋派绘画中线与面运动的空间造型的表现方法应用到动态空间里借以追求物体的实际存在感，展现人物的活动。比如，《S.卡尔玛氏的犯罪——墙》的主人公一觉醒来，因为忘却了自己的“名字”，失去了这个象征性的符号而被认为是罪犯，不得不接受审判。他无法接受这种现实。他发现自己被墙包围，便试图将墙吸收，变形成为一堵墙，逃到世界的边际去。不久，他的手脚和头部像被钉在鞣皮板上的兔皮那样被抻长，他的全身终于变成一堵墙，一堵实实在在的墙。作者在故事结尾写道：“在荒野中，我是一堵静静的永无止境地成长下去的墙。”

这个荒诞的故事，暗喻了资本主义社会异化，人与人、人与社会互不沟通，处在一种绝对孤立的抽象世界里。《砂女》描写一个昆虫学者在现实不断侵蚀自己生活的威胁下，做出自己的选择，进入一个砂洞里，与不断侵蚀而来

的砂进行搏斗，从而绝望地发现了现实世界的一个新侧面。作者着力表现主人公与砂搏斗的精神运动，寓喻人在混乱的社会的孤独中，通过努力才能创造出人存在的条件，才会找到存在的可能性。

可以说，安部公房所设定的，无论是“墙内”“砂洞内”，还是“箱内”“茧内”，这些都不是不可逾越的界限。相反，他窥视这些东西的内里，尽管内里黑暗也要探个究竟。于是，他在现实中发现了超现实，又努力捕捉超现实的现实。他塑造的人物无论变身、变形的形象是“茧人”“墙人”，还是“砂人”“箱人”，都作为构成超现实的总体，构成“物”的世界与“存在”的世界，即外部的现实与内部的现实的双重异化。但是，这些“茧人”“墙人”“砂人”“箱人”虽然被双重地闭锁在现实的秩序和自我意识的内部，但他们还是顽强地挣扎着表现自己的精神。所以说，安部的文学世界非但没有脱离，而且深深地植根于日本的今日和明日的现实。在他的绝望的内里，回响着希望之音。

安部公房追求的先锋文学，就是要打破传统的文学，创造出崭新的文学世界。但从整体上看，首先是在本土自律地生成，其一是赋予古典式的，其二是作家以自己经历的战争期间、战后时期人的生存状况给他带来的感觉作为基础，完全是日本式的思考方法。其次是通过与西方存在主义的邂逅接受了卡夫卡的影响。不过，卡夫卡将自我批判罪意识作为创作的冲动，而他的创作的第一义是追求艺术的升华。

大江健三郎生于爱媛县的森林峡谷间的大濑村，林中自然的绿韵成为哺育他的摇篮。他当时最爱读马克•吐温的《哈克贝里•芬历险记》和拉格洛芙的《尼尔斯骑鹅历险记》。他说，从主人公的历险故事中，感受到了两个预言：一个预言是将会听懂鸟类的语言，另一个预言是将会与野鹅结伴而行，这使他泛起一种官能性的愉悦，自己的感情仿佛也被净化了。这种儿时的感受，滋润着他的文学想象力。

大江就读东京大学时，专攻法国文学，迷恋上了加缪、萨特、福克纳以及安部公房等人的作品，发表了处女作《死者的奢华》《饲育》，后者获芥川奖，使他正式登上文坛。他的《个人的体验》将焦点对准他与脑功能障碍的儿子之间的感情，他还为此写下了随笔集《生的定义》。他多次赴广岛调查原子弹轰炸后的惨状，目睹了原子弹爆炸的受害者多年后仍然面临着死亡的威胁，过着无休止的忧心忡忡的生活。于是，他通过“广岛”这个透视镜，把即将宣告死亡的“悲惨与威严”的形象一个个地记录下来，写成随笔集《广岛札记》。也就是说，森林小村庄的自然环境、原子弹轰炸后的惨状以及家中的残疾儿子带给了他三重生活体验，这些生活体验也成为他探讨人类追求生存的根源，以及他取之不尽的创作源泉和永恒主题。

在这里应该特别强调的是，大江的老师渡边一夫将人文主义者的人际观融入日本传统美意识和自然观中的追求精神，对大江的影响是巨大而深远的。比如，大江虽然受到萨特存在主义的影响，但他既坚持人文理想主义，致力于反映人类生存环境的改善的题材，又扎根于日本的乡土，追求民族的思想感情和审美情趣，强调民族性在文学中的表现。他表示他先前对日本古典名著《源氏物语》不感兴趣，现在要“重新发现《源氏物语》”，并在实践中以这种思想为根基，尽力运用日本传统文学的丰富的想象力、日本古老神话的象征性，以及日本式的语言和文体，吸收存在主义文学理念和技巧，使之日本化。

大江创作的一贯主题是描写人在闭塞的现实社会中，寻找失落的自我的状态以及求生存的状态。从他的《死者的奢华》《人羊》，乃至后来的《感化院的少年》等，可以感受到他的小说凸现了生存的危机意识。作家在这方面的感觉是敏锐的，但他所探索的，是人在现代闭塞状态下求生存的积极的、值得肯定的一面。应该说，大江对萨特存在主义的吸收和对战后日本存在主义文学的传承表现在以下两个方面。一是对社会的参与意识非常强烈，二是积极把日本史转型期的重大事件文学化。由此可以看出，大江非常重视作家的历史使命和社会责任，并且把它们视为作家自我实现的一种方式，也即作家主体性实现的一种方式。

因此，他的作品常常带上浓重的政治影子，也就是通过文学对各种政治事件和社会问题发表自己的见解。比如，将批判天皇制、反对核武器、反对《日美安保条约》以及反对邪教等的社会政治命题形象化。尽管如此，他又不是图解式地直接表现现实的政治，更不是将文学简单化为政治的载体，而是与作为人的生存的基本条件联系在一起，与拷问人的灵魂的课题联系在一起，并通过想象力加以发挥。比如，《万延元年的足球队》《洪水涌上我灵魂》《摆脱危机者的调查书》《同时代的游戏》，以及近作《燃烧的绿树》《空翻》。

可以说，大江的文学作品虽然受存在主义的影响，但它吸收存在主义的文学技巧多于文学理念，而吸收文学理念也是按照自己的思考方式来取舍与扬弃，加以日本化的。具体地说，大江吸收西方存在主义的富有想象力的表现，传承日本式的想象力和传统的象征性表现，并使两者达到完美的统一，这是他的存在主义文学日本化的另一个特征。他在发挥想象力的时候总是把想象力与记忆联系在一起，想象未来，回忆过去。大江强调这种想象力是抵抗“邪恶势力”的手段，正是一般民众和艺术家的最基本的共同义务，因而他提倡的想象力是“政治的想象力”，这是他思考想象力的出发点，也是大江发挥想象力的立足点。

然而，文学与政治既有联系又是不同质的两个世界，所以大江主张运用

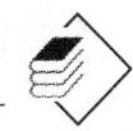

富有想象力的语言在两个世界之间架起一座桥，而这座桥把桥墩深埋在人的本质性的实际存在之中，使小说世界走向政治世界。比如，从《我们的时代》《性的人》到《号哭声》《个人的体验》，就是通过性的形象和富有想象力的语言对现实进行再创造，显示了作家对一系列社会和政治问题的思考。又比如，《摆脱危机者的调查书》《青年的污名》是通过作家的想象世界，展现现代人在政治争斗、右翼躁动和核劫持面前对人性的呼唤。

大江的存在主义文学日本化还有一个特征，表现在他将日本本土的文化思想作为根干，来培育其存在主义文学的枝叶。大江对日本人作为自然神信仰的树木与森林，以及日本传统文化结构的"家"与村落共同体情有独钟。这固然是由于大江出生在四国岛上一个覆盖着茂密森林的山谷的村落里，与森林、村落有着深厚血缘关系的缘故。更重要的是，他对传统的文化思想和文化结构抱有一种亲密的感情。他在作品中常常将象征神的树木与森林看作是"接近圣洁的地理学上的故乡的媒介"，还看作是跃入文学传统的想象力的媒介，而以一种亲和的感情去捕捉它们。从早期的《感化院的少年》起，经过《万延元年的足球队》《同时代的游戏》，直至近作《燃烧的绿树》等作品里的森林或山谷村落，始终都展现在作家的感觉世界中，并以这些传统文化扩展为文学的空间，从实质上说，扩展为更具文化内涵的社会空间乃至时代空间，再加融入民族的神话、东方神秘哲理的再生与救济，从而使创作获得独有的、更为丰富的想象力。因此，可以说，大江健三郎的创作根植于传统，又超越传统，使传统与现代、日本的与西方的文学理念和方法一体化，从而创造出大江文学的独特性。

当然，大江在这一领域实践的成功，很大程度上还在于他采用独特的文体来建构其作品。他既反对规范主义的古典文体，也反对个性主义的特异文体，而主张"存在论"的文体，即感觉与知性结合的"比喻—引用文体"。比喻是感觉性的，引用是知性的，两者邂逅而形成大江文体的特质。在大江文学中，比喻文体的表现扮演着重要的暗喻、讽刺和批判角色，同时成为发挥文学上的想象力的重要的翅膀。但，比喻文体的表现只能在容许的范围内，并不能无限制地扩张，相反，它受到引用文体的知性的制约，使比喻文体的感觉性纯化和洗练化，以保持想象力的导向作用。举例来说，《万延元年的足球队》开卷首句——"在黎明前的黑暗中醒来，寻求着一种热切的'期待'的感觉，摸索着噩梦残破的意识"，这就是大江的文体的规范句。

大江文学的异彩，正是在和（日本）洋（西方）文学的相互交错中通过碰撞和融合而呈现出来的。大江健三郎的文学从日本走向西方，从东方走向世界，于1994年获诺贝尔文学奖。

第三节　现代文学三大家

川端康成（1899—1972）幼失怙恃，成为一个孤儿。直到上小学之前，他“把自己胆怯的心闭锁在一个渺小的躯壳里”，“简直就不知道还存在着一个人世间”。16 岁时，他又失去相依为命的祖父。他接连为亲人包括亲姐姐奔丧，参加了无数的葬礼，人们戏称他是“参加葬礼的名人”，孤儿的体验达到了极点。还有，他与四个名为“千代”的女性产生过不同程度的感情，有的是相恋，有的甚至已订婚，但最后均以失败而告终。这种畸形的家境、寂寞的生活，导致了川端康成的性格比较孤僻和内向。他埋头书海，广泛猎取世界和日本的古今名著，特别爱读《源氏物语》，手不释卷。在中学时代，开始作和歌、杂文和掌小说。最先发表的习作《千代》，以及《十六岁的日记》《招魂节一景》《林金花的忧郁》和《参加葬礼的名人》《非常》《处女作作祟》等一系列小说，主要是描写孤儿的生活，表达对已故亲人的深切怀念与哀思，以及描写自己的爱情波折，叙述自己失意的烦恼和哀怨。这些小说构成川端康成早期作品一个鲜明的特色。川端本人说：“这种孤儿的悲哀成为我的处女作的潜流，说不定还是我全部作品、整个生涯的潜流吧。”

1924 年大学毕业后，川端与横光利一等发起了新感觉派文学运动，川端发表了著名论文《新进作家的新倾向解说》，但在新感觉派文学创作方面却没有成功之作。最后，他决心走自己独特的文学道路，写下了成名作《伊豆的舞女》。小说描写主人公“我”怀着自身的悲哀来注视女主人公舞女阿薰的命运，而舞女对“我”之入微体贴，把“我”看作是个“好人”，这种不寻常的“好意”，使“我”感到自己是确确实实的存在。这样，他们才得以进行纯粹的心灵交流。“我”对舞女或舞女对“我”所流露的情感，悲哀是直率的，寂寞也是直率的，没有一点虚假和伪善，如水晶般纯洁。

川端在《伊豆的舞女》中非常明显地继承了平安王朝文学幽雅而纤细、颇具女性美感的传统，并透过雅而美反映内在的悲伤和沉痛的哀愁，同时也蕴藏着深远而郁结的情感，这是一种日本式的自然感情。作家从编织舞女的境遇的悲叹开始，由幽雅而演变成哀愁，使其明显地带上多愁善感的情愫。“我”之于舞女，或舞女之于“我”，都没有直抒胸臆，他们在忧郁、苦恼的生活中从对方那里得到了温暖，萌生了一种半带甘美半带苦涩之情。这种爱，

写得如烟似雾，朦朦胧胧，作品的艺术魅力就产生在这种若明若暗之间。

此后，川端康成还运用新心理主义和意识流的创作手法，试写了《针•玻璃•雾》《水晶幻想》，并且无批判地运用佛教的轮回观，写下《抒情歌》《慰灵歌》。他在和洋文化的摆渡中探索创作的道路，这表明他起初没有深入认识西方文学问题，只凭自己敏锐的感觉，盲目醉心于借鉴西方现代派。其后，他自觉此路不通，又完全倾倒于日本传统主义，不加分析地全盘继承日本化了的佛教哲理，尤其是轮回思想。最后，他开始在两种极端的对立中整理自己的文学理路，产生了对传统文学也对西方文学批判的冲动和自觉的认识。这时候，他深入探索日本传统的底蕴以及西方文学的人文理想主义的内涵，并摸索着实现两者在作品中内在的和谐，最终以传统为根基，吸收西方文学的技巧和表述方法。他即使吸收西方文学思想和文学观念，也开始注意日本化。《雪国》就是在这种对东西方文学的比较和交流的反复思考过程中诞生的。

《雪国》描写女主人公艺妓驹子经历了人间的沧桑，承受着生活的不幸和压力，勤学苦练技艺，对生活、对未来抱有希望与憧憬，具有坚强的意志，挣扎着生活下来。驹子对生活的热爱和追求，还表现在她对纯真爱情的热切渴望上。她虽然沦落风尘，但仍然追求自己新的生活，渴望得到普通女人应该得到的真正爱情。于是，她同岛村邂逅之后，便把全部爱情倾注在岛村身上。她对岛村的爱不是出卖肉体，而是爱的奉献，是不掺有任何杂念的。这种爱恋，实际上是对朴素生活的依恋。而岛村把她这种认真的生活态度和真挚的爱恋情感，都看作是“一种美的徒劳”，岛村爱慕叶子。驹子这种苦涩的爱情，实际上也是她辛酸生活的病态反映。从某种意义上说，川端对驹子这个人物的描写相当准确。

《雪国》中对日本传统美又作了进一步的探索，更重视气韵，追求“心”的表现，即追求精神上的“余情美”。这种余情美，是悲哀与冷艳的结合，将“哀”余情化，以求余情的冷艳，表面上看似华丽而内在幽玄，具有一种神秘、朦胧、内在的感受性的美，而不是外在的、观照性的美。这种冷艳，不完全是肉感性、官能性的妖艳，而是从颓唐的官能中升华而成为冷艳的余情，是已经心灵化、净化了的，蕴含着一种内在庄严的气韵，包含着寂寞与悲哀的意味。应该承认，这种冷艳虽然有其颓伤的一面，但也不能否定其净化的一面。

《雪国》在继承传统的基础上，充分运用“意识流”手法，采用象征、暗示和自由联想来剖析人物的深层心理，同时用日本文学传统的严谨格调加以限制，使自由联想有序展开，两者巧妙结合，达到了完美的协调。比如，作家借助两面镜子（一面暮景中的镜子，一面白昼中的镜子）作为跳板，岛村诱入超现实的回想世界。从岛村第二次乘火车奔赴雪国途中偶然窥见夕阳映照的火车玻璃窗上（这是前一面镜子）的叶子的面庞开始，采用象征的手法，捕捉超现实的暮景中的镜子，揭示了《雪国》主题的象征。镜子中叶子是异样美的虚像，引起岛村扑朔迷离的回忆，似乎已把他带到遥远的另一个女子——驹子的身边。接着，倒叙岛村第一次同驹子相遇的情景。次日到达雪国，从映在白昼化妆镜中（这是后一面镜子）的白花花的雪景里，看见了驹子的红彤彤的脸，又勾起了他对昨夜映在暮景镜中的叶子的回忆。作家写岛村第三次赴雪国，更多的是与驹子的交往。当他们两人的关系无法维持，岛村决计离开雪国时，又突然加进“雪中火场”，叶子的坠身火海，又把现实带回到梦幻的世界，这时再次出现镜中人物与景物的流动，增加了意识流动的新鲜感。作家运用这种联想的跳跃，突破时空的限制，使人物从虚像到实像，又从实像推回到虚像，实实在在地反映了岛村、驹子和叶子三人虚虚实实的三角关系。同时，从故事的发展来说，从现实世界到梦幻，又从梦幻到现实世界，或者在并列的平面上展开，或者时空倒错，但跳跃却很有节奏感。通过跳跃的联想，岛村对驹子和叶子的爱恋之情被一步步地唤起，驹子和叶子的内心世界常常是在岛村的意识流动中展露出来。岛村遥远的憧憬，流动于理智的镜中，而镜子又属于遥远的世界，驹子和叶子都是属于岛村的感觉中产生的幻觉，把岛村的心情、情绪朦胧化，增加感情的感觉色彩和抒情风格，表现了川端式的“意识流”这一独特的日本风格。

《雪国》的问世，标志着川端在创作上已经成熟，达到了他自己的艺术高峰，主要表现在两个方面。其一，《雪国》的创作在艺术上开拓了一条新路，它在吸收西方文学的基础上，仍然保持了日本文学的传统色彩，使两者的结合达到了炉火纯青的地步。其二，从《雪国》开始，川端的创作无论是内容还是形式，都形成了自己的创作个性，对人物心理刻画得更加细腻和丰富，更加显出作家饱含热情的创作个性。尽管在其后的创作中，川端的风格还有发展，但其创作始终是和《雪国》所形成的基本特色相联系的。

战后，川端康成对战争的反思，进一步扩展为对民族历史文化的重新认识以及审美意识中潜在的传统的苏醒。他说：“我强烈地自觉做一个日本式作家，希望继承日本美的传统，除了这种自觉和希望以外，别无其他东西。”（《独影自命》）也就是说，战后川端对日本民族生活方式的依恋和对日本传统文化的追求更加炽烈。他已经在更高的理论层次上思考传统与现代、本土与外来的问题。他总结了一千年前吸收和消化中国唐代文化而创造了平安王朝的美，以及明治维新百年以来吸收西方文化而未能完全消化的历史经验和教训，并且结合自己的创作实践，提出了这样的主张：对待西方文学的态度，应该“从一开始就采取日本式的吸收法，即按照日本式的爱好来学，然后全部日本化”

（《日本文学之美》）。他在实践中将所汲取的西方文化融合在日本古典传统精神与形式之中，更自觉地确立“共同思考东西方文化的融合与桥梁的位置”（《东西方文化的桥梁》）。

川端康成在理论探索的基础上，充分发挥了作家的主动精神和创造力量，培育了融合东西方文化的气质，并且使之流贯于他的创作实践中，使其文学完全臻于日本化。他的作品呈现出更多样化的倾向，贯穿着双重或多重的意识。在文学创作上，继《雪国》之后获得最大成功的，要数《千只鹤》《名人》《古都》和《睡美人》等作品。

审视川端康成创作的全过程可以发现，他从追求西方新潮开始，又回归传统，在东西方文化结合的坐标轴上找到了自己的位置，即运用民族的审美习惯来挖掘日本文化最深层的东西和西方文化最广泛的东西，并使之汇合，形成了川端康成文学之美。用川端本人的话来说，日本文学“既是日本的，也是东方的，同时又是西方的”。可以说，川端康成这种创造性的影响，超出了日本的范围，也不仅限于艺术性方面，这一点对促进人们重新审视东方文化具有重要意义和启示作用。川端康成为日本文学的发展，为东西方文学的交流，做出了自己的贡献。1969 年，诺贝尔基金会为了表彰他“以敏锐的感受、高超的小说技巧表现了日本人的内心精华”而授予他诺贝尔文学奖。

井上靖（1907—1991）生于医学世家，其父从军后辗转各地，三四岁的井上靖便离开父母身边，被送回静冈县伊豆汤岛乡间，由艺妓出身备受村里人冷眼的庶祖母抚育。井上与这样一个孤老相依，过早地体味到人生的凄苦，幼小的心灵上留下了浓重的阴影。另一方面，他置身于山林之中，接触到旖旎的风光，又孕育了他对大自然的敏锐感觉。这对于井上作为一个诗人的直观和感觉的特质的形成，起着重要的作用。

井上在大学期间攻读英国文学，从创作诗歌起步。毕业后从事新闻工作，积 15 年的记者生活体验，人过中年，于 1949 年发表了短篇小说《斗牛》和《猎枪》而立足文坛。井上靖早期的代表作还有中篇小说《暗潮》。他创作这部作品的时候，美国占领军当局为使日本成为他们的朝鲜战争后方基地，制造了一系列事件，以嫁祸于日本进步力量，“下山事件”便是其中之一。这部作品就是以这一真实事件为背景，描写新闻记者速水卓夫在调查采访过程中逐渐成长和成熟的历程，并以含蓄的手法揭示了事件的真相。故事大意是：速水已过不惑之年，工作上不得志，婚姻上又很不幸，因而身心受到严重创伤，他痛感人际关系的冷酷无情，从而在某种程度上对人生产生了厌倦情绪。但是，他在接受了采访“下山事件”的任务以后，新闻记者的正义感与良知，使他的心中燃起了执拗地追求事实真相和伸张正义与真理的热情。小说展现了速水在来自各方面的甚至被指责为“共产党的吹鼓手”的巨大压力下，从彷徨、困惑和畏惧至愤怒、坚定、奋斗的思想转变过程。最终速水经历严峻的事实考验，没有退缩与屈服，坚持了经过认真周密调查得出来的实事求是的结论。这说明作家是怀着强烈的社会责任感和面对现实的巨大勇气来塑造速水这个人物的。他所塑造的速水这个人物，带有强烈的时代特色：积极面对现实，却怀着某种程度的孤独和哀伤情绪，然而决不悲观、消沉。作品通过展现人物的苦楚和际遇，揭示人间的不平，寓委婉的批判于平静的气氛中，然而这种批判却提出了发人深省的问题和睿智的人生哲理。

继这几部小说之后，井上靖探索着在纯文学与大众文学之间构建一种新的小说模式——中间小说，使之兼具纯文学的艺术性和大众文学的趣味性。其成功之作有《一个冒名画家的生涯》《射程》《冰壁》《城堡》《夜声》等，题材多样，无论在主题上还是在形式上都达到了圆熟的程度，从而确立了井上靖小说的定式。

井上靖的文学功绩，表现于他在现实主义的基础上继承日本文学的优秀传统，赋予作品以强烈的民族气质。同时，他博采现代各流派的技法，既重视叙事，又注意心理分析，既有浓厚的时代色彩，又有诗的素质，创造了抒情与叙事相结合的新世界，形成作家自己的独特的艺术风格。他将中间小说创作推向了最高潮，为迎来战后日本中间小说的全盛期做出了历史性的贡献。

井上靖的第二创作期，以创作历史小说为基本特色。井上的历史小说涉及的时间比较久远，空间比较广阔，上至一两千年前，下至十七、十八世纪，既创作日本历史小说，也推出中国以及俄罗斯、高丽、印度、波斯和整个欧亚大陆的历史小说。但艺术成就最高、作品比重最大的还得数中国历史小说，尤其是西域小说，成为井上靖文学的一根重要支柱。井上靖这些历史小说的特点，就是充分发挥诗人丰富的想象力，将历史事实与虚构故事有机地糅合在一起，尊重史实而又不拘泥于史实，充溢于文中的，是史实所不能完全涵盖的诗意。《天平之甍》《楼兰》《敦煌》《洪水》《苍狼》，是具有不同手法和特色的代表作。

《天平之甍》这部作品，主要根据日本奈良时代文化名人淡海三船所著《唐大和尚东征传》记载的史实改编而成。小说以史实为主，辅以虚构，将鉴真应日本留学僧荣睿、普照的恳请而东渡传法的全过程，以及当时日本奈良的佛教状况和日本留学僧在唐朝的动态，以形象的艺术手法，真实地再现出来。作者完全尊重历史的真实，但又没有囿于史料，而是跳出历史，对《唐大和尚东征传》中只留其名而无事略的人物玄朗，根据当时日本许多留学生或留学僧以种种理由长留唐土的散见史实，进行了艺术塑造。小说中的另两

名留学僧业行、戒融，史书里并无其人，是作者为了表达小说的主题而虚构的，但作者根据主题和情节的需要赋予他们以特定性格，使这两个人物有血有肉，形象栩栩如生。

接着发表的《楼兰》，则是以《汉书》《晋书》等有关史实为本，间以某些虚构情节。在叙述历史时，作品并不是史书的翻版，而是运用形象思维调动一切艺术手段，尤其是调动诗的瞬间的美，加以灿烂多彩的描写。但是，小说中没有出场人物，没有爱也没有恨，只有在席卷的风与沙之中楼兰的一切，随着时间的流逝，被埋没在远景之中。西域楼兰兴亡史在作家的笔下，就像海市蜃楼般地艺术重现。然而，它不是简单的历史复述，而是诗的苦吟。

井上靖这种历史小说的叙事诗性格，在《敦煌》里得到了最大限度的发挥。作者以虚实相间、收放自如的笔致，在反映历史真实的基础上，虚构了落第书生赵行德与王女的悲恋故事，还虚构了赵行德把大批珍贵的经卷藏入千佛洞的情节，再将这些虚构人物和故事情节编织在发现敦煌千佛洞藏经的历史传说中。这种虚构，无论故事情节的安排，还是主要人物的塑造，都是符合历史生活和时代气氛的，在当时历史条件下也是可能产生的。就以赵行德的形象来说，他虽然是个虚构人物，但当时秀才考试落第而被西夏看中、受聘于西夏的大有人在，也是有历史记载的，作者不过是根据这个史实，加以集中概括罢了。小说中的西夏李元昊、敦煌太守曹贤顺等人物以及千佛洞的开凿、封闭与再发现，都是真实的历史，有史料可查。小说的情节结构、故事发展都符合小说艺术的一般规律，历史人物的描摹也注入了生命力。《敦煌》具有叙事诗的浪漫性格，是很有典型意义的。

三岛由纪夫（1925—1970）出生于东京一个高级官僚家庭，自祖父辈起家道中落。祖母受到娘家家风的教养，自然而然地养成一种武士的骄矜和皇族的孤高气质。三岛出生第 49 天，就被祖母从母亲的怀里夺了过去，受到祖母的严格管教，“被闭锁在两三重隔离的状态下。首先是与母亲的隔离，其次是与户外自然的隔离，第三是与同年代的游戏伙伴的隔离”，这决定了他那奇异、阴暗的一生的命运。

年幼的三岛，在这种异常的生活中，试图从图画、童话里寻求某种在现实世界中得不到的东西。他看见法国童话的圣女贞德图，便幻想着骑士的下一瞬间将会被杀掉，对骑士的死作了一番美妙的幻想。他读到安徒生童话《玫瑰妖精》中的一个年轻人正在亲吻情人留下的遗物——玫瑰时却惨遭坏人刺死的故事，读到王尔德童话《渔夫和人鱼》中紧抱着美人鱼被冲上海滩的年轻渔夫的尸体，以及童话《被杀害的王子》中王子那身紧身衣裤所显露出来的体形等等，都与残酷的死结合在一起来空想，竟然产生一种神秘的快感。

在现实生活中，他发现淘粪工身穿紧腿裤把下半身的轮廓清楚地勾勒出来；地铁检票员身上弥漫着橡胶般的、薄荷般的气味；打靶归来的士兵身穿肮脏的军服发出一阵阵汗臭味，对此他都产生一种不可名状的倾倒。屋内的童话世界和屋外的现实世界交织的这些幻影，执拗地追赶着他，而追赶他的这些“异样性的东西”，从一开始就已含有某些悲剧性，有了某些血与死的幻影。后来这些东西成为他的一种特殊的嗜欲和浪漫的憧憬，并构成他的文学生命体。

中学时代，三岛发表了第一篇短篇小说习作《酸模》，国文教师清水文雄发现了他的天才。在清水文雄的指导下，他热衷学习古典文学，尤其是欣赏《源氏物语》的原罪的主题，以及非个性的、抽象的《古今和歌集》的纯粹美，从那里吸收了古典文学的营养。同时他也主动涉猎西方文学，尤其是英国唯美派作家王尔德的作品以及拉迪盖的《魔鬼附身》等作品。16岁时，他发表了第一篇正式的小说《鲜花盛开的森林》。这时候，他特别喜欢文艺复兴时期新古典主义的《塞巴斯蒂昂•圣殉教图》，被塞巴斯蒂昂殉教的肉体、官能性、美、青春、力量乃至残酷的美所刺激，产生了性异常和自我陶醉。这是他幼年时刻印下的“悲剧性的东西”的形象的延长。确切地说，在他体内埋下的倒错的爱与性的种子，渐渐地在他的体内萌芽，他第一次陷入了自恋。

三岛由纪夫采取了与战后派作家完全不同的方式来接受日本战败的事实，他在精神上处在一种混沌与清醒、绝望与希望参半的状态中，开始了战后的生活和创作，写就了短篇《中世》《香烟》及长篇《盗贼》等。《盗贼》出版后，没有引起很大的反响，他毅然辞去大学毕业后仅任职八个月的大藏省的官职，全身心地投入长篇小说《假面自白》的写作中。这部自传体小说的文学结构分三个层次：一是写了主人公“我”的诞生和家庭状况以及家族中人际的心理纠葛，展现了幼时的“我”那光怪陆离的内心世界，激起一种官能的欲求、一种逆反的心理，引发出第一次“性倒错”的冲动；二是写了“我”发现男学友近江的健全身躯，壮实的、完整无缺的、美的幻影，由憧憬近江的男人野性的肉感而联想到塞巴斯蒂昂被乱箭射杀，由爱上近江的力度与肉感而爱上塞巴斯蒂昂的充溢的血，这时候“我”已经不满足于自己的肉体的成长，而转向追求自我的“精神锻炼”，出现了第二次“性倒错”；三是写了“我”与女性园子的初恋，由同性恋转向异性恋，“我”对自己的气质抱有一种不安感，尝试与异性恋爱，接近园子，但又自觉欠缺肉体的能力，难以成为现实的东西，“我”忘却了园子，视线内出现一个粗壮、野蛮却无比完美的肉体，于是出现了第三次性倒错。

《假面自白》获得成功，三岛更醉心于古希腊悲剧诗人欧里庇得斯的《美狄亚》和法国诗人莫里亚克的《爱的荒漠》的艺术结构，即表现古典主义的

文学传统与现代主义潮流的对立与统一的结构，以此作为他探索新创作的出发点，用他从未有过的自信和热情，写了长篇小说《爱的饥渴》《青春时代》《禁色》，进一步展开更为怪异的文学和美学世界。

以 1951 年第一次出访欧洲特别是希腊的体验，三岛由纪夫构筑起自己的特异的文学模式，即将肉体的改造与文体的改造放在同一基准上，写下了《仲夏之死》《潮骚》《金阁寺》等优秀作品，将三岛文学推向一个新的高峰。可以说，他对希腊的体验，使他觉得比起内在的精神性来，更应重视外在的肉体性，重视生、活力和健康，于是他效仿古希腊朗戈斯，创造出一个东方的“达夫尼斯和赫洛亚”的纯洁爱情故事——《潮骚》。

《潮骚》在神岛的自然与风俗画面上展开了新治与初江的渔歌式的纯情故事。三岛将人物的生活、劳动、思想、感情镶嵌在大海的自然画框里，以大海寄意抒情，创造了一种自然美的独特魅力。尤其对于青春的描写，朴实自然，极力提高爱情的纯洁度，达到肉体与精神的均衡，并在这种均衡中创造了美，从而使这对恋人的爱情得到了绝对的纯化，推向至纯至洁的境界。在这里，美的艺术创造者同创造美的艺术具有同一伦理基准，即神岛古老共同体的基准。这不仅回归日本传统的深层，而且使渔歌的理想之乡的传统的古朴美保持完整无损而再现于现代。

三岛在《金阁寺》中撷取一僧人焚烧金阁寺的历史事件作为素材，独创性地运用作家独立的思想和文体的力量，即从素材的现象独立出来，通过对主人公沟口的绝对的美与丑之展现，凸现其非人性的反社会行为，构建起纯粹的观念性的艺术世界。正如他所说的，“人类容易毁灭的形象，反而浮现出永生的幻想，而金阁坚固的美，反而露出了毁灭的可能性。像人类那样，有能力致死的东西是不会根绝的，而像金阁那样不灭的东西，却是可能消灭的”。此后三岛更是陶醉于希腊古典式的男性艺术，他在《阿波罗之杯》中是这样记录的：“希腊人相信美的不灭。他们将完整的人体美雕刻在石上了。而日本人是否相信美的不灭呢？这是个疑问。他们顾虑有一天具体的美会像肉体一样消灭，总是模仿死的空寂的形象。”这种希腊的体验，对三岛之后创作的影响是很大的。

以 1960 年的日本战后史又一次转折为契机，三岛由纪夫逐渐形成自己新的“文化概念的天皇观”，并以此作为其创作的中轴，辐射出《忧国》《十日菊》《英灵之声》三部曲。这些作品将其破坏性的冲动与危险美的情趣结合起来，并运用了冷嘲热讽的、保守的乃至反动的言辞来构建其新的文学模式。以《忧国》为例，它着重描写中尉夫妻在悲境中自觉地捕捉生的最高瞬间，追求至福的死，并将他们肉体的愉悦和肉体的痛苦完美结合，使夫妻爱达到了净化的境地。

但是，三岛却将这个美的世界置于“2•26 事件”的背景之下，目的在于表现比夫妻爱更为重要的主题，那就是大义与至诚，即将中尉对天皇和国家的忠诚抽象为纯粹的美。但是，在文学上并非愈抽象就愈纯粹，更何况注入这种强烈的政治意识和让人悚然的愚忠。实际上这反映了三岛明显的右翼国家主义的倾向，三岛试图将政治置于文学中，又将自己不可思议的美学置于文学中的政治。不过，这一切都是冠之以爱与死的主题来完成的，这是作者为表达的真正主题而采取的一种巧妙的艺术手法。这就使三岛文学模式中的文学基因裂变，产生新的因子，演绎而形成三岛由纪夫特异的精神结构——“文化概念的天皇”和“文武两道”，这成了三岛文学生涯及三岛文学的一大变化和转折。

作为三岛绝笔的超长篇巨作《丰饶之海》，是由《春雪》《奔马》《晓寺》《天人五衰》四部曲组成的。这是三岛由纪夫毕生的文学创作的缩影，他将唯美、浪漫和古典主义发挥到了极致，同时又着眼于与复古的国粹主义的微妙接合，并在接合点上确立其历史的独特性。可以说，它是三岛文学、美学的集大成者，也是三岛的“文武两道”的艺术作品化。三岛本人曾总结说：“《丰饶之海》四卷的构成，第一卷《春雪》是王朝式的恋爱小说，即写所谓‘柔弱纤细’或曰‘和魂’；第二卷《奔马》是激越的行动小说，即写所谓的‘威武刚强’或曰‘武魂’；第三卷《晓寺》是具有异国情调色彩的心理小说，即写所谓‘奇魂’；第四卷题未定（注：即《天人五衰》），是取材于时间流逝某一点上的事象的跟踪小说，导向所谓‘幸魂’。”简单地说，三岛试图在这四部曲中表达“和”“武”“奇”“幸”四魂，实际上是集中表现“文武两道”。三岛对各卷的不同主人公松枝清显、饭沼勋、小月光公主、安永透四人赋予了不同的性格特征，使他们各自成为一种“魂”的体验者；而他们彼此的联系完全仰赖于梦与轮回的主题，并由副主人公本多繁帮贯穿始终，形成一个完整的、不可分割的故事系统，这是作家的独具匠心。

《丰饶之海》四部曲的四个主人公的人生，都结束于风华正茂的 20 岁，在人生不该结束的时候结束了。女主人公聪子和本多已经老迈，聪子对尘世的一切已经了无记忆，本多走向老丑的绝境。作家情不自禁地说：“人是要死的，肉体是要衰老的，为什么要等到老丑才死呢？这时候，他们两人什么也没有，既没有记忆，也没有过去，直面的是宿命的孤独，已成为虽生犹死之人。”这部超长篇最后的一切存在都化为乌有，导向了绝对虚无和绝对空寂之境，梦与轮回的主题也空无化了，这里就浸润着东方艺术的神秘色彩。

三岛由纪夫创作活动是多样性的，除小说以外，在戏剧和评论方面也都取得了很大的成绩。就戏剧创作来说，包括话剧、歌舞伎、能乐、文乐（木

偶净琉璃）乃至广播剧、音乐剧、舞剧和翻译剧等近代剧和古典剧，还涉足电影。可以说，小说与戏剧是三岛文学的两根支柱。尤其是在近代能乐的创新上，三岛出色地完成了他的诗剧性理念，其成果表现在《近代能乐集》上。该集收录《邯郸》《绫鼓》《卒塔婆小町》《葵姬》《班女》《道成寺》《熊野》和《弱法师》等八出戏，其中《绫鼓》和《卒塔婆小町》与三岛小说的精神是一脉相通的，从不同视角表现了爱、死与美。

三岛的评论包括文学论、艺术论、美学论、戏剧论、作家论、作品论以及社会文化论，共千余篇。其中，《文化防卫论》和《太阳与铁》两篇评论不仅反映了其文学艺术、哲学美学的思想，而且描绘出其整个精神结构。在《文化防卫论》中，他既反对美军制定的象征性天皇制，同时也反对“复古主义者只希望复活政治概念的天皇制”，因为战后“总算维持下来的天皇制，使这两个侧面的任何一方都变得软弱无力”。所以他力图恢复“唯一能对抗左右全体主义的观念——文化概念上的天皇”，即恢复“作为文化整体性的支配者天皇的形象”。所以，三岛的天皇观是非常矛盾的，正如奥野健男所说：“三岛对天皇抱有一种两面价值的感情，恰似对近亲抱有的爱与憎的极限的两面价值的感情一样。（中略）三岛对天皇的思想和感情，正像一把双刃的剑。”

三岛在《太阳与铁》中着重论述了“发现其奥妙而暧昧的领域”——“文武两道”。他的“文武两道”的焦点，就是如何整合肉体与精神的背离问题，即在战后所有的价值颠倒的时代，如何调和现实、行动、生活的肉体系列的价值，与想象、语言、艺术的精神系列的价值这两个体系的对立问题，也即如何在艺术与生活、文体与行动伦理方面达到使“文武”相反的欲求均衡于一身的境地。了解三岛运营的这一机制，对于理解三岛文学是极为重要的。

所以，他所说的“从太阳与铁中领会到的，不仅用语言描摹肉体，而且用肉体去描摹语言的秘法”，就是他悟到作家作为“观察者”，如果总是将自己置身于想象、语言、艺术的精神系列之内，也就是等于将自己置身于现实、行动、生活的肉体系列之外，就没法到达事物的本质，于是要谋求让“观察者”变为“行动者”，进入肉体系列的价值体系。正是从这里出发，三岛试图首先通过太阳与铁来创造“行动者”的肉体。这样，他就在更深层面上思考太阳与肉体的关系，发展到肉体的思考之一就是“武”，从而强调肉体训练的必要，并且严格要求自己进行希腊古典式的肉体训练。而他的所谓“古典式的肉体”或“肉体的思考”是包括肉体与精神两个方面的，是将肉体与精神放置在两个秤盘上微妙地计量其平衡，在平衡中酿造一种“对死的浪漫的冲动”。然而他认为要面对“浪漫主义悲壮的死”，还需要有健壮的雕刻般的肌肉，过去自己没有机会实现这种“对死的浪漫的冲动”，原因就是自己不具备肉体的条件。于是他追求的，不仅要借助太阳进行肉体训练，而且要借助铁来完成他的肉体与精神两者的绝对统一。“太阳与铁”便成为其完成肉体与精神统一的最重要的两个要素。

三岛在《文化防卫论》和《太阳与铁》中所表述的观点，成为他独特的思想方法论。他在文章中还对语言、文体、肉体痛苦、死等进行了三岛式的分析，这些理论十分晦涩难懂，有时甚至故弄玄虚，但从中可以了解三岛文学、美学的主体及其行动的深层意识。最后，三岛由纪夫的切腹自杀，正是他这种人生观、文艺观和美学观的最终总结。

第八章 日本的“家”制度与文化结构

第一节 日本的“家”制度

中根千枝的集团模式理论把日本社会看成一个按纵向序列组织起来的集团，认为处于组织顶端的乃是一个家族主义式的领导人，集团成员之间的协调合作乃是最高的品德，以至于这样的社会集团浸润在家族主义的温情神话里。就像中根千枝指出的那样，“渗透在日本社会各个角落的、带有普遍性的、传统的‘家’概念就明显地表征了这种潜在地植根于日本社会中的特殊的集团认知方式”。换言之，日本社会集团的结构原理是以日本传统的“家”制度为基本模型的。尽管随着日本的近代化，特别是战后新宪法的诞生，传统的家庭制度已经解体，甚至被视为封建的道德规范，但在作为社会集团的本质性结构上深深影响着日本现代社会。这种影响不仅体现在日本企业等社会集团的结构上，甚至还体现在日本整个社会的结构上。在这一章里，我们将通过分析日本的“家”制度以及文化结构来探讨日本“家”制度与日本近代化、企业制度和家族国家等的关系。

一、由血缘与性组合起来的共同体

所谓的家庭乃是由血缘和性作为纽带的生活共同体。由血缘联系起来的父（母）子（女）、兄弟姐妹以及由性组合在一起的夫妇，这些成员所组成的共同体就是家庭。家庭是最基本的社会形态。家庭带给人的不仅是物质性的生存，还有精神上的安定感。也正因为家庭担负着永远保障成员们精神安定和物质安定的义务，所以从某种意义上说，家庭的本质特征就在于它自身乃是一个“为了成员们而建立的劳动组织”。对于家庭来说，家的安定和永续就成了最大的祈愿。家庭的职责就是强化和履行自身的生活保障机能。

二、家的永续与“养子”制度

如前所述，保障家庭永续性的最重要条件，乃是对血缘的尊重。血缘意味着一种永远的延续。可是，如果只尊重生物学意义上的血缘的纯正性，有时不免会出现血缘的断层。于是，在日本就对血缘进行了扩张解释，即便在生物学上没有血缘关系，但只要办理了养子手续，那么在社会上也就被视为血缘得到了延续。

养子分为两种：一种是以继承家业为目的的养子，日语叫“相续养子”；一种是以幼儿为对象，以养育为目的的养子。前者是在没有子嗣，但有亲生女儿的情况下招女婿入赘。而在没有亲生女儿的情况下，也可以招入没有血缘关系的人当养子，这在日语中叫“夫妇养子”，即夫妻俩都是养子。与此相对，即便有亲生儿子，但如果其没有继承家业的能力，抑或品行不端，不适合经营家业的时候，也可以将其废黜，或是迫使他隐居，而将有能力的其他人收为养子委以家业。

日本京都是一个古老的都城。在这儿有多达近1000家百年老字号传统商铺。只要看看其经营者的家训，就可以知道他们家业长盛不衰的原因何在了。家训的头条总是离不开对经营者的告诫：废黜懒散放浪的户主。

比如，安田多七家是京都一家老铺。在《多七传》中有明文规定：“继承吾家者，若狂痴放荡，无力继承，则经亲戚故旧之协议，给予其家产的百分之五，责令其分家，而另行选出适当之人。”

总之，京都老铺既基于血缘者继承的原则，又恪守废黜不良经营者的规定，从而保障了家业长盛不衰，这也显示出日本式血缘原理与日本式家业经营的合理性及其有效性。也就是说，既尊重血缘，但又不拘泥于生物学上的纯粹血统，由此产生了能力主义和业绩主义。这样一来，家业依靠能力主义和业绩主义打破了血缘关系的停滞性，以谋求发展和壮大，同时家业又依靠血缘关系的稳定性而得到了维持和巩固。美国人威廉•豪瑟认为，日本商家的永续性是依靠养子制度和分家制度等保障措施来加以实现的。“即使在欧洲，也同样有为保持延续性而做出努力的例子，但却绝不是普遍存在的情形。在美国，只有杜邦家族、福特家族、洛克菲勒家族等著名公司属于例外，毋宁说这样的想法是人们感到陌生的东西。像这样作为一般性社会规范的关于延续性的理念，在商业的世界里，乃是日本固有的思考方式。”

这样，家业经营，即家的生命就脱离了个人的生命，而获得了一种超历史性。尽管日本人也尊重血缘，但既然尊重血缘是为了家的永续，那么，在必要时将非血缘者纳入血缘者中间的做法就是无可厚非的了。因此，为了家

的延续，日本人甚至不惜和亲生儿子断绝关系，让非亲非故的他人作为养子加入血缘中。此外，有的家族还不惜和有权势之家缔结本家和分家的关系，其中包括不是血缘分家的所谓养子分家、学徒分家等，以便根据契约来接受某个本家的庇护。除了这种家与家之间的本分家关系，还可以作为个人关系与其他人缔结模拟父子关系，诸如义父义子、干爹干儿等。在日本黑社会的老大与手下人之间，缔结的也是一种相当于义父与义子的关系，在日语中叫“规分”和“子分”。这种社会性的血缘模拟制度，可以在一定的条件下将血缘无限地扩大。而这种特点一旦被加以意识形态化，并扩展到国家的规模上，就不难形成所谓的家族国家大义。

家如果是孤立的，就很难期待它获得安定和永续，一旦遭到其他家庭的敌视，处于非协作关系，要想保持安定和永续是非常困难的。为避免这种局面的出现，一个家庭就要和别家建立连带关系。其典型的例子就是由本家和分家所组成的“同族团”。如果将此概念再加以扩大化，整个村落也就可以被视为同一个家族。而在同一地缘下，人们自然容易产生同甘共苦的共同体意识，以至于各个家庭之间就恍如是有了一种血缘关系。古希腊哲学家亚里士多德就认为，一起进行日常生活乃是家的本质。而在日本也有一种说法，叫作“吃同一锅饭的伙伴”，这种关系常年持续，就会被视为同一家庭的成员。

事实上，这种家庭观至今仍旧影响着日本人，以至于在日本当代的不少漫画作品和文学作品里都可以找到其深深的印记。比如，当红女作家吉本芭娜娜的成名作《厨房》就是一篇与厨房密切相关的小说。吉本芭娜娜在其中所描写的家庭远非一般意义上的家庭。聚集在那儿的人们大都没有血缘关系，但如果把共同生活的“居所”作为一个关键词语来考虑，就可以断言，那儿确实存在着名副其实的家庭。在吉本芭娜娜看来，每个人能否从中找到让自己获得安全感的居所，乃是构成家庭的首要条件。如果换作中根千枝的话来说，吉本芭娜娜所强调的“居所”不啻一种共同生活的“场所”概念。

显然，人们常年居住在某个地方，在同一块土地上劳作和生活，自然很容易萌生同一家人的意识。而这种血缘扩大的原理从一个村扩展到一个县，就不难在同一个县的县民身上衍生出相通的秉性和意识，即日本人所谓的“县民根性”。再进而扩展到整个国家，就形成明治以后的家族国家体制。特别是在太平洋战争后期，日本呈现出末期歇斯底里症状，在狂热的“爱国精神”鼓噪下，发展为所谓“神圣的”家族国家主义。

三、武士的家族秩序与日本的家族制度

所谓的家族制度，乃是将社会对家庭的要求加以体系化的东西。家庭是

生活的中心，又是最基本的社会集团，同时还是一种文化结构的表现。因此，在社会生活中，家庭具有重大的意义，使社会不可能漠视家庭的存在，势必千方百计地统治家庭，从而导致了家族制度的产生。不过，既然家族制度是社会对家庭的一种要求体系，那么，就不可能是对现实中家族生活的原样复制。在德川幕府的封建制度下，武士阶级手中掌握了政治权力，遂认为自己的家庭秩序具有最高的伦理价值，也理所当然地最具有普遍的代表性。可事实上，武士阶级的家庭秩序终归只是他们那个阶级的家庭秩序，与庶民阶层的秩序并不相同。而且，即便同样是庶民阶层的秩序，也因职业和地域不同而各自不同。比如，柳田国男在《民俗学辞典》中就指出户主权（家长权）在庶民百姓那儿就不具备武士阶级那样的绝对性。还有由长男单独继承家长权和财产的规定，尽管在近世的武士家法中是铁定的法则，但在庶民百姓那里，却可以进行选择性继承，不一定非长男不可，财产也可以由几个成员来分割继承。

尽管武士阶级和庶民百姓的家庭各不相同，但明治新体制却面临着建立全国通行的国家制度的必要性。因为之前的德川封建体制不过是一种藩与藩的联合体制，而明治维新则是要建立近代的国家制度，因而有必要制定统一的全国性制度。

明治民法是以武士阶级的家庭秩序为蓝本，加以制度化的东西。这一点对日本后来的社会结构和社会制度无疑产生了非常重大的影响。这并不只是意味着武士阶级的家庭秩序成为一般庶民的家族生活规范，甚至还决定了整个日本的国家体制，建立起了家族国家体制和家族主义的意识形态。

从某种意义上说，家庭和国家在本质上是截然不同的东西。家庭是作为人的集团的最小单位，其基础是构建在直接性的爱情关系上的。与此相对，国家是最大的集团，尽管不排斥直接性的爱情关系，但本质上却是建立在支配与服从的权力关系之上的。然而，日本却将两者等量齐观，将国家那种支配与服从的关系解消在爱情中，构建了所谓“义在君臣，情在父子”的意识形态。

如前所述，武士阶级的家庭规范被明治民法所采用，作为全部国民的家庭秩序，成为生活的规范。但事实上，它并不是对武士阶级家庭秩序的原样照搬，而是进行了必要的取舍。因为要用它来作为明治国家体制的基础，武士阶级的家庭规范中隐藏着一颗危险的炸弹，那就是武士的抵抗权。

四、从森鸥外的《阿部一族》看武士的抵抗权

本尼迪克特在《菊与刀》中注意到了义理在日本人道德规范中的重要作用。义理是一系列色彩不同的责任，其中有些甚至是相互对立的。比如，“在日

本的伦理中，'义理'既意味着家臣对主君至死不渝的忠诚，同时也意味着家臣感到被主君侮辱时突然对主君产生的憎恨"。所以，在日本既有大量描写武士以死尽忠主君的传说，也有不少讲述武士对诽谤自己的主君进行报复的故事。作为一名人类学家，本尼迪克特敏锐地注意到了日本武士"对名誉的义理"这个重要的概念。所谓对名誉的义理就是保持人的名誉不受玷污的本分，为了洗刷自己的污名，即便是面对自己的主君，也必须实施报复，即拥有抵抗权。她举了有关德川幕府第一代将军家康的无数传说中的一个插曲：家康手下的一个家臣听说家康讥笑他"是一个将被刺在喉咙的鱼刺鲠死的家伙"，言下之意是说他不会庄重而体面地死去，从而觉得受到了忍无可忍的诽谤和侮辱。当时正是家康定都江户、推行全国统一大业的紧要关头，敌人尚未彻底清除，于是，这个家臣向敌对的诸侯表示，愿意从内部放火烧毁江户，这样就可以实现对家康的报复。对此，本尼迪克特指出："'义理'并非仅仅限于忠诚，它在某种场合也是教人叛逆的德行。"事实上，除了本尼迪克特举出的这个典型例子外，日本的一些小说作品也生动地描写了武士的这种抵抗权。

森鸥外是日本明治时代的文学大师，曾在欧洲留学，担任过日本陆军军医总监，创作有《舞姬》《高濑舟》等大量的文学名著。他于1922年发表的《阿部一族》在日本是一篇脍炙人口的小说，讲述的是日本中酷纪肥后（现在的熊本）藩主与阿部家族的对立，谴责了武家社会非人性的一面。事情发端于宽永十八年（1641）肥后藩主细川忠利的病故。当忠利危笃之际，有19名随从提出殉死的请求，但只有18名得到主人的恩准。在当时，不被恩准的殉死是受到严酷禁止的行为，被称之为"犬死"。

可是，在这18名殉死者中间，居然没有包括在众人眼里理应殉死的阿部弥一右卫门。他自幼便跟随在主君身边，而今已是俸禄超过千石的武家，可主君却没有赐予他殉死的机会。据说是因为那段时间主仆之间出现了龃龉的缘故。于是，不断有风言风语传入阿部弥一右卫门的耳朵。最终他为了证明自己绝非卑怯之人，不得不在未获主君恩准的情况下剖腹自承，为主君殉死，以洗刷自己的污名。在中世，殉死者的家业将由后嗣全部继承，并得到主君家的格外厚待。但阿部弥一右卫门的遗族们却受到了不公平的冷遇。他的嫡子权兵卫没能继承父亲的家业，其1500石的俸禄被分别给予了阿部弥一右卫门的弟弟们。尽管合计起来，俸禄的额度与以前相同，但阿部弥一右卫门的本家却走向了衰落，遭到众人的白眼。

翌年三月，在忠利周年忌之际，权兵卫也获准作为殉死者遗族，位列其中，为作古之人烧香祈福。这时，他剪断发髻，发誓再也不做武士。但这被看作借机泄愤，污辱主君，因而被处以绞刑。作为武士，受到的处罚不是被赐予剖腹自杀，而是像盗贼一样被绞死，这对阿部家族而言乃是一种极大的侮辱。正如本尼迪克特所指出的那样："对名誉的义理也要求在受到诽谤或侮辱时有所行动，诽谤使一个人的名誉受损，必须洗刷。或者必须对毁损自己名誉的人实行报复，或者必须自杀。"于是，阿部弥一右卫门一家只能揭竿而起，以挽回武士的面子。一族人集结在他们的本家，抵抗主君的讨伐，要么战死，要么自尽，连女人与孩子亦未能幸免。他们那种誓死抵抗的意志乃是出于对武士荣誉的维护。尽管殉死对于本人来说意味着生命的终结，但对家族来说，却是一次有可能获得再生的机会。结果，阿部一族违抗主君的意志，致使整个家族被灭绝。他们为什么会不惜毁灭一族来捍卫武士的名誉呢？我们不禁会想，既然如此，还不如放弃武士的名誉来维持家族的延续吧？可事实上，放弃武士的名誉，家族也同样在劫难逃。因为背负着卑怯者的污名，武士就失去了存在的根基，整个家族将永劫不复。哪怕稍有风吹草动，整个家族都有可能卷入灭顶之灾，而且还得背负着卑怯者的污名。与其如此，毋宁保持自己的名誉，期待家族在后世能够复活。因此，从本质上说，不管是殉死，还是反抗，都是为了达成家族的永续。

对于武士而言，保全面子、维护名誉是绝对的信条。因为从长远来看，它意味着家族的安稳。即使现在某个成员作出牺牲，也应该让家族延续下去。正是在这种意义上，对阿部家族的成员来说，阿部家族具有至高无上的价值。就像他们之前侍奉细川家乃是为了阿部一族的延续一样，不惜反抗主君来保全武士的脸面，出于同样的目的。

如前所述，进入明治时代以后，武士的家庭秩序被确立为社会体制的基本架构。如果不封杀上述那种武士的抵抗权，对于整个国家体制而言，将是非常危险的事情。于是，当权者千方百计来解决这一矛盾。

首先，武士是不能在家族内部行驶抵抗权的。在同一家族的本家和分家之间，贯穿着彻底的支配与服从的关系，分家对本家不具备抵抗权。比如，以阿部一族作为例子来说，按照主君的命令来继承家业，即不是由本家的嫡子来全数继承家业，而是分散给身为弟弟的各个分家，这尽管会导致本家的衰落，却显然对分家更为有利。可是，分家却对整个家族决定抵抗主君的行动没有提出任何异议，最终与本家一同战死。

而明治国家体制是在一个宏大的规模上来解决这一问题的。那就是建立天皇制家族国家体制。在天皇制家族国家体制中，天皇家成了所有家族的总本家。而天皇作为最高的家长，受到全体国民的绝对服从。就像"义在君臣，情在父子"这句话所昭示的那样，上述关系被比拟为父子关系。如此一来，

绝对权力就披上了爱情的外衣。如果胆敢违抗，就成了大逆不道之举。于是，就这样拔掉了武上家族秩序中原有的钉子，即封杀了其抵抗权。

五、天皇家族的扩大化与神社的清理合并

为了赋予这种国家体制更大的正当性，明治政府采取了一系列的措施，其中之一就是合并神社。伊势神宫原本是祭祀天皇家氏族神的地方，以前一直不允许庶民百姓前去参拜，直到镰仓时代起，这种禁令才有所缓和，伊势神宫遂逐渐成为一般民众参拜的对象。特别是在中世后期，出现了前所未有的盛况，以至于伊势被视为圣地，在普通民众中形成了所谓一生中至少要参拜一次伊势神宫的风潮。

但我们知道，伊势神宫本质上是祭祀天皇一家的先祖的地方。然而明治四年（1871），依靠颁布“官社以下顺序定额”这一太正官布告，日本全国各地的神社均被纳入了一套等级划分的序列中。以伊势神宫为顶点，其下依次是山宫内厅供奉币帛的官币社（祭祀天神皇祖之神社）、别格官币社（祭祀对皇室有功之臣的神社）、由国库供奉币帛的国币社（祭祀在国土经营上有功之神祇的神社）等官方神社，其次才是作为民间神社的府县社、乡社、村社等序列。而农村村落的无格社就处在了最末端的位置上。官方神社的经费均由国库提供，而民间神社则由府县市町村提供定期祭祀的费用。这样一来，就形成了以天皇家的氏族神神宫为金字塔尖的神社等级制度，建立起了天皇制家族国家的信仰体系。

到了明治末期，特别是明治三十九年（1906），通过颁布社甲第16号令，公布了政府对神社的清理方针。由于清理神社剥夺了庶民百姓的土著信仰对象，因此遭到强烈的反对，但明治政府一意孤行，强行实施。其结果是，全国多达19万余处的神社在大正元年（1912）锐减到12万余处，而在大正五年（1916）更是减少到了11万处。其中受到最大冲击的是那些末端的无格神社。

至此，天皇制信仰的等级制度最终完成。伊势神宫这个原本只是天皇家氏族神的祭祀之地，就被供奉成了家族最高的，同时也是全部日本国民的信仰对象，成了天皇制家族国家神道的象征。现实中的天皇家原本是京都这一地域共同体的成员，此时却成了全体国民的信仰对象，被加以神格化，成了“云端上的人”。

而在神社的合并清理中，普通百姓的信仰生活遭到了惨重破坏。原本庶民的信仰生活在家族中表现为祖先信仰，在村落里表现为氏族神信仰。这种信仰诞生在庶民的具体生活中，一旦脱离了家族和村落，离开了故乡的山水和风土，就会失却存在的根基。但神社的清理和合并，使人们的信仰生活与

故乡的风土剥离开来，遭到破坏。村落原本是各个家庭联合建立的共同体，而象征着村落共同体的氏族神信仰一旦遭到破坏，即意味着村落遭到了破坏，村落遭到破坏，也就意味着家族遭到破坏。

明治新体制就是这样依靠破坏现实中的家族和村落，将新的家庭和以这些家庭为最小单位的天皇制家族国家进行了策略性的重新组编。

六、忠孝一致的国民教育

这一家族主义意识形态集中体现在了明治二十三年（1890）的《教育敕语》里。《教育敕语》把“忠孝一致”确定为国民教育的基本。而此前，忠孝的顺序恰巧相反，即孝才是首义的道德。比如，在明治十五年（1882）元田永孚编纂的《幼学纲要》中，孝行就排列在第一，忠节排在第二。孝被看作是人伦最大的要义，而忠则把天皇与臣民的关系视同父子。对父母的孝行之心，在针对天皇时就以忠的形式表现出来。因此，忠与孝被并列为人伦的最大道义，即属于无条件的义务。忠孝观念原本是来自中国的儒教道德，但那时的日本却把这些德行加以绝对化，从而背离了儒教的伦理体系。儒教并没有把忠孝视为无条件的德行，而是设定了一种凌驾于一切之上的德作为忠孝的前提条件，这就是仁。父母必须有仁，国君也必须有仁。如果国君不仁，那么，臣民举行暴动来推翻其统治，就是正当的行为。国君能否永居皇位，取决于他是否施行仁政，以至于成了考察中国一切人伦关系的试金石。但中国儒教的这种观念未被那时的日本接受，以至于仁被排除在了伦理体系之外。于是，忠孝在日本成为必须无条件遵守的至高无上的德行。

不过，在明治以前，忠只是武士的德行，而对于农民来说，只有孝的存在，没有忠的存在，也没有人向他们提出这样的道德要求。而且从《幼学纲要》上对忠孝的排序来看，忠并没有凌驾于孝之上，从中不难看出中国儒教的影响。因为儒教道德就是建立在孝行之上的。尽管出于发音的方便，经常说成是“忠孝”，但忠依旧只是第二义的道德。

但在明治二十三年的《教育敕语》中，却颠倒了两者的顺序，以至于以忠为宗旨的所谓“忠孝一致”的家族国家观贯穿了整个小学修身教科书。这一状况一直持续到了第二次世界大战结束。战争末期，日本进入了超国家主义时代，家族国家观也走向了极端，以至于孝被完全吞没在忠的原理之下。日本文部省于昭和十六年（1941）颁布了《臣民之道》，其中更是充斥着天皇制家族国家的意识形态，把忠视为一切：

> “我等祖先辅弼历代天皇之恢宏天业，故此，我等向天皇尽忠节之诚，此亦为孝敬父祖。在我国，离开忠，孝将不复存在，孝以

忠为其根本。基于国体的忠孝一体之道理在此散发着美丽光辉。”

字里行间都表现出忠对孝的吞并，通篇贯穿着“孝之所以为孝乃是因为忠”这一超国家主义的伦理。而当所有的价值都被忠吞噬之后，已经不再有私生活存在的余地。《臣民之道》宣称：“即便是一碗食物、一件衣裳，也并非仅仅属于自己，纵然是游玩之闲、睡眠之间，我等也没有离开国家，一切皆与国家联系在一起。即便在私生活中也切不可忘记归依天皇、服务国家。”

这样一来，可以说国家把真善美的绝对价值全都揽入了自己的权力之下。道德、学问、艺术等所有的精神秩序皆成了服务于国家的工具。对那些胆敢违抗者，国家自然要挥动所谓“爱之皮鞭”——父母之爱的皮鞭。而这就是那时日本天皇制家族国家观最终要宣扬的东西。

第二节 家族国家体制

一、家族国家体制与日本的飞速发展

当日本明治维新时，西方列强已经建立了完备的帝国主义体制。从第二次工业革命算起，英国是经过200多年的时间才进入帝国主义阶段的。相比之下，日本资本主义的起步晚了足足100年有余，却在明治维新以后以迅猛之势追赶着西方列强。但日本能够这样，其秘密之一或许就在于这种家族国家体制。它之所以顺利地实现了从封建社会向资本主义社会的转型，就在于当时的明治政府成功地选择并构建了家族国家体制。

作为资本主义确立的条件，产业资本、自由劳动者和生产手段是必不可少的要素。建立这三大要素的准备阶段被称之为资本的原始积累阶段。日本是以明治六年（1873）的地租改革为契机来逐渐实现资本原始移累的。政府从农民那里收取高额的地租，将其中一部分作为支付旧武士的秩禄公债，再用一部分来充当政府经营资本主义企业的资本。这些政府经营的企业后来被无偿地给予或是低价转让给和政治家关系密切的商人们，即所谓的政商，从而形成资本家。而旧武士利用秩禄公债创办银行，转身变成了资本家，或是向新资本家投资，加速了资本积累的进程。显然，日本的资本积累就是这样由上而下地强制实施的。

在日本农村，因为实行的是长男单独继承制，家产不均分，全部传给一个儿子，使家产保持完整，易于积累起农业资本。而其他的儿子有两种选择：一是分家另过，给嗣子打工；二是离开家乡到城市谋生。前一种选择导致了

“本家”“分家”的层级关系，第二种选择则为手工业乃至城市工业提供了充足的劳动力来源。而为了获得作为生产手段的机械设备，日本只能从外国购买。而进口设备的外汇，是用日本女工纺出的生丝来换取的。日本电影《野麦岭》等就反映了那些出身于贫农家庭的女工悲惨的境遇。显然，日本的资本主义是靠牺牲占人口绝大多数的农民的利益，才得以发展起来的。但由于不具备国内的销售市场，如果不贩卖到国外去，日本的资本主义就会面临崩溃。但此时，西方列强对殖民地的瓜分已告一段落，于是，日本只好在殖产兴业、富国强兵的口号下，建立起稳固的家族国家体制，在帝国主义战争的歧途上越走越远。

不用说，家族国家体制正是建立在前述那种具有扩大可能性的日本式血缘原理之上的制度。不过，与其说它是日本家族制度的一种完成，不如说是一种扭曲，是带着时代性和政治策略性的人工产物。

二、对家族国家的矛盾情感

从某种意义上说，日本的近代化其实就是家族国家体制确立的过程，直到太平洋战争彻底败北，日本的近代化才宣告破产。在这一近代化的过程中，追求自由的人们对天皇制家族国家体制进行了激烈的反抗。但日本天皇制家族国家体制的原点却是日本的家族制度，而家庭的基础又在于成员们与父母之间的互爱关系。显然，那是一种无法割弃的情感羁绊。在家族国家的意识形态中，对国家体制的反抗就意味着对父母恩情的忤逆。尽管忠孝一致的国家体制是日本近代才塑造出来的人工产物，但它却强烈地压抑着追求自由、追求爱情的人们。换句话说，日本这种扭曲的近代化残酷地压抑了近代个人的真正确立。

这种复杂而奇特的性质让人们迷失了本来的敌人。或许可以从这里找到日本近代遭受挫折的原因。比如，在明治时代作为自由民权运动斗士而闻名遐迩的河野广中身上就充分体现了这种复杂性。他在《河野盘州传》（1923年）中写道：“从三春町的川又贞藏那儿买了约翰·斯图加特·米尔的著作，即由中村敬宇翻译的《自由之理》。在归途的马背上阅读了此书，此前受汉学、国学培养，动辄倡导攘夷的一贯思想在一朝之间发生重大革命，除忠孝之道以外，以前的所有思想都被彻底打碎……”

河野广中没有意识到，忠孝一致作为家族国家体制下的最高价值，正好是与自由之路背道而驰的，以至于除了“忠孝之道”，其余全盘采纳“自由之理”，就形成了河野广中式的日本近代，而这也正是日本众多追求自由者的共同模式，是一直持续到太平洋战争结束为止的日本近代的写照。然而，在太平洋

战争中就连这种与“忠孝之道”加以妥协的“自由之理”也遭到了家族国家的敌视和镇压。

三、家族国家中的个人形象

明治年代确立的天皇制家族国家体制把“家庭”作为末端组织，将整个社会关系设定为金字塔形的等级结构，并把天皇作为家长置于金字塔的顶端。家族国家掌握着绝对的价值，不允许有其他独立的精神领域和秩序存在。因此，要想在这样的社会中生存下去，个人就不能违逆某种固定的模式。而这个固定的模式就是适合于天皇制家族国家秩序的个人角色。

高杉一郎的《在极光的阴影下》描写的是他在苏联西伯利亚的被俘体验，记录了在被俘这一极限状况下日本人会暴露出怎样的家族主义式的个人形象。

战前的日本人是在把国家视为家庭的家族国家里接受教育并长大成人的，但战败使那种固有的秩序遭到了瓦解。面对一个丧失了秩序的世界，人们感到束手无策，只求明哲保身，变成了彻底的利己主义者，表现为趋炎附势，追随大流。俘虏营就俨然是日本军队的翻版。在这里，声高气壮就意味着是强者。

当面对等级秩序低于自己的人时，他们是那么趾高气扬、大施淫威。而遇到等级高于自己的人物，就一下子变得唯唯诺诺、俯首帖耳。权威与奴性、傲慢与卑屈，这些截然不同的东西交集在同一个人的人格里。

而且，尽管具有家长权的人对家庭成员具有绝对的权威，可一旦面对上一级的家长，比如本家的家长时，他又必须绝对服从。显然，在权威的等级制度中，是依靠地位的高低来决定其价值的。

这样一来，极端的家族国家主义体制就使人有了双重人格。在这样的社会结构中，人不是自主性的存在，个人的价值和行动准则是在家族国家的等级序列中确定的。一旦被陡然抛入一个没有秩序的世界里，日本人就会失去自治能力，无法找到基准来建立起秩序。

大冈升平的《俘虏记》描写的是莱特岛上的俘虏营。随着俘虏们迅速地堕落，从中产生了一个所谓的“文身小组”。当大多数俘虏被允许回国，只剩下战犯嫌疑人之后，他们彻底失去了自治能力，完全被动地听任“文身小组”的暴力统治。

小松真一在《虏人日记》中也描述了近似的境况。作者参加了菲律宾战役，投降后被拘留在鲁滨孙岛的俘虏营里。与莱特岛俘虏营一样，俘虏们也完全处在部分人的暴力统治下，直到美军清除了其中的暴力团伙为止。即便如此，在那里也很难培育出新的民主自治。

日本战后派小说家野间宏把这样的世界叫“真空地带”。因为在这里，没有谁作为自主性的人而存在着。能够在“真空地带”里如鱼得水的人，只能是那些所谓的“识时务者”，或是“精明的士兵”，即典型的家族主义式人物。

在这样的世界里，要坚持自我，不随波逐流，乃是至为困难的事情。在极端的家族国家体制或家族主义的秩序中价值是从最高家族权力者向下贯穿的。下级者不可能有独立的价值判断。与权威呈无限上升的态势相反，价值呈无限下降的趋向，其间没有责任感与理性的存在。每个人都仅仅是被操纵的人偶。

对此，丸山真男在《超国家主义的伦理与心理》一文中尖锐地指出：“在此表现出因与终极权威的亲近性而带来的洋洋自得的优越意识，与此同时，也袒露了一个头顶上感受到权威精神重压的臣下那种小心翼翼的心境。”的确，一个因太阳的照射才发光的人，是不会产生责任感的。显然，追随时代的氛围对于所有人来说，都是一种明哲保身的处世哲学，以至于在日本，很多时候无个性作为一种完美的人格受到人们的尊敬。在这样的精神风土中，独具一格的人被视为异端，而对自由的要求则被视为叛逆。这也意味着，原本作为自由之人的常识，在天皇制家族国家里竟然变成了危险的思想。怪不得日本小说家芥川龙之介在《侏儒的话》中不无苦涩地写道：“所谓的危险思想，其实就是试图将常识付诸实施的思想。”

四、“忠孝之道”与诗人高村光太郎

高村光太郎（1883—1956）是日本著名的诗人、雕刻家。从东京美术学校毕业后，他曾赴美国、法国留学，是日本口语自由诗的完成者。作为一个诗风贯穿着理想主义色彩的诗人，他堪称是彻底确立了自我的近代个人。但就是这个诗人却写下大量讴歌战争的诗篇，参加了“大政翼赞会”，并成了“文学报国会”的骨干。战后，他在《愚昧小传》中用苦涩的语言写道：“天皇危殆。仅此一语，就决定了我的一切。我看见那里有儿时的祖父、父亲和母亲。少年时家中的云雾笼罩着整个房间。我的耳畔充满了祖先喘息的声音：陛下、陛下正深陷危殆——这念头让我头晕目眩。如今只有舍身去保护陛下。”显然，与河野广中一样，“忠孝之道”对于他来说，就像是戴在头上的紧箍咒。

高村光太郎早年留学法国，在欧洲体验了自由与自我的价值，堪称得到了灵魂的解放，从而不能不“对日本的事物和国情一律加以否定”。但只要日本是一个家族国家，那么，对日本国的否定就意味着是对父母的不孝。“母亲在我的枕边小声呢喃。我该如何处置这样的恩典和爱情？”显然，家族国

家的“忠孝一致”彻底窒息了诗人的近代自我。

高村光太郎在青春时代曾对“忠”进行反叛，“否定了日本的一切事物和国情”。但按照家族国家的伦理来进行推理，这意味着是对父母的不孝。而他在本质上又不可能成为一个不孝之人。在此，“义在君臣，情在父子”的逻辑就像紧箍咒一样，使他不可能去抗拒父亲般的天皇。其结果是无论否定，还是肯定，都得保持忠孝的一致性。于是，高村光太郎在否定和肯定的两极之间左右摇摆，最终为“忠孝”殉道，积极参加战争，为战争摇旗呐喊。战后，为了惩罚自己的愚昧，他在岩手的深山中度过了7年孤独的流放生活。而高村光太郎不过是家族国家意识形态扼杀了日本近代个人的无数事例之一。

第三节 日本的“家元”制度

一、日本的“家元”制度与近代化

明治以后，日本以惊人的速度实现了近代化，但很快又经历了太平洋战争的惨烈败北。可二战之后，日本经过几十年的时间，迅速成长为世界经济大国。这其中到底有着怎样的秘密？美籍华裔心理人类学者许烺光在《比较文明社会论》（培风馆，1971年版）一书中，从日本的家族制度出发，探讨了这一秘密。他详细剖析了日本社会的组织原则，从亲属制度和人的心理需求入手，对“家元”（iemoto）这一日本社会特有的组织模式进行了深入的研究，并结合中、印、美社会的相关材料进行了生动而细致的比较。他在比较日本、美国、旧中国和印度的文明时，始终聚焦在各自的家庭结构及其连带原理上。既然家庭是人类最基本的社会单位，那么，人的行动和心理就必然受到家庭内部机制的制约，社会结构、社会心理和社会行动的基本模式都是家庭结构和关系的投影。他认为，亲属关系是社会成员成长的首要空间，也是影响其待人接物态度的最直接源泉。而处在亲属关系与整个民族及国家之间的二次性集团（secondary group）对整个社会的形塑起着最关键的作用。因此，考察亲属关系与二次性集团之间的关系，乃是理解一个社会的面貌的有效途径。在许烺光看来，日本的家元作为介于亲属关系与国家之间的二次性集团，和中国的宗族、印度的种姓、美国的俱乐部一样，是日本社会中发挥主导作用的组织，其组织原则更是决定了整个日本社会的结构。

一说到家元制度，我们脑子里马上会浮现出花道和茶道的家元。家元是指在茶道和花道等传统技艺之道中传授本流派正统技艺的掌门人或宗家。所谓的家元制度，是指家元的继承者由血缘者或养子这样的模拟血缘者来担任，并以家元作为顶点，中间层是向家元申请授艺执照的师傅或已经取得艺名的弟子。而在这些人下面，又集结着大量还没有被授名的一般弟子。一般弟子通过鉴定仪式成为家元的正式成员，并可得到师傅的赐名，挂牌营业或开帐授徒以获取收入。各个弟子之间通过师傅互相联系、互相帮助，各家之间有自己的地盘，但不可争斗，也不可随便改投另一兄弟的门下。大家元具有最大的权威，有权制定一派的规范，获得门徒的供奉，其地位可传给子孙、女婿、遗孀或门中有能力之人，只要供奉家元的祖先即可。而所有的集团成员都是根据自由意志，在签订契约的基础上加入进来的，就像一个大型的同族企业。如果一个流派人数众多，就会形成分派，有可能围绕着继承权展开内部斗争。为了防止这种现象，本家就会积极而自发地派生出诸多分家，在本家、分家之间确立纵向的秩序关系，在维持小组织稳定性的同时，又从整体上保持大组织的有利性。

这样的家元制度之所以产生在日本，显然与日本传统的“家”制度密切相关。在许烺光看来，日本的家庭连带原理是一种缘约原理。所谓缘约原理就是血缘原理和契约原理的混合体。这一点与中国的血缘原理和美国的契约原理相比，表现出更加复杂的性质。

所谓的血缘原理，就是将血缘绝对化，对非血缘者不予信赖，不将其纳入组织内部的原理。也就是说，不会让非血缘者作为养子来继承家业，即使是妻子，也对其介入家庭设置了一定的限制。

契约原理则将独立的个人自由意志加以绝对化，把家庭看作是在根据独立的个人自由意志签订明确契约的基础上人为地建立起来的组织。换言之，是在绝对平等的男女之间缔结夫妻契约，以此为基础来建立家庭。

与上述两者不同，我们从前面列举的京都老铺的事例中就可以明白，日本的缘约原理尽管也重视血缘原理，但另一方面也导入了契约原理。为了家族的永续和发展，即便是血缘相连的嫡子，如果没有出息，缺乏能力，也可以将其废黜，或是断绝关系，而将没有血缘关系却有才能的他人收为养子，以继承家业。而且，家长达到一定年龄，就会引退，将家长权转让给嗣子。显然，日本的“家”是以家产、家号而非血缘为延续纽带的。从上述举措中不难看出日本式家庭自血缘纽带向制度性团体展开的趋势。

如前所述，除了可以收养女婿甚至幼弟之外，日本人的“家”奉行的是单子继承制。因此，对家庭中的非嗣子来说，长大后分家另过几乎是必然的结局。与英美不同的是，分离出去的非嗣子们很难自由地另谋生路，毋宁说为父亲选定的继承人（大多是长男）及本家服务，从而形成本家和分家的关系，乃是普遍的情形。因此，日本的有效亲属关系仅限于核心家庭，同户成

员比远亲更为重要，没有中国那种四世同堂的大家庭理想。和中国一样，日本家庭关系的主轴是父子关系，但此外还必须加上母子关系这一次轴。由本家和分家再加上地缘因素所构成的亲属体系就形成了日本最典型的亲属组织，即所谓的“同族”，但它不像中国的宗族那样，仅仅是作为父系的扩大家族而存在。同族不是以个人作为构成单位，而是以制度化的“家”作为构成单位而形成的一个体系，有着本家与分家之别，而作为统治者的本家很可能拥有多个从属于他的分家。同一地域的人可以申请加入，不必具备血缘关系。本家与分家之间有等级高低，在礼仪、社会、经济上形成了较为固定的序列等级关系。尽管以真正的血缘关系为基础，但又可以包含用人、佃农等礼仪上的（模拟）血缘者。作为同族构成单位的各个团体分别实施自治，但又在本家和分家之间存在着一种恒久的恩义（债务）观念。排除地缘因素之外，同族已经具备了家元的大多数组织原则。不过，家元制度是在江户中期以后针对町人社会学习技艺而形成的一种制度，大都出现在城市里，因此不必像同族那样依赖于地缘因素，从而能够在规模上得到极大的扩张。不妨认为，家元是把日本亲属关系原则发展到二次性集团中的产物。

由于日本采纳的是单子继承制，家产不均分，全部传给一个儿子，所以，非嗣子们在原来的亲属集团里没有足够的地位。他们只好要么给嗣子打工，要么离开亲属集团，离开农村，到城市去谋求新的职业。许烺光认为，“人”是一个心理和社会的平衡体，称为“心理社会均衡”。该平衡体由内向外分为八个同心圆，依次为无意识、前意识、不可表意识、可表意识、亲密的社会与文化、运作的社会与文化、较大的社会与文化、外部世界。人绝不可能作为一个单独的个体而生活，作为社会成员，必然希望与其他个人保持一种亲密状态。所以，当日本的非嗣子离开亲属集团来到陌生的生活空间，也必然追求那种社会和心理的平衡状态，但他们的内心还远不具备那种重视依靠自我的个人主义价值观。所以，他们要么把那些组织改造成家庭式或者同族式组织，以获取在家族集团中才能获得的亲密感，要么就不得不加入某种业已存在的家族主义式秩序中，试图将自己新的生活场所设定在同族式团体抑或类似亲属的二次性集团中。换言之，他们倾向于把家族式特别是日本“家”制度的因素带入二次性集团中，通过模拟血缘者而谋求情爱上的结合，并在自己所属的组织中去发现“亲密的社会和文化”。也就是说，作为对父子关系的模拟，诞生了“貌分和子分（义父和义子）”的关系，或是“前辈和后辈”的关系。而职位上的上级和下级等，也是通过这样的关系来相互谋求亲密感的。正如前面所述，日本的家庭与西欧相比，有一个很大的不同，那就是在家族关系中，西欧更重视契约式夫妻关系，而日本和中国一样，更看重宿命式父子关系。但与中国不同，父子关系这一亲属关系的主轴总是以母亲作为媒介的，母亲就像大地一样包容了一切，母子在情绪上具有非常强烈的连带感，仅次于父子那种制度上的结合。当非嗣子们进入一个新的集团时，作为母子关系主要属性的“甘えʺ心理就很可能被带入上述的集团里，从而导致成员们对领导人的顺从和对组织的忠诚。在日本的社会集团中，母子关系的这种模式发挥着巨大的作用，以至于社会集团中的上下级关系也成了它的翻版形式，寻求的是一种情绪上的安定感和一体感。

因此，不难设想，日本的非嗣子们所希望加入（或设立）的模拟亲属组织也必然具有与“家”或同族相近似的等级结构。在组织的领袖和下属的成员们之间，也自然会建立一种贯穿着恩义、献身、依赖的关系。许烺光把这种贯穿着日本亲属组织原则的二次性集团叫“家元”。它是指以日本传统艺能中的所谓家元制度为模型的组织形态。

家元制度具有如下的结构特质：一是在具有绝对统治权的师傅（家元）和被授予艺名的弟子之间存在着庇护与献身的相互职责；二是在组织结构上，从宗家的家元到末端的弟子之间划分为好几个阶层，整体上形成了一个巨大的具有连锁性的等级序列；三是家元作为流派的最高权威君临于所有人之上；四是整个组织乃是一种模拟家族制度。对于家元这个组织体的永续来说，上述那种家族式或者同族式结构发挥了很大的功效。因为把非血缘者的弟子编入模拟家族中，能够促成他们对组织的自发性忠诚和相互间的和睦，营造一种家族式温情氛围。

显然，家元是以亲属体系（“家”、同族）为模型所形成的具有连锁性的等级制组织。这种组织结构一旦固定化，就会和它所仿效的亲属模型一样，其内部的等级关系呈现出一种恒久化的趋势；另一方面，由于家元带有自由结社的契约式特征，所以，个人的加入与脱离都伴随着当事人的选择意志。也就是说，家元的结构原理乃是亲属原理与契约原理折中后的“缘约原理”。所谓缘约原理，既意味着固定不变的等级制度，又是在一个团体的人们中间自发缔结的制度，他们在共同的意识形态下，为共同的目标，一起服从某些共同的行动准则。

所以，尽管在加入家元时成员有自由选择的意志，可一旦变成了其中的成员，就会自发性地宣誓效忠所属的组织，因为家元的核心结构就在于那种相互可依赖的师徒关系。这里所说的师徒关系，是指家元中具有连锁性的、处于等级制中的各个链条，其每个链条上的关系都具有相互依赖的特点。所谓相互依赖，是指在行动上的价值取向的一种形态。既然每个人都与其他人相互依赖，那么，就有责任和义务回报从别人那里所蒙受的恩义。这样的价

值观普遍存在于家元中，所以，成员们自然容易形成这样的倾向：把上司看成最高权威的具现者，从而通过对上司表现忠诚和进行献身来实现对整个组织的忠诚。

这种家元制度是在江户中期以后，针对町人社会学习技艺而形成的一种制度。家元与弟子之间的关系尽管很容易被类比为封建的主仆关系，但事实上，弟子们是根据契约集结到师傅门下的，取得技能执照乃是他们进入师门的目的，而这种执照最终是用金钱来买卖的。显然，这里存在着一种近代的契约关系和市场关系，具有同样适用于明治以后资本主义制度的性质，所以，在被称之为明治绝对主义政权的天皇中心政权下，得到了更大范围的发展。

这种家元制度具有广泛的意义，甚至可以称为整个日本社会的组织模式。许烺光在分析了日本的宗教组织和经济组织之后认为在这些表面上现代化的组织背后，其内部核心的组织原则和人际关系模式仍旧没有改变。从某种意义上说，日本的企业组织不啻一种家元制度，而学界、宗教界以及政界都可以作如是观。总之，日本的组织和集团不管大小，无不贯穿着家元的组织原理，即缘约原理。事实上，明治以后的天皇制家族国家就是家元制度的一种具体而又宏观的社会体现。换言之，有了缘约原理，天皇制家族国家才得以成立，而在此基础上才有了日本的近代化。这样的近代化带着明显的局限性，也引发了种种批判和争议，甚至一度给日本和邻国都带来了莫大的灾难。

作为日本社会最基本的组织形式，家元既不像中国那样，是作为家族自身的直接扩张而形成的，也不像美国那样，完全由独立的个人在自由平等的立场上缔结契约，从而形成自由结社。换言之，日本人没有废弃富有弹性的亲属体系，而是把那种亲族结构运用在发端于西洋社会结构的近代组织中，并利用缘约原理强化其内容。其结果是，在产业、军事、教育、政治等领域快速实现了近代化。这一近代化的过程卓有成效地利用了固有的亲属体系，与根据契约来实现组织化的西欧模式大相径庭。与旧中国相比，日本人比较容易从原始的血缘羁绊中解放出来，从而也就比较容易加入经济、政治、军事、宗教、艺术等领域的集团里。家元作为那种集团的原型，是由众多具备自律性的下位部分呈等级序列组成的协作团体，作为一个集团，它充分满足了达成近代化的前提条件，即可以根据选择意志，在必要时导入新鲜血液。而家元的缘约原理又不同于西方的个人主义、自由主义，提供了成员对组织的绝对忠诚、献身精神等对于近代企业非常重要的社会资源。所以，以许烺光为代表的不少学者试图从日本家元制度的结构和机能中去寻找日本近代化的原动力，认为正是家元这一介于“家”和国家之间的二次性集团及其制度使得日本实现了今日的经济奇迹。

显然，在强调日本社会集团结构的等级序列、同族性质和家族式情感因素等方面，许烺光的理论与中根千枝的纵向社会理论不乏一脉相通的地方，甚至不妨看作相互补充的理论。

二、家元制度的负面作用

尽管家元制度为日本社会的近代化做出了重大的贡献，但是，也不可避免地带来很多弊端，只要调查一下就会发现，日本大约 95% 的公司都是同族公司。并且，一流公司大都属于同族公司。与此同时，最糟糕的公司也有不少属于同族公司。就日本式经营而言，同族公司或许是最适合日本风土的公司模式，但同族公司的本质却又是一把双刃剑。如果经营者是一个人格优秀的人，那么，公司的凝聚力就会不断壮大，让全体人员在非常时刻能抱成一团，迅速进行决断，抓住每一个机会。可是，如果经营者把公司视为囊中私物，那么，公司就会分裂成诸多派系，领导就有可能偏听，无法进行正确的判断。

在这里我们可以举出安宅产业破产的例子来加以说明。安宅产业的崩溃就是源于同族形成了一种特殊的人际关系，由此带来了公司中枢管理机能的混乱，导致徇私舞弊的大量发生。而这与“安宅家族”的存在密切相关。所谓“安宅家族”是指由安宅会长与其担任专务的长子担纲形成的一个集团。从董事到普通社员，据说多达 200 人。从昭和四十年代初期开始，被安宅雇佣的大学毕业生，有一成人左右都会被召集到福井县高滨的保养所，接受入社前的培训。会长也会“大驾光临”，倾情演讲。据说这就是安宅家族的编入仪式。

安宅家族的创始人总是离不开这样的口头禅：“安宅是我的，而我的也全部是安宅的。”这里显示出一种公私一体化的逻辑。在创始人的时代，同族公司的长处得到了最大限度的发挥，而进入第三代，这种家族体制就转化为一种弊端，使公私不分的情况达到极限，以至于专务的交际费每月高达 1000 万日元，除了早餐自理之外，一切餐饮费用均向公司报销。

这个安宅家族的结构就是上述那种家元社会的结构。安宅产业的崩溃暴露了家元制度的弊端。而天皇制家族国家无疑是在最大规模上体现了这种结构的特点。天皇制家族国家是在明治以后，随着日本近代化的过程而确立的体制，在第一代掌门人那儿，这种体制的长处得到了最大限度的发挥，而在第三代时就转化为弊端，彻底崩溃了，并为这种家族国家披上了家族主义的温情外衣，再加上大力推行“忠”字当头、忠孝一致的意识形态，从而具备了非同一般的蛊惑性，以至于当整个国家滑入军国主义的泥沼时，那种家族主义的凝聚力反而带来了更大的破坏性，给日本和近邻诸国造成了巨大的灾难。

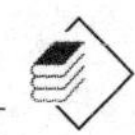

尽管在西欧和中国也与日本一样存在着家族制度，但无论是在西欧，还是在中国，都没有出现家族国家。或许其中的缘由非常复杂，一言难尽，但不可否认，一个基本的原因就是承认作为日本“家”制度特点之一的所谓模拟血缘。尽管都说日本人尊重血缘，但这种血缘并非生物学上的血缘，而是社会血缘。血缘就这样被虚拟，并被无限地扩大，以至于家族演变成了整个日本社会的结构模式。

如今，日本传统的家族制度已经崩溃，取而代之的是核家族。日本传统家族制度因为包含着被扩大为家族国家的因素，而在第二次世界大战后被视为“万恶之源”，遭到人们的猛烈抨击。但我们不能不同时看到，那种对社会血缘的尊重乃是其后构成家元社会的要素，并借助家元制社会的稳定性，使日本成了世界经济大国。毋庸置疑，家族的文化结构作为日本人的基本文化特性，至今仍在影响着日本的社会结构、社会心理和社会行动的基本模式。

第九章 日本饮食文化

民以食为先，食乃人类生存繁衍之最基本活动，也正因为如此，一个民族文化上的许多特征都会在它的饮食习惯中有所体现。作为文化范畴的饮食其涉及范围非常广泛，它同自然环境的变迁、人类的进化演变密切相关，同社会生产力发展水平、各民族之间经济交流、文化融合紧密相连。

第一节 日本饮食文化的发展历史

如果仅就文化自身而言，不同地域、不同种族的文化之间不应有优劣、先进落后之分，但由于种种因素的影响，不同地域、不同种族生产力的发达程度会有所差别。从文化传播的特点来看，生产力较为发达的地域、种族的文化处于强势，而生产力发达程度较低的地域、种族的文化则处于弱势。虽然不同文化之间存在着相互融合的现象，但强势文化通常被看作主流，受到推崇和效仿。纵观日本历史，日本文化始终处于相对弱势的地位，在中国衰落沦为半殖民地以前，受强势的中国文化影响较大。明治维新以后，脱亚入欧，强势的欧美文化又大量涌入。尽管如此，面对强势的外国文化，日本各个时期也存在着完全不同的态度。当某个时期减少或断绝同外国的交往，纯粹的日本文化就会有长足的发展；反之，外国文化的色彩就会多一些。日本料理的发展也遵循了这样的规律，这一节我们将对日本饮食发展历史进行简单回顾，并从中找出日本饮食的形成轨迹。

一、绳文时代

公元前6000年至公元前200年是日本的绳文时代。根据考古学的考证，这个时期的“绳文人”已经使用弓箭打猎，使用渔网等捕鱼并采摘野果。食品中有熊、狐狸、兔子等多种哺乳动物，以及山鸡、野鸭等，水产品中有各种贝类和加吉鱼、鲈鱼等海鱼以及鲸鱼、海豚，植物中有核桃、栗子、葡萄等。在食品加工方面，“绳文人”用一些石器切割、碾磨食物，用火烘、烤、煮食物，

并且制造了各种形状的陶土器皿。刀耕火种是采集狩猎时代的一种补助手段，已经向前走了一步。日本刀耕火种的现象大约见于绳文时代晚期，在日本四国的个别山区，至今仍可见到刀耕火种的痕迹。日本称刀耕火种为“烧烟农业”。日本在刀耕火种时代所种植的农作物主要有黍、荞麦、大豆、小豆及薯类。当时的饮食以狩猎和渔猎为主，农耕尚不发达。

刀耕火种虽是人类历史上最为简单的耕作方法，但它开拓了具有历史意义的农耕技术，使人类获得较稳定的食物来源，而且给后人的农耕文化打下了基础。日本人甚至赞颂刀耕火种为日本文化的“基底”“原点”。不言而喻，刀耕火种在人类文明史上起过重要作用，留下了光辉的一页。

二、弥生时代、古坟时代

公元前 3 世纪至公元 3 世纪，日本进入了弥生时代。在这个时期，水稻栽培技术和青铜器、铁器传入日本。以水稻种植为主的农业生产普及，大米逐渐成为日本人的主食。稻作文明的传入使人们的生活逐渐固定在一定的土地上面，粮食不仅解决了当时人们的温饱，还出现了剩余，稻作农耕给人们带来了稳定的生活。据此，各个地方开始形成以稻作为中心的祭礼文化和食文化。与稻作文化同时诞生的还有日本人开始使用筷子吃饭，而这之前都是用手抓食的。

从剩余粮食的积蓄开始，产生了个人的贫富差异，出现所谓的“豪族”以及“豪族”统一某一地区的现象，地区势力的扩大形成了国家。在考古学上把公元 3 世纪末至 7 世纪日本社会贫富分化、国家形成的这个时期称为古坟时代。主食和副食的分离是这个时期日本人饮食上的一大变化。另外，当时还种植了谷子、大麦、小麦、荞麦以及甜瓜、葫芦、萝卜、韭菜等粮食作物和蔬菜。肉类中野猪、鹿、鱼鹰、鸽子较多。水产品中深海鱼类有所增加，鲣鱼、鲍鱼、螃蟹以及淡水中的鲫鱼、鲤鱼等都是当时日本人的鱼类食品。在食品加工方面，除了蒸、煮、烤、炒以外，还有酿造和腌制。最初用糯米发酵的甜酒主要在祭祀活动中饮用，米、麦、豆发酵后做成的“谷酱”发展成现在日本料理中的酱油和豆酱，用盐腌制的果实、植物和海藻逐渐演变成了今天日本料理中品种繁多的咸菜。这个时期，日本人利用海藻加工食盐，在食品中使用糖、干果、姜等作料。

在古坟时代佛教传入日本。同中国隋朝、唐朝政府建立交往之后，日本在政治、经济、文化等各个方面发生了巨大变化。律令制的完善没有缩小社会中的贫富差距，农民承担着沉重的苛捐杂税、劳役和兵役，而统治阶层的生活却越发奢侈。

三、奈良时代、平安时代

到了公元8世纪的奈良时代（710—784），在饮食方面出现了贵族和农民的极端分化。日本的文化史学家一般都将奈良时代称为唐风时代，意即全面接受唐代文化或强烈地受到唐代文化熏染的时期，贵族阶层崇尚、效仿唐朝文化，律令制从材料的栽培、养殖、调拨调配、加工制作到管理等各个方面满足了贵族阶层的膳食奢求。在贵族阶层的膳食中除了一些日本原有的和唐朝引进的在日本国内可以生产的粮食作物、油料作物、蔬菜、水果以外，还有从其他各国进口的各种动植物、干货、调味品。大米是贵族阶层的主食，而广大农民的主食是小米、稗子、麦子、荞麦、大豆以及小豆。在奈良时代，政教合一，历代天皇按照佛规禁止民众食肉，动物肉类食品从贵族食谱中逐渐消失，而饮用牛奶、食用奶制品等成为贵族们的一种营养补充。但是在享用不到牛奶和奶制品的百姓中，佛教的影响力还很有限，老百姓仍然会根据需要捕捉自然界中的禽兽用来食用。这个时期酿酒技术提高，制造出清酒、糟酒和粉酒，腌制食品、干货的种类明显增加，贵族食谱中出现了多种油炸面点等点心。餐具的质地和品种也丰富多彩，有陶瓷、金属、玻璃、动物角、漆器等。在饮食方面的一系列变化中，佛教和中国文化的影响是不可忽视的重要因素。

另外，在这个时期“精进料理”被引进日本。所谓“精进料理”，通俗一点的解释就是没有荤腥的素斋，它源于不杀生的佛教思想，戒美食，追求粗茶淡饭。但是对于人类而言，没有酒肉的饭食毕竟滋味寡淡，而且从营养学的角度而言，菜食本身缺乏足够的蛋白质。因此，这一时期大豆加工技术发达，豆腐、麸等大豆、面制品以及菌菇类食品被广泛食用。

到了公元794年，日本进入长达400年的平安时代。在这个时期，政教逐渐脱离。律令制又维持了约200年之后便被废止，公元897年日本停止派遣遣唐使，公元10世纪后半期至11世纪前半期，以藤原氏一族为中心的“摄关政治”控制了日本，到了12世纪，武士阶层的势力逐渐扩大。在平安时代，贵族和平民百姓的贫富差距进一步加大，贵族生活注重陈规陋习，无休止地举行各种仪式活动。当时不同的仪式活动都配置了相应的食品，而这些食品偏重菜肴的拼摆形式，忽略其营养和口味，成为“观赏性食品”。这一时期开始形成与唐文化不同的平安特有的和风文化，这对后世的日本料理注重色彩的特点颇有影响。

在这一时期，较正式的日式料理及生鱼片等出现在人们的饮食中，日常的两餐也改为一日三餐。

四、镰仓时代、室町时代

12 世纪至 14 世纪初是日本历史上的镰仓时代，武士政治代替了朝廷的贵族政治。武士大部分是农民出身，他们的生活不追求华丽的形式，朴实而又实际。在饮食方面，他们经常食用狩猎到的兽类、鸟类，摄取丰富的动物蛋白，积蓄能量。镰仓幕府在衣食住行方面提倡朴素节俭，无论是武士个人的日常生活还是正式举办的宴会都不追求奢华。随着贵族的没落，对牛奶的需求减少，牛更多地用于农耕而不再被食用。饮茶盛行是镰仓时代的一大特点。著名僧人荣西两度到宋朝留学，把茶种带回日本，并著有《吃茶养生记》介绍中国的种茶、制茶技术和饮茶习惯以及茶的效用。到了镰仓时代末期，举行茶会比赛看谁品出的茶叶种类最多是上流社会常有的活动。荣西等发起的禅宗带动新佛教兴起，许多将军、大名都信奉新佛教，禅宗在武士中的感召力很大。被称为“精进料理”的素食在寺院中发展起来，并逐渐传入民间，为日本料理的形成奠定了基础。

14 世纪中叶日本进入室町时代。这一时期农业生产水平显著提高，大米不仅是贵族、僧侣、武士们的主食，普通百姓也能经常吃到大米。烹调方法也有了进步，仅副食的加工方法就有生吃、调汤、蒸、煮、烤、干炒、酱腌制等多种方法。从室町时代开始，酱腌制食品成为日本料理中不可缺少的内容。豆腐到了室町时代被广泛食用，豆腐和“纳豆”（蒸后发酵的大豆制品）是室町时代“精进料理”的代表食品。这个时期贵族、武士阶层把鱼类、鸟类的肉食品视为上等食品，蔬菜次之，而兽类食品被视为低级食物。这种饮食观念深深影响了日本料理基本风格的形成。作料的广泛使用也是这个时代的饮食特点。日式正餐“本膳料理”基本形成，成为日本料理的雏形。举行小型茶会，日语叫“茶汤”，在这个时期成为上流武士阶层的生活时尚，武士们逃离残酷的现实，躲进幽静而狭小的茶室中静心品茶。奈良的禅宗僧人村田珠光将禅宗的精神和百姓的饮茶习惯结合起来，创立了茶道。

16 世纪后期至 17 世纪初的三十几年被称为日本历史上的安土、桃山时代。出身低下而实力非凡的织田信长和丰臣秀吉先后统治了日本。当时与葡萄牙、西班牙、英国、荷兰之间开展的所谓“南蛮贸易”非常活跃，西瓜、南瓜、辣椒、马铃薯、甘薯、白菜、西红柿、香蕉等蔬菜、水果被带进日本，丰富了日本人的食物种类。所谓的“南蛮料理”也随之传入日本。其中最有代表性的就是“天妇罗”（裹面油炸食品）。油炸食品在这之前的日本并非没有，平安时代传到日本的唐果子中就有油炸的面饼，但是由于油料的匮乏，油料的用途非常有限，特别是对于鱼类或是蔬菜类，几乎不用油炸。食用牛肉也是受到“南蛮料理”的影响而流行起来的，此前的日本人是从来不吃牛肉的。

另外，由于“南蛮料理”常用猪油炸制食品，饲养生猪也从这个时期开始普及。“南蛮贸易”还给日本带来了更多的砂糖，随之出现了更多的甜点，大大地丰富了日本饮食的种类。比较著名的就是“加须底罗”，这是日本人根据castella这个词附上的汉字，事实上现在只用片假名日文，已经不用汉字表示了。它在日本的发源地是1571年起对西洋人开放的长崎，直到现在“加须底罗”还是长崎非常著名的一种特产。这是一种以面粉、鸡蛋、砂糖为主料，另加上水饴糖、蜂蜜等烤制而成的颜色淡黄的蛋糕。对当时的日本人而言，这绝对是一种稀罕食品，其松软甘甜的口感可以说是之前从未有过的。另外，值得注意的是，面包也是在这一时期传入日本的，当时在长崎一带从事贸易的荷兰商人在当地烘焙面包当作食物，一部分日本人对此也有接触和尝试，不过好像并没有广泛传开。到了1636年前后，随着基督教被彻底禁绝，传教士们经常食用的面包也在此后200多年中销声匿迹了。

另一方面，日本料理在吸收外来文化精髓的同时也逐渐步入自身完善的阶段。小型茶会，即“茶汤”，进一步进入町人等更加广泛的阶层，织田信长和丰臣秀吉也都对茶道抱有浓厚的兴趣，并设立“茶头”一职专门负责茶道。著名僧人千利休曾任丰臣秀吉的“茶头”，他完善了村田珠光开创的茶道。在利休风格的茶道中，茶室、茶器、茶会、料理、品茶人的服装等都不再拘泥于复杂的形式，而是更加简洁、清新。千利休使茶道变得大众化、日本化。

室町时代一方面是日本料理的格局初步形成的重要时期，另一方面也是外来食物大量流入的时期。这两者交流融汇，经过江户时代200多年的积淀和发展，终于形成了成熟的日本传统饮食。

五、江户时代

1603年，德川家康建立江户幕府，由此日本进入长达260年的江户时代。这一时期政局相对稳定，社会比较安定，未发生过大规模的战争，一直到近代的大幕开启之前既无内乱也无外患，是日本历史上最为安定的一个时期。江户幕府完全控制了日本全境，实行了日本历史上从未有过的长达220年左右的锁国政策。到了1635年，幕府废除了一切海外贸易，禁止所有的船只离开日本，同时也禁止所有在海外的日本船回国，外国的商船就更不允许进港了。在这样的环境下，日本人得以充分地消化咀嚼已有的传统文化和已经吸纳的外来文化，在200多年的江户时代创造出了灿烂成熟的具有江户特色的日本文化。在耕地面积扩大、农作物品种改良、农业和渔业技术进步的背景下，日本料理也形成了一个独立的体系，并最终完成了日本传统的饮食文化。

日本料理完成于江户时代，这在学界基本已经成为一种共识。中泽正在《日本料理史考》中说：“今日被人们称之为日本料理的东西中，平安、镰仓时代的影响几乎没有，室町时代的气息大部分也消失了。今日所说的日本料理，完成于江户时代的中期以后。这是由于出现了街市的料理、会席料理发展起来了的缘故。”这里所说的街市的料理，指的是食摊和料理屋。

由于在江户城市的建设和发展过程中形成了数以十万计的城市居民，必然会形成相应的城市商业经济。另外，由于社会相对安定，人们可以自由旅行，去各地参拜著名的神社。参勤交代制度的实行，五街道沿途驿站旅舍的落成，带来了人们对于餐饮业的需求。日本最早出现的餐饮业，就是起源于寺院和神社门前的各种食摊，随后传播到京都、大阪等城市，最后在江户形成了一个规模庞大的餐饮业。江户餐饮业的兴盛，应该是在明历大火（1657 年）之后。这场大火中被烧死的人据说达到了 10 万人，三分之二的街区被烧毁。为了重建江户城，政府从全国各地招募来大量的工人，这些人的饮食成了一个大问题，于是原本兴隆于寺院等门前的料理茶屋开始在江户遍地开花。所谓的料理茶屋就是指“茶屋”（供人憩息喝茶）和“仕出屋”（只做饭菜，不供应堂吃）功能的合二为一体。自 17 世纪下半期以后，江户城里陆续出现了不少料理茶屋，以后又演进到真正的料理屋或是高级的料亭，但大都价格不菲，寻常百姓很难侧身其中。倒是在茶屋或是料理茶屋开始兴盛的时候，甚至是在此之前，京都、大阪尤其是江户的街头，陆续有挑着食担的行脚商出现在人口稠密的街区，或串街走巷，沿途叫卖，或在十字街口摆下固定的食摊，吸引各路主顾。因为在江户城内居住着相当数量的各类工业和手工业者，他们处于社会的中下层，挑着食担的行脚商或是固定的食摊主要是满足这一阶层的需求。排列在江户街头的食摊的种类主要有这样一些：用酱油的蔬菜或鱼类、天妇罗、炸河鳗、寿司、烤团子、烤白薯、煮鸡蛋、面汤、荞麦面等。这些今天的日本人仍经常食用的最富有日本风味或者被外国人当作是传统日本料理的食物，当年就是在这些食摊上诞生的，后来才逐渐发展成荞麦面馆、面馆、鳗鱼馆、寿司店等。

与江户时代蓬勃兴起的料理相对应，这一时期是日本历史上有关料理的书刊最为繁荣的时期。一个民族有关饮食的专著或食谱的大量出现之际，往往是该民族的饮食文化发展到相当昌盛的时期。当然，日本的料理书籍并不是始于江户时代。但是进入江户时代，尤其是江户时代中期以后，随着各色料理和餐饮业的兴盛，各类料理书刊也如雨后春笋般地纷纷登场，与这一时期的各色料理、料理屋和料理形式一起，构成了江户时代成熟的日本料理文化。

说起这一时期著名的日本料理，就不能避开“怀石料理”了。如今日本本土或是海外的日本料理店，每每有挂出“怀石料理”招牌的，也有的写作“会席料理”。无论是“会席料理”还是“怀石料理”，如今都已经是典型的传统日本料理或者说是高级日本料理的代名词。其实，这两者之间原本是不同的，到了江户时代后期基本上合二为一，或者说人们已经不再对此细加区分了。

“怀石料理”原本应该是“茶怀石料理”，与茶道的最后形成和发展有密切的关系。在小型茶会，即“茶汤”上，主人要为客人点几道菜，正式品茶之前为客人准备的饭菜就是“怀石料理”。而“怀石”两字则源于佛教，主要是禅宗的礼仪做法。镰仓时代的12至13世纪，禅宗正式从中国传入日本，与此同时，禅院的清规和神僧的规诫也逐渐在日本的禅寺中确立。在饮食方面，过午不食几乎已经成了神僧们铁定的规矩。但有时从午后到深夜不断的修业念经，也常常使得有些僧人体力不支，难以维持。于是，有些人便将事先烘热的石头放入怀中，以抵挡辘辘饥肠，这样的石头被称为“温石”。后来，寺院中的规矩渐有松懈，有人便制作轻便的食物临时充饥，这样素朴而简单的食物被称为“怀石”，大抵类同于点心，但更具有禅院的色彩。

室町时代中期以后，先后出现了颇为辉煌的北山文化和东山文化，武家阶级的生活也逐渐讲究和奢靡，饮食上形成了后来成为日本料理初步格局的“本膳料理”，酿成了一套繁复的程式。与此同时，在饮茶或者是茶礼上，经过村田珠光、武野绍鸥等几代人的努力，一直到16世纪下半叶的千利休，终于建立起了具有浓郁禅意的“佗茶”，也就是后来人们所说的茶道。千利休等茶人在自己简朴茶庵里款待客人时，除了经过一套严谨的茶礼后奉上的抹茶外，茶前或茶后还会奉上简便的饭食，这样的饮食原先只是称为“茶会料理”，后来成了千利休茶道传人之一的梨花石山（1655—1708）在他所编纂的茶道经典《南方录》中首次将这样的“茶会料理”命名为“茶怀石”，也许是因为用了“怀石”两个字，使得千利休茶道染上了更加浓郁的禅宗的意蕴。后来到了江户时代中期的17世纪末，一些颇有地位的上层商人（町人）也在自己的宅第中以茶会的形式招待来客，当然中心是料理，后来逐渐形成了一套比较固定的“怀石料理”的菜式和礼仪做法。“怀石料理”虽然和茶道有着共同的理念，追求闲寂、朴素，但其极端讲求精致，无论餐具还是食物的摆放都要求很高。“怀石料理”一般是“一汁二菜”或“一汁三菜”，从种类上看似乎有些简单，但其烹调过程是非常考究的。另外，上菜的方法以及每道菜的吃法也很有说道。

六、从传统走向近代：明治时代、昭和时代

1867年10月，江户幕府的第十五代将军德川庆喜在倒幕军队的逼迫下不

得不将政权奉还给天皇，翌年改年号为“明治”。明治时代的确立标志着日本近代大幕从此正式开启。

明治政府实行对外开放政策，制定宪法，在政治、外交等各个领域进行改革，通过学习西欧各国的先进技术，提高日本的科技水平，进而带动经济发展。一系列的变革给日本人的饮食生活带来了很大的变化。这些变化主要表现在以下方面。第一，饮食内容最大的变化就是将肉类，尤其是以前完全禁食的牛肉、猪肉、鸡肉等全面引入日本人的饮食中。其他诸如奶制品、面包、葡萄酒、啤酒以及各种新型的蔬菜也陆续进入了一般日本人的生活中。第二，烹饪方式的变化。原本日本没有的煎、炒、炖、烤以及大量来自西洋和中国的炊具，拓展和改变了日本人传统的烹调方式。第三，饮食方式的变化。日本人早先的独自分立、没有桌椅的用餐方式，逐渐改变为使用桌椅或是小矮桌的方式，并且也开始使用刀叉食用西餐。第四，调味料上的变化。食用油、辣椒、咖喱、奶酪、花椒、砂糖等以前使用不多或从不使用的调味料普遍、大量地使用。

这一切变化的最终结果便是导致了日本饮食在内涵上的丰富和外延上的扩展，而日本文化本身的积淀，也将外来的饮食逐渐地日本化，注入了日本文化的因子，使得日本饮食文化在继承传统的基础上呈现出一个令人惊异的新画面。

七、中国料理的全面传入

毋庸置质，中国饮食文化对日本的影响是非常久远的，至少从稻作传播到列岛时就开始了。此后，从耕作的方式、农具的样式乃至蔬菜的栽培、食物的保存等诸方面都留下了深刻的印迹。但所有这些影响由于在传播过程中的非体系性和时间上的非连续性，几乎都在历史长河中被吸纳、融入或整合在日本人的饮食生活中，从而染上了浓重的日本色彩，日后逐渐变成了日本饮食文化的一部分。比如，酱油和豆腐在一般日本人的心理意识中几乎已经成了日本饮食文化的代表物品。这一点在欧美人的认识中也得到了相当大的认同。随着西洋饮食在日本的大举登陆，明治时代中期以后，这一情形发生了改变。中国饮食开始以具有体系的形式比较完整地传入日本。这主要是因为以下方面。

近代以后中国与日本的交往，无论从其规模、范围还是频率上来说，都是近代以前完全无法比拟的。近代的日本与中国带有官方色彩的交往开始于1862年江户幕府向中国派遣官方的商船“千岁丸”，随船的官吏和武士共有51人，在上海逗留了将近两个月。1871年，日本派遣了时任外国事务总督的伊达宗城前往天津，与当时的北洋大臣李鸿章谈判后，签署了近代日本和中国之间的第一个官方条约《日清修好条规》，1873年正式批准，由此两国开始了在近代的正式交往。在该条约尚未正式批准之前的1872年2月，建于黄浦江畔的日本驻上海领事馆就已经开馆。中国方面，1877年中国首任驻日本公使何如璋及其随员前往东京。甲午战争后的1896年，中国开始向日本派遣官费留学生，以后自费留学生的人数也急剧扩大。几乎在同时，日本也借助甲午战争和日俄战争的胜利进一步扩张其在中国的势力和影响。频繁的人员往来无疑是饮食文化传播的极其重要的媒介。

明治时代肉食解禁。西洋料理虽然在体系上与中国菜肴大有不同，但是有一点却是相同的，就是都以肉食为基础。所以明治时代肉食的解禁就为西洋饮食的引入以及中国饮食的整体传入打开了大门，扫清了障碍。

中国饮食在体系上具有悠久性、合理性、完整性，在内涵上具有丰富性、成熟性。中国的饮食在先秦时已经十分完备，至宋代就基本奠定了今日中国菜肴的格局和样式。同时，食物的多样性也已达到了空前的地步，飞禽走兽、草虫鱼虾皆可进入盘中。从南美传入的辣椒、玉米、番茄和花生等食物又进一步丰富了中国人餐桌上的内容。而反观日本人的传统料理，差不多是在19世纪初才正式确立的。因此，与至晚在宋代就已确立的中国菜肴体系紧密相连、一脉相承的现今中国饮食，无论是在菜肴体系的悠久性和完整性方面，还是内涵上的丰富性和成熟性方面，都比比较单一的日本饮食有着无法比拟的合理性和先进性。

明治中期以后随着中国饮食整体传入的三个条件陆续成立，猪、牛等养殖场先后建立，在东京和横滨一带逐渐出现了中国餐馆的身影。大正年代（1912—1926）是中国菜在日本真正兴起的时期。这一时期，在横滨的中华街上大约有7家中国菜馆，这一数字与现今的规模自然不可同日而语，但在当时也颇成气候。除了当地的华人外，也常有些日本人光顾。除了中国人的传播外，日本人也开始热心研究起中国菜来。这一时期不少享有盛名的文人如谷崎润一郎、芥川龙之介等纷纷前往中国游历，在他们所撰写的游记和报道中都提到了中国美味的食物，这对中国饮食在日本的传播多少起到了一些促进作用。1923年关东大地震可以看作中国饮食在日本规模性传播的契机，这场大地震毁坏了东京及周边地区的大部分建筑，在震后迅速着手的重建工程中，餐饮业是最早复苏的领域，重建后的餐馆不少一改震前的传统式样，而建成桌椅式的构造，更加适合中国餐馆的经营。中国菜在大地震后迅速兴起。总之，在20世纪20年代中国饮食在日本慢慢普及开来。

八、战时与战后

1923年关东大地震以后的十多年间是日本社会相对比较稳定的时期，国内的经济和社会整体都处于发展的阶段。反映在饮食上，西洋和中国饮食的比例都在增加，都市的街上随处可见新开的咖啡馆和啤酒馆，舞厅和电影院也在相继增加，整个社会也由传统逐渐向现代转型。但随着日本当局对外扩张的不断加剧和对内的逐步法西斯化，国民的战争负担日趋加重，食物的供应日益紧缺，往昔正常的民众生活也逐渐瓦解。连日本人日常最多食用的味增、酱油和食盐也实行了配给。直到1945年，日本民众生活日益艰难，全日本的民众都在这场由日本当局挑起的侵略战争中受尽了苦难。如果说19世纪60年代开始的明治时代至昭和初年基本完成了日本从前近代社会向近代社会的转型，那么1945年战败以后则意味着日本逐渐进入了一个现代社会并最终确立了日本现代社会的模式。这一模式的确立并不意味着与传统的完全脱离，恰恰相反，它是建立在日本文化的深厚积淀之上的，人们的价值观和审美意识在相当程度上依然延续着数千年的传统，尤其是室町时代以来的文化传统。反映在饮食文化上则是“和洋中”体系的最终形成。

随着日本经济的复苏和增长，大约从1950年开始，日本人的饮食也逐渐摆脱了战争期间和战后初期的艰难状态，食物的供应恢复到了战前最好的水平，重新呈现出了昭和初年市面繁盛的景象。战后的日本政治和经济融入了西方世界中，人们的生活方式也越来越西化，明治时代开始在日本登陆的西洋饮食在战后获得了空前的发展，各种最新的西洋消费方式也很快传到了日本。在这个过程中，面包、牛奶、汉堡包等大众化的西餐得到普及。尽管如此，米饭、大酱汤、腌萝卜干仍然是大多数日本人每天不可缺少的食物。

第二节 传统的日本料理

一、寿司

现在寿司差不多成了最典型的日本食品，人们一看见寿司或是瞥见“寿司”这两个字，立即会联想到日本料理。关于寿司的名称、形状和味道等，正像外国人所知道的那样，爱吃不爱吃另当别论，凡是到过日本的人或是对日本有兴趣的人，大概都会从书本上或从别人的谈话中对寿司有所了解：寿司就是把金枪鱼或是鲣鱼等切成一口能吃下去的小薄片，然后用手把它攥在米饭团的上面。而事实上寿司有着令人意想不到的历史和文化因素，很难用一两句话简单地把它说清楚。

首先是寿司名称的来历。在权威性的词典中，寿司的正确写法应该是“储”，现在的寿司店中这个字很常用，更古一点的写法是“鲜”，现在已不多见。但其日语发音都是 sushi，它来自日本古语表示酸味的形容词“酸”。现在无法肯定是根据这个发音加的汉字，还是这种食物和汉字一起从中国传到日本，因其带有酸味而起了这么一个名字。在中文里也有“鲜”字和“熊”字，原来也具有那样的含义。现在在日本常用的“寿司”两个字是用汉字作拟声词，并不表示任何含义，这两个字的使用似乎是在进入 19 世纪之后。江户时代嘉永元年（1848）出版的《江户名物酒饭手引草》介绍了当时江户的 95 家寿司店，以“寿司”为字号的只有两家，绝大部分都是“鲍”字。“鲜”字的中文含义与日语一样，是指用盐和酒糟把鱼腌起来。在史料中可以确认寿司的最早雏形“鲊”里并没有米饭，把鱼和盐及酒糟放在一起不是为了搅拌着吃而是为了保存，实际上加入米饭是多年之后的事了。而且加入米饭也是为了保存，因为米饭可以促进发酵，提高防腐能力。也就是说，当初寿司并不是“米饭加小菜”的食物，只是保存鱼肉的一种方法，米饭是为达此目的而加入的一种“媒介”。这种目的在于保存的寿司被称为“驯寿司”，这种“驯寿司”无论是制作方法还是形态、滋味都与今日的寿司大相径庭。而演变到今日的状态也绝非一夜之间的突变，这中间经历了“生驯”的时期，再由“生驯”过渡到“早驯”的阶段，最后成为我们现在所看到的寿司。这一蜕变过程是在江户时代完成的。“生驯”是指在鱼内塞入与盐拌和的米饭，经过 4 ~ 5 天或半个月的发酵后与米饭同食的食物，“早驯”则是指用盐和醋拌和的米饭加上略加腌制的鱼同食的食品，这已经比较接近现在的寿司了。在这样种种改良的基础上，终于在文政年间（1818—1830）的江户市内诞生了寿司中最具代表性的品种“握寿司”。

追溯“握寿司”的来源，令人感到意外的是，其历史渊源并不久远。在江户时代的延宝年间（1673—1680），京都的医生松本善甫把各种海鲜用醋泡上一夜，然后和米饭拌在一起吃，可以说这是当时对食物保鲜的一种新的尝试。在那之后经过了 150 年，住在江户城的一位名叫华屋与兵卫的人于文政六年（1823）简化了寿司的做法和吃法，把米饭和用醋泡过的海鲜攥在一起，把它命名为“与兵卫寿司”公开出售。这就是现在的“握寿司”的原型，这种说法早已成为定论。在东京及近郊不少地方可以看到挂着“华屋与兵卫”字号的日式餐馆连锁店，其名称即来源于此。这也就是说，现在在日餐中最具代表性的食物——“握寿司”的历史并不长，只有 150 多年。“握寿司”因其制作简便，口味鲜美，立即走出了江户，风行至全日本，到了 19 世纪的

中期和后期，已经成为寿司的主流，是日本寿司中最富有代表性的品种。因其起源于江户，人们戏称它为江户的“乡土料理”。在“握寿司”登场的前后，日本还产生了各色各样的寿司。

在1750年的《料理山海乡》和1776年的《新撰献立部类集》中出现了一个新词语“卷鲜”。顾名思义，就是卷起来的寿司，这就是指“海苔卷”。寿司卷通常一根用米90克，煮成饭大约200克，用紫菜包后食用。有时也可用薄炒蛋皮替代紫菜。用一整张紫菜包的寿司卷叫“太卷”（粗卷），只用半张包的叫“细卷”。寿司卷里开始时还只是夹用醋拌过的米饭和鱼，渐渐地人们将鱼切成小块，再放上各种蔬菜、酱菜、鸡蛋或其他食物，这就形成了现在的“卷寿司”。现在这样的卷寿司最终产生于19世纪的江户时代。

在19世纪前期诞生的还有一种称为“稻荷寿司”的新品种，具体形态是在煮成甜品的“油扬”（类似于中国的油豆腐，但要大得多，形状有长方形，但更多的是三角形）中塞入用白醋拌和的米饭，饭内有切碎的牛蒡、胡萝卜、木耳等，没有鱼肉等荤腥物。“稻荷寿司”至今仍然是日本人喜爱的食物，乡村中还有人会自己做着吃，城里人则基本上都是买着吃了，如今的各色便利店都有出售。

据1795年刊行的《海鳗百珍》和同时期的《名饭部类》等记载，在用醋等拌好的米饭上又拌入海鳗和用酱油煮的章鱼等，因其已经不再具有一定的形状，于是人们称其为“散寿司”。后来里面的菜码越来越丰富，鱼虾、鸡蛋、蔬菜都可放入其内，人们又将其冠名为“五目寿司”，成为一种家庭料理。

总之，到了江户时代末期的19世纪中叶，现在日本所具有的各种寿司的形态大致已经成熟。当然，各地因地域不同，还有许多不同的制作方法，材料也丰富多彩。“握寿司”的吃法后来还有一种新的形态，那就是回转寿司。1967年夏天，一家名曰“元禄寿司”的店家在东京的锦系町开出了第一家回转寿司店，之前曾在船桥的健康中心开设过试验店，不久便正式推出。样式为一椭圆形的吧台，吧台内寿司的制作人现场捏制各色寿司，然后放在由传送带转动的吧台上，食客根据自己的嗜好和需要自由取用，最后按盘子的数量或颜色结账。这样的新形态立即受到了食客的欢迎，它的魅力在于：一是现场制作，新鲜；二是可自由取用，方便；三是价格相对低廉，实惠。这一形态现在已经广泛流传到了海外。

二、天妇罗

在具有代表性的传统日本料理中，“天妇罗”大概可以位居前列。“天妇罗”实际上就是油炸食品，即用面粉、鸡蛋、水调成浆状，再将鱼、蔬菜裹上浆放入油锅炸成金黄色捞起，吃时蘸酱油和萝卜泥的调汁，鲜嫩美味，香而不腻。“天妇罗”这三个字是根据它的日语发音用汉字附会上去的。关于它的来历众说纷纭，但有一点是肯定的，那就是这样的油炸食品是在1549年首位西方传教士弗朗西斯科·沙勿律登陆日本以后才出现的。当初的所谓“天妇罗”不一定是今天这样的面目，也许只是一种裹上面浆的油炸食品。这样的食物16世纪后半期开始出现在长崎，17世纪的时候流传到京都一带，18世纪的时候以食摊叫卖的形式在江户赢得了人气。18世纪前后，油料的供应较以前有大幅度的增加，这也使得油炸食品成为可能。当时江户的流通业已经颇为发达，形成了以日本桥等为中心的诸多市场，各种蔬果都有供应，更重要的一点是，江户湾盛产各类鱼虾，市场价格不高，用来作为“天妇罗”的材料非常适宜，而经营“天妇罗”也不需要高堂大屋，只需一个简便的食摊即可。这就决定了“天妇罗”从一开始就是一种大众食品，价格低廉，滋味可口，很受普通市民的欢迎。经营“天妇罗”的正式店铺，直到江户末年（1860年前后）才开张，而有座位、供堂吃的“天妇罗”屋则始于20世纪的大正年代（1912—1926）。此后逐渐为上层阶级所瞩目，成为日本料理的代表品种之一。

三、刺身

日本料理以刺身最为著名，它堪称是日本菜的代表作。它将鱼（多数是海鱼）、乌贼、虾、章鱼、海胆、蟹、贝类等肉类利用特殊刀工切成片、条、块等形状，蘸着山葵泥、酱油等佐料，直接生食。日语汉字写作“刺身”，罗马音为sashimi，中国一般将“刺身”叫作“生鱼片”，因为刺身原料主要是海鱼，而刺身实际上包括一切可以生吃的肉类，甚至有鸡大腿刺身、马肉刺身、牛肉刺身。

刺身的前身应该是“蛤”，即将色肉（也包括一部分其他肉类）切成细丝，拌上佐料后食用的一种食品。“鲐”这个汉字，在远古的中国文献中就有了，大多写作“脍”，而用“鲐”字表示时多指鱼类，有时两者混用。鲐或脍，至少先秦就有了，《论语·乡党》中的“食不厌精，脍不厌细”大概是人们最耳熟能详的词句了。《说文解字》中解释说：“脍也，细切肉也。”日语中的“鲐”字，自然是从中国引进的了。

据记载，公元14世纪时日本人吃刺身便已经成为时尚，那时的人用“脍”字来概括刺身和类似刺身的食品。当时的“脍”是指生的鱼丝和肉丝，也可指醋泡的鱼丝和肉丝，而那时刺身只是“脍”的一种烹调技法。直到15世纪酱油传入日本并被广泛使用以后，刺身才逐渐演变成现在的形式。之所以后来称为刺身，据说是在以前日本北海道渔民供应生鱼片时，由于去皮后的鱼

片不易辨清种类，经常会取一些鱼皮，再用竹签刺在鱼片上以方便大家识别。这刺在鱼片上的竹签和鱼皮，当初被称作“刺身”，后来虽然不用这种方法了，但“刺身”这个叫法仍被保留下来了。

刺身的制作有三大要领。第一是材料，必须新鲜，这是决定刺身是否美味的关键。常见的有金枪鱼、鲷鱼、比目鱼、鲣鱼、三文鱼、鲈鱼、镏鱼等海鱼，也有鲤鱼、鲫鱼等淡水鱼。螺蛤类（包括螺肉、牡蛎肉和鲜贝）、虾和蟹、海参和海胆、章鱼、鱿鱼、墨鱼、鲸鱼，还有鸡肉、鹿肉和马肉，都可以成为制作刺身的原料。第二是刀工，日本料理特别强调原料形态和色彩的赏心悦目。在做刺身时，如用不合适的刀具或不锋利的刀具，切割时就会破坏原料的形态和纤维组织，造成脂类溃破，破坏原料本身的特殊风味。考究的厨师一般都会有 5 ~ 6 把专用的刀，可分为处理鱼类、贝类及甲壳类的刀，还可分为用于去鳞、横剖、纵剖、切骨等用途的刀。第三是装盘，刺身的装盘也颇有讲究，这是使食物上升到艺术品的一个重要环节。刺身的器皿用浅盘，漆器、瓷器、竹编或陶器均可，形状有方形、圆形、船形、五角形、仿古形，等等。刺身造型多以山、川、船、岛为图案，并以三、五、七单数摆列。根据器皿质地、形状的不同，以及批切、摆放的不同形式，可以有不同的命名。

四、荞麦面

从世界饮食文化史的角度来考察，中国大概是面类食品的发祥地。最早在东汉的刘熙所撰写的《释名》中就有“汤饼”和“索饼”的记载。这种面条类食物大约是在 8 世纪初随佛教一起从中国传到日本的，起初的名字为“索饼”或“麦绳”。镰仓时代后期出现了“索面”的名称，以后逐渐取代了“索饼”。再往后，“索面”的写法变成了“素面”，室町时代末期开始流行，但它的普及则是进入了江户时代以后。

荞麦粉因为没有黏性，开始时只是将其制成各种团状或饼状的食物。大约在 16 世纪末期，荞面开始逐渐形成。因其制作颇费工夫，在山村一般只限于喜庆或祭祀的日子食用，后来其制作技术经岐阜、长野传到了江户，它的广泛传开还是得益于江户街头的食摊，立即受到了中低阶层的欢迎。到了 18 世纪下半叶时，荞麦面馆和各种食摊遍布江户的大街小巷。荞麦面有多种吃法，大致说来主要有两种，一种称之为“盛”（moil），另一种称之为“挂”（kake）。所谓“盛”，指的是将荞麦面在开水中煮好后捞起，在凉水中过水后盛入竹制的蒸笼或竹箅中上桌，佐料盛在一个碗或是类似酒盅的容器内，口语称之为“液”或“汁”，其基本配方是酱油、甜酒和“出汁”。这“出汁”大抵是用小鱼干、海带、虾干和香菇等多种食物熬制而成，但绝无油星。吃的时候便是用筷子夹起面条放入盛有“汁”的容器内稍微蘸一下即可。这是一种正规的也是最能品味出荞麦面特有风味的吃法。所谓“挂”，这里的日语意思是浇在上面，即将汤汁浇在上面，还可以放上各种食物，诸如天妇罗、蛋黄、野鸭肉、海苔等，前者大抵是冷食，后者多为热食。

第三节　日本饮食文化的特征

日本是一个十分狭长的岛国，温暖多雨的气候环境使日本列岛植被茂盛，种类繁多，为鸟类和哺乳动物提供了良好的栖息环境。在日本的近海水域生活着3800多种海洋生物，大自然为生活在这里的人们提供了丰富的食物来源。

日本菜素有“五味五色五法菜肴”之称，这概括了其特点。“五味”即酸、甜、苦、辣、咸；“五色”为白、黄、红、青、黑；“五法”乃生、煮、烤、炸、蒸。总之，日本菜是精工细作，一方面不失材料的原味，一方面讲究色香味，注重春夏秋冬的季节感，注重材料的时令性。另外，盛菜时根据菜肴或季节选用颜色、形状、质地相宜的器皿。

日本地处欧亚大陆最东端的海上。它虽然面对太平洋，但在美洲大陆被发现之前日本列岛几乎没有受到来自太平洋彼岸的文明、文化的波及。日本列岛文明的形成、发展在历史上主要来自中国、朝鲜以及传入中国的印度、中亚、欧洲文明的影响。但是，由于日本所处的特殊地理位置，这些文明在其传播过程中受到了一定程度的阻断。与此同时，不同时期的统治者们对待异域文化也采取了不同的态度，因此，阻断与传播、抵触与接受、保守与进步、锁国与开放等相互对立的人文因素和日本列岛独有的自然环境因素交织在一起，影响着日本社会的方方面面，创造出今天独特的日本文化。今天的日本料理也同样是在上述环境中产生、发展起来的，它的一些特点，如新鲜、清淡、精巧、简约，在日本的文学、建筑、戏剧等其他方面也可以看到，可以说它们是日本文化特征在人们日常生活中的展现。

根据对日本饮食的演进过程和完成于江户时代的日本传统饮食的考察，这里将其具有文化意味的特征归结为以下四个方面。

一、讲究原汁原味，清淡鲜美

日本料理的特点自古便用“五味五色五法菜肴”来表达，其主旨就是要保持食物原有的味道和形状，以体味食物原本的风味。“原”字体现了日本料理最重要的特色，倾注了料理师对食物原料全部的认知和情感。四面环海，由约4000个岛屿组成的日本列岛，气候温和，四季分明，有着得天独厚的新

鲜海产，得以发展自己的海洋菜肴。存在决定意识，在菜肴的发展方向上也不例外。换言之，风土酿就菜系。同时，因为日本是岛国，加之资源缺乏，又无接壤之国，这一自然环境使其危机意识浓重。为此，日本尽量不用或少用油烹制菜肴，久而久之发展为以清淡新鲜为主流的日本菜肴。

日本人口味清淡，料理以水产、牛肉、蔬菜为主，选料讲究，口感清爽，吃多了也没有油腻感，淡便是为了把原材料的原味充分地牵引出来。日本料理的一项特色是生食，为了追求原味鲜美，几乎任何食物都可以生食，其极致就是“活鱼料理”，刺身都用活鱼。为了追求原味的鲜美，日本料理讲究节令与食物的搭配，如春吃鲷鱼，初夏吃松鱼，盛夏吃鳗鱼，初秋吃鲭花鱼，深秋吃鲑鱼，冬天吃鲫鱼。为了不破坏料理的原味鲜美，日本料理中没有炒菜，只有炸的食品和煮的食品，炸制“天妇罗”的油脂以前多为芝麻油、棉籽油、豆油，现在多用花生油、色拉油，因为芝麻油、棉籽油、豆油的香味较浓，会影响原料的风味，而色拉油虽清淡，但香味不足，所以许多料理店都将芝麻油和色拉油混合使用。

二、追求食物的季节感

日本人有很强的季节感。在古代贵族社会里，隔扇、屏风上画着的“大和绘”中出现最多的就是“月並绘”和“四季绘”了。由此可见，很久以前日本人已经开始重视季节了。因此，做料理用的材料和制作方法也与季节感有很大关系。日本料理的特点之一就是将“季节”巧妙地融入当中。例如：春天到了，人们喜欢将蕨菜制作成“天妇罗”来食用，让五脏六腑都感受到春意的到来。还可以将当季的鲜花修饰在器皿周围，这样会使人们开胃。另外，日本料理是从自然中选取材料，大概只有白、黄、红、绿和黑色。这些自然色形成的组合创造出了日本料理独特的美感。日本人实在太喜欢品味“季节”了。他们不仅仅用舌头吃东西，更加注重视觉的享受。如果所做的料理中透露不出季节感的话就令人失望了，就算味道鲜美也不会被人赞扬。

为什么日本人如此重视“季节感”呢？那就要追溯到日本人的文化信仰了。日本是农耕国家，因此在日本社会中最重要的就是“祭祀”。在日本，民族宗教中的神灵并不像其他宗教一样拥有人类的形态。在日本的神社中并没有供奉的神像，这与他们的传统信仰，也就是“神道”有直接的关系。日本人认为万物有灵，“神道”思想已经深入他们的骨髓，日本人之所以那么重视自然，与此应该有莫大的关联。《古事记传》中有叙述古代神灵的话：日本的神有贵神也有贱神，有强神也有弱神，有善神也有恶神。这跟外国宗教有着根本的区别。不管是人还是山川、草木，抑或是其他，世间万物都是不普通的，任何事物都能成为被敬畏尊崇的对象，换言之就是“万物有灵”，不得不说这就是日本神灵的特点。与人类的日常生活息息相关的蛇、鹿、狼、猿等动物，树木、岩石等自然物，抑或是镜子、刀剑、玉石之类的人工制品，都是有神力的，都会被看成是能与神对话的媒介，同时这些东西本身也是神灵。因此，对于日本人来说，不管做任何事都要先考虑保护自然，带着尊敬自然的心情生活，日本人把大自然当作神一样敬重。正是这个原因，他们对春夏秋冬有着不同寻常的感情。随着岁月的流逝，季节感也渐渐融入他们的起居饮食中了。对于日本人来说，饮食中一旦失去季节感就没有任何意义了。

三、追求食物的形与色

对食物形与色的高度讲究是日本饮食文化的第三个特征。具体的体现，是餐食的盛装，日语中称之为“盛付”。将食物的形与色置于如此重要的地位，可说是集中地体现了日本人的审美意识。

日本料理的原则之一，是刀工胜于火工，刀工的好坏决定了料理是否精良，只有刀工完整，才能让某种食材装盘薄厚一致，整齐划一。在日本，一个厨师水平的高低主要取决于两点：刀工和一双装菜的筷子。在日本的烹饪艺术中，将锅中做熟的食物直接倾倒在盘中几乎是难以想象的。什么样的食物选用什么样的食器，在碗碟中如何摆放，各种食物的色彩如何搭配，这在日本料理中往往比调味更重要。筷子的功能即在于此。

讲究“盛付”即装盘这种视觉上的美，原因之一是16世纪的战乱，当权者为了炫耀权势，特别注重颜色装饰、构图与配色，狩猎派的画风由此诞生。17世纪的宗达光琳画派更加注重颜色的装饰，从而从艺术的角度深刻影响了料理造型与色彩的形成。发展到18世纪，加入了茶道质朴风格的影响，逐渐形成带有禅宗风格的料理，色彩并不艳丽，但会有几许鲜艳的颜色，和谐而又引人入胜。

在好的日本料理屋里，面对摆放在桌上的各色料理，犹如欣赏一幅幅立体的绘画作品或是一件件精美的工艺摆设。

四、对食器和就餐环境的高度要求

日本料理中所使用的器具是极为讲究的。日本人把器具看作饮食的一部分。食器的形、色、材质种类繁多，虽然颜色质地都很简洁质朴，却不失礼仪。日本人多用细腻的瓷器或是外貌古拙的陶器和纹理清晰的木器，色彩多为土黑、土黄、黄绿、石青和磁青，偶尔也有用亮黄和赭红来作点缀，会因不同的季节、不同的食材为不同的人来挑选器具。食具不会固定为一种形式，

常有叶子状、瓦片状、蔬果状、菱形、六角形等，在器具上描绘一丝波纹，几片红枫，风格素雅而简洁。筷子虽是从中国传入，但是王公贵族也几乎不用金银或是象牙、紫檀的材质，只是简素的白木筷而已。现在的高级料亭中依然如此，这再一次体现出日本人的审美取向。

他们对器具的讲究，一是因为从中国传来的陶瓷技术不断发展，二是因为禅宗茶道艺术的不断渗透与影响。古田织部（1544—1615）设计出的器具强调不和谐的美，凹凸崎岖中发现质朴的美。由此，日本料理讲究的造型精美，颜色引人，加上考究的食器，形成了一场视觉饕餮盛宴。

另一方面，对饮食环境的考究也反映了日本人在饮食文化方面的美学追求。茶道是禅宗表达的另一种艺术形式，茶道对环境的要求概括为四个字，即“和、敬、清、寂”，体现出“禅茶一体”的意境。茶道的园林设计，茶室的布局摆设，都围绕着“和”，营造出一个和谐安谧的氛围，也形成了闻名于世的枯山水风格。禅宗传达的清静淡雅之风皆体现在这自然山水融于一室的环境中。在室町初期，中上阶层饮茶之风兴起，当时以“婆娑罗茶会”为代表的奢华的饮茶风气很讲究室内的环境，以后以“闲寂”为内在精神的“侘茶”虽然纠正了这些奢靡的风习，开创了简朴素雅的氛围，但这简朴素雅其实也是刻意营造出来的，茶庭和茶室的构建都有非常烦琐的规矩。这种看似素朴实际上非常精致的嗜好，自然会影响到日后出现的料理店，尤其是料亭。在江户的末期和明治初期，日本的饮食环境已经颇为雅致了。如今的日本，经济已经相当发达，物质上的水平与当初大不一样，但仍然鲜见屋宇宏大、楼堂相连的大餐厅，而更多的是那种小巧雅致的店家，对饮食环境整洁干净的追求则一如往昔。即便是地处偏远的小饭馆，也大抵都是窗明几净的。

五、饮食生活中的节约观念

从古至今，日本人的饮食习惯基本上比较朴素。节约观念被日本人认为是一种美德。江户时代，下级武士把米饭和一个梅干作为自己的午餐，现在日本的工薪阶层也都很节约，午饭时间，在一些比较便宜的拉面馆门前总是能见到排着长队等候吃面的工薪族。到餐厅吃饭时，不管是高档有品位的西餐厅，还是不起眼的小饭馆，日本人总是先点一些，不够用时再继续点餐，即使吃不完也会原样打包。从来见不到客人离开后餐桌上还有大量剩饭剩菜的情景。

另外一个节约的表现在于对鱼的利用，即充分利用鱼的每一部分作为烹饪材料。日本人通常把鱼身中央的部分用来做生鱼片，鱼头和鱼尾用来做别的料理，鱼骨头则用来炖汤，整条鱼一点都没有浪费。

日本的饮食融入日本人的精神。重视季节感是因为日本人热爱自然，除此之外就是人类的共性：都爱崇拜美的事物。日本人也是一样，他们把对美丽事物的喜爱埋藏在内心深处。从日本料理的食器中能够体验出日本人细腻的内心世界。食材食器的方便与相称是日本人在他们的饮食文化中永远不能停止的追求。日本人珍视自然所产生的反文明思想，热爱美丽事物，拥有细腻的内心，等等，这些都是日本民族的共同特性。这些特征共同造就了日本饮食特别的美感。

日本饮食是把朴素自然的味觉与升华的文化结合起来，融入了自己民族的特点和精神的一种文化，这就是日本饮食的精髓。

总之，对于日本饮食文化来说，最重要的就是日本人细腻的感情以及对大自然的热爱之心。他们经常把料理和自然界紧密地结合在一起。日本人在烹饪的时候一定会将材料切成适合人口食用的大小，如此尊重人类的味觉、视觉与心灵，同样也是在细腻地考虑如何尊重大自然。日本饮食的美感并不在单纯的外表，而是深入内部。这种美源自大自然的规则，因此，日本饮食文化之美应该归结为自然之美。

无论是那张小小的餐桌，还是餐具，无论是烹调料理的人，还是享受美食的人，都在创造着一种自己专属的饮食文化。

第四节 日本的酒文化

日本的造酒文化源于中国，日本的风土将其精炼，并发展成现在的清酒。它的发展历程是不断总结经验、完善和追寻高质量原料的过程。

一、日本酒的源流

日本酒的酿造史已有近两千年，可以追溯到弥生时代（公元前 3 世纪—公元 3 世纪）中后期，当时稻作技术已传到日本。九州近畿地方就有用嘴咀嚼蒸煮过的稻米数分钟再吐到碗里发酵的咀嚼法（口啮酒）。虽然是很简单的工作，不过却只有巫女才有嚼制口啮酒的资格，可见酒在日本初现即和宗教有所关联。“清酒”一名最早出现在公元 400 年前后编成的《播磨国风土记》中，其中记载过早期日本酒的独特酿造法。其实日本的酿酒深受中国的影响，由遣隋使和遣唐使带回日本的中国文化中，酿酒技术便是其中之一。而根据日本《古事记》记载，中国的酒曲先传到韩国，唐朝时再由韩国辗转传到日本，从此日本清酒原料中才加入了“麴”的成分。日本清酒在得到改良与进化的同时，嗜好清酒的日本民族逐渐将饮酒纳入了文化的范畴，形成了独特的酒

文化。

公元689年，日本开始形成中央集权的大和政权，朝廷正式设立宫内省“酒司”等机构，专司清酒之制造与研发，清酒的酿造体制至此完整。严格说起来，现在日本清酒的酿造法承袭了自公元927年所编撰的《延喜式》一书中所记载的方法，该书不仅明载当时的律法与宗教仪礼，也记载了15种清酒的酿制法。《延喜式》所记载的酿造法，可以说是有正式完整记载且流传下来的最早的清酒酿制法，当年以《延喜式》酿造法所酿制之清酒，仅限于宗教仪式，一般平民百姓根本享受不到。

清酒变成平民化商品大概始于公元1150年，当时日本以促进都市化及商业繁荣为要务，酒是与米有相等经济价值的产品。因此，朝廷准许民间酿酒及卖酒，以京都为中心的居酒屋也在此时兴盛了起来。不过，民间卖酒的时间并不长久。随着政权由朝廷转到幕府，幕府与朝廷对酒的管理意见相左。公元1252年，幕府下达了禁制令，破坏了所有的民间酒器，禁止清酒在民间贩售，日本造酒史称此事件为清酒发展的大倒退。

清酒的禁制令大大阻碍了清酒的发展，不过这期间日本人发现了以65度清酒低温杀菌的原理，这是清酒制造史上的一大突破。到了江户时代，政府开始允许民间酿酒，这一举措令清酒进入了一个新的发展时期。当时丰臣秀吉在京都建立“伏见城”，伏见一地即成为江户时代的清酒酿制中心，现在日本人仍称伏见地区为“清酒的故乡”。

随着酿制清酒的放开，日本清酒在江户时代之后于技术上有了很大的进步。江户时代末期，日本人首次发现水质对酒的好坏有极大的影响，兵库县西宫的泉水是一种富含高磷酸、碳酸钾、铁质及碳酸锰的硬水，这种水正是清酒的理想酿制用水。因此，直到现在为止西宫市的“滩之宫水”仍旧是最理想的清酒酿制用水，兵库县从此变成与京都伏见地区分庭抗礼之清酒圣地。

明治时代首重富国强兵。酒的税收对当时的财政有很大影响，为了增加税收，明治时代下令没有执照的一般民众不准在家私自酿酒。清酒也是在明治时代首次外销。日本政府在接触西方科学之后，开始正视化学原理对制酒过程的重要性。1897年，日本微生物家兼化学家古在由直（1864—1934）等人研发了第一种专供清酒发酵用的清酒酵母，让日本政府信心大振，因此于1904年设立大藏省酿造试验所，正式利用化学及微生物学的知识研发清酒的酿造。

科学让清酒在这个时期产生质与量的大飞跃，但是在第二次世界大战期间，日本清酒经历了空前的浩劫。战时的日本发生了米荒，日本政府于1944年下令，在生产清酒的过程中，皆需加入由废糖蜜所提炼出的酿酒酒精以降低成本，由此使得清酒所具有的独特风味黯然失色。因此，日本老人称战时的清酒为“乱世之酒”，而夸赞原来纯正的清酒为“太平之酒”。

如今，日本的清酒已经逐渐恢复到原来的品质，但不添加酒精而用纯米酿造的清酒已经弥足珍贵。

二、日本人和日本酒

有一种说法，酒是日本社会的润滑剂。日本人爱喝酒这似乎已成为定论，日本人常说他们的生活离不开酒，就像机器离不开润滑油一样。

现在的日本酒一般称之为清酒。至于为什么日本人把日本酒称为清酒，说法很多。从字面来看，“清”乃是“浊”的反义词，日本确实也有浊酒，定名清酒是为从透明程度上与浊酒相区分，但抑或“清”字所内含的清冽、纯洁、透明的意义更为日本人所钟爱。据说日本人最喜欢使用的十个字中，“清”字就占有一席。日本独有的茶道，就以“和、敬、清、寂”为其宗旨。日本的国技相扑中力士们比赛前总要撒几把盐，其目的是为了洁身，如此等等。由此看来，日本人将他们酷爱的日本酒定名为清酒也就不难理解了。

日本人爱喝酒。除了逢年过节、家人团聚要喝酒外，日常生活中也常常离不开酒。一到快下班时，就会有人建议：“怎么样，来一杯？”有的人甚至在嘴边打个手势，对方就心领神会了。于是，大家三五成群地走进街头的小酒铺，开怀痛饮起来。在年末的“忘年会”和年初的“新年会”上，酒是少不了的，有同事调出、退休、新职员调进等也都要聚会喝酒，甚至找不出什么理由时，也要小聚喝酒。

居酒屋是人们最经常去的小酒馆。说起日本的居酒屋，中国人、美国人和西欧人都会为其星罗棋布般地遍及城市乡村而感到惊讶不已。一到城市的闹市区，居酒屋一家连着一家。这里所说的居酒屋不是酒店的名称，而是日本式酒店的通称。其中有一些还是连锁店，比如“养老乃泷”“天狗”“北之家族”“庄屋”，其店铺遍布全国各地。各种居酒屋的风格虽然略有不同，但多是粗木桌椅，布置得像乡村酒店的格局。

一跨进店门，老板的吆喝声、客人们旁若无人的谈笑声顿时会充斥于耳。这种热气腾腾、喧闹非凡的场面与白日里的公司办公室形成鲜明对照。到了这种居酒屋，人们平日里的斯文劲顿时抛到九霄云外，谈笑风生者有之，醉酒失态者有之。这里，人与人之间绝对平等，上司与下级、前辈与晚辈都统统是居酒屋以外的事，这里只有男人与男人，人们当然不必顾忌什么。无怪乎人们那么爱上居酒屋喝酒，在这里他们能忘记一天的疲劳，消解工作带来的紧张。

居酒屋的菜肴也比较简单，却经济实惠，供应的酒类主要是啤酒和日本酒。店里的服务生给你摆碗筷时，不用你吩咐就会先放上一小碗酒菜，有时是腌鱿鱼，有时是腌咸菜，种类繁多。各种居酒屋的菜谱虽然不同，但基本上都是以鱼虾肉类和蔬菜为材料。生鱼片当然是必不可少的，还有炸大虾、烤干鱼、煎牛肉以及洋式沙拉，等等。近年来，中国风味菜也很受欢迎。

如果要的是清酒之类的日本酒的话，服务员就会把酒装在德利中端上来。德利是陶瓷制的酒瓶。居酒屋的德利往往是粗陶的，外形粗犷，与居酒屋的气氛很相配。喝酒用的酒盅形状与中国的差不多，但稍微大一点儿。日本的清酒，中国人喝起来可能会觉得比较清淡，因为只有十五六度。但是这种以大米为原料的日本酒却有一种稻米的香气，特别是烫过的酒，更是清香扑鼻。不过也有人喜欢喝不加热或冰镇的酒。

日语里也有“干杯”这个词，发音与汉语相差无几。日本人说“干杯”时，并非把杯子里的酒喝干，只相当于中国人的碰杯。日本人的干杯叫作“一气”，大概是“一起喝完”的意思吧，不过不是大家一块儿“一气”，而是大家起哄让一个人“一气”，别人在旁边鼓掌助兴。

当喝到德利见底、杯盘狼藉之后，人们就起身买单。日本人往往不在一家店泡很长时间，一般以两个钟头左右为限。因为即使喝得晕头涨脑，日本人也会想到还有人在等着入座，而且他们也知道这种便宜的酒店就是靠顾客周转率来维持经营的。

没有尽兴的人就会踱入第二家甚至第三家再接着喝。这在日语里叫“二次会”“三次会”。因为有些酒店是通宵营业的，到了周末，有人会喝到“三次会”。直到天明，才晕头转向地摸到车站坐头班车回家。喝酒缺少节制，也就使日本出现了醉鬼多的社会现象。晚上 10 点过后，在公路边、站台上、列车里，喝得东倒西歪的人就多起来了。他们虽然都穿着西装、拎着公文包，却旁若无人、嘴里念念有词，有的甚至昏睡不醒，连车过了站都不知道，直到终点站才被列车员赶出车厢。

在日本，除了酒铺，各超级市场、副食品店等都可以买到酒。此外，遍布大街小巷的酒类自动售货机也出售各种酒。在日本经常可以看到这样的画面：几个日本人围着自动售酒机，手拿易拉罐，三五成群，热热闹闹地站着喝酒，就像美国人围着售货机喝可口可乐一样。

三、林林总总话清酒

正如日本酒叫“清酒”一样，日本酒是一种清冽、醇美、明澈、透亮的佳酿，以米和米曲、水为原料，将其发酵过滤之后而制成的酒，酒精成分

15%～16%，糖分 3%～4%，呈微酸，口味丰润。日本酒有着一种特有的香味，酒色呈淡琥珀色，浓郁透亮。至于品味方法，多数人喜欢温热之后再饮。热酒方法是先把酒倒入德利内，然后把容器放进开水之中温热。酒温在 50℃～52℃时，称之为“烫酒”，42℃～43℃时谓之“中温酒”，38℃～40℃时叫“低温酒”，品饮时将酒注入陶质的酒盅里。近来也有不少人把酒放进冰箱里冰镇之后再注入玻璃杯中饮用。

现在日本的清酒，根据其原料和制造法以及 1990 年日本政府颁布的《清酒的制法品质表示标准》，大致可分为两大类，一类是“特定名称的清酒”，另一类是“特定名称以外的清酒”。第一大类的酒再加以细分，则有吟酿酒、纯米酒和本酿造酒三类。第一大类一般称之为高级酒。第二大类加以细分，还可分为加入酒精后使其增呈的酒精添加酒和除酒精之外再加入其他调味液（如葡萄糖、饴糖以及乳酸、谷氨酸等混合在一起的物质）的增酿酒两类。增酿酒目前没有单独销售，它必须与其他酒类掺合在一起才可作为商品上市。这一类的酒主要是将用蒸米、酒曲和水酿成的纯米酒再加入酒精和调味液使其量增加三倍，也就是说是一种调和而成的酒。第二大类一般称之为普通酒。现在全日本的酿酒作坊或酿酒厂大约有两千家，这些厂家大致可以分成两大类：一类是全国性的大酒厂，规模比较大，设备比较先进，生产的清酒面向日本全国市场，每家的产品种类有十几种，因为有营销策划和广告宣传，至少有几种知名度很高。比如，宝酒造株式会社生产的“松竹梅”，于大正九年（1920）问世，被誉为酒中精品；还有菊正宗株式会社酿造的菊正宗系列清酒，在日本闻名遐迩，也是高级清酒的代名词；此外，总部位于京都伏见区的黄樱酒造株式会社生产的黄樱系列的各类清酒，在日本也广受好评。除了这类著名的大酒厂之外，日本更多的是一些中小规模企业，差不多各地都有，口碑较好的大多集中在东北地区（南部杜氏）、新演县（越后杜氏）、京都和神户一带（丹波杜氏）。这些地区生产的清酒，一般被称为“地酒”。生产的量不是很多，一般的酒店或超市未必有售，但都有各自的风格和独特的风味，真正会品酒的人往往对这些“地酒”感兴趣，各地的居酒屋也大都以这些“地酒”为卖点。这里列举几种各地口碑比较不错的“地酒”：北海道日本清酒株式会社出品的大吟酿“千岁鹤•吉翔”，酒味芳醇，口感清爽，是北海道地区获金奖最多的一款酒；岩手县久慈酒造出品的大吟酿“南部美人”，该酒曾在日本的新酒鉴评会上获奖十几次；埼玉县寒梅酒造出品的纯米吟酿“寒梅”，这种酒的特点是使用生酵母，酒香隽永，有一种独特的口味，近年来屡次获奖；菊水酒造出品的有机纯米吟酿“菊水”，这款酒选用有机大米酿造，很少酸味，为好酒者所喜爱；富山县立山酒造出品的纯米大吟酿“雨

晴”，这款酒入口清爽，回味甘醇，具有令人陶醉的酒香；长野县舞姬酒造出品的“舞姬”，从酒的名字就令人联想到明治时代的文学家森鸥外写的小说《舞姬》，此款酒酿造的时间比较长，酒香也就更加绵长隽永，经得起仔细的品味；岐阜县千代菊出品的纯米吟酿“藏人气质”，“藏人”在日文中是“酿酒者”的意思，此酒酒味大气而细腻；兵库县凤鸣酒造出品的纯米吟酿“梦之扉”，是一款新创制的酒，除了传统工艺以外，还根据莫扎特的《第四十交响曲》的旋律对酿造中的酒桶进行高频振动，而促使酵母菌加速活动，此酒口感细腻柔和，适合于清淡的菜肴。

日本各地大抵都有佳酿，日本的酿酒人也大都敬业，对于技术往往是精益求精，不断改良，加之有各种比较权威的评酒机构，促进了好酒的涌现。

四、烧酌（烧酒）

烧酌的历史虽然没有清酒那么悠久，但仍可以看作日本两大传统酒类之一。清酒很适合正规礼节的宴会，而烧酌却比较适合轻松愉快的场合。就如同中国的绍兴黄酒和白酒的差异一样，虽然同属谷物酒，但清酒是酿造酒，而烧酌是蒸馏酒，制作工艺不同，制成的酒在酒精度数和口味上也有极大的差别。就全世界而言，蒸馏酒技术的出现以及成熟要晚于酿造酒。根据现有的文献和实际情况来判断，蒸馏酒传入日本的途径，应该是来自南方的琉球群岛。日本最早制作和盛行蒸馏酒，也就是烧酌的地区是紧邻琉球群岛的鹿儿岛周边的九州南部，以后慢慢向北部传播，但是进入本州，尤其是关东、关西一带则是在进入江户时代以后。到了明治时代以后，自西方传来了一项比较先进的蒸馏技术，使烧酌的产量大大增加。在鹿儿岛，如果提到“酒不言而喻”指的是烧酌，当地人对烧酌深爱不已，举杯多为烧酌。

大致说来，现在日本的烧酌可分为如下几种。

泡盛。泡盛的产地在冲绳，原来是舶来品，冲绳本地原本并无“泡盛”的名称，只是叫烧酒，传到九州后，萨摩藩主为了区分本地的烧酒和外来的烧酒，便命名为“泡盛”。

甘薯烧酌。主要制造地为鹿儿岛县、宫崎县和隶属东京都的距离本州颇远的伊豆群岛。

米烧酌。最初的烧酌都是用稻米制作的，因而历史也是最为悠久的。由于日本绝大部分地区都产稻米，所以米烧酌全国都有制造，其中以熊本县球磨地方产的比较著名。

麦烧酌。最初用麦做原料制作烧酌的是地处日本西北的小岛壹岐。明治初年，当地农民将多余的小麦用蒸馏的方式来造酒，于是诞生了麦烧酌。

此外，还有用荞麦、黑糖为原料制造的烧酎，前者 1970 年诞生于日本宫崎县，后者则出产于早年以榨制黑糖出名的奄美大岛。

烧酎的酒精度一般在 25 ~ 40 度之间，且以 25 ~ 35 度者居多，以国人的眼光而论，连低度白酒都有点不够格，酒精度数比威士忌还低。但即便如此，在日本几乎没有人直接饮用，一般必须兑水，冷热均有，配兑的比例因人而异。就像清酒一样，日本各地，尤其是在九州，有不少专门品尝烧酎的居酒屋。

酒是大自然赐予人类的礼物，既是天地的造化，又是人类酿造的液态艺术。自问世之始，酒就伴随着人类的文明走上了文化的旅程，与人的精神生活结下了不解之缘。很多民族都有自己的酒文化，它让这些民族为其自豪，它给这些民族带来憧憬，这些民族都用浓郁的亲情和神秘的浪漫源源不断地谱写着本民族的酒文化史。酒在日本产生以来，经历了复杂的演变过程，如今的日本，酒已经进入普通百姓的日常生活。在其发展演变的过程中，日本社会形成了独具特色的酒文化模式及其社交礼仪，酒文化作为一种特殊的文化形式，在传统的日本文化中有其独特的地位，几乎渗透到社会生活中的各个领域。

第十章 日本文化遗产

文化的多样性和个性化，是任何国家与民族都极为重视的问题。以物质或非物质形态存在的传统文化表现形式及其相关的文化元素，历经沧桑而流传至今，凝结着历史的记忆，沉淀为民族的文化底蕴，作为个性的文化符号呈现于世。保护文化遗产，正是保护一个民族的文化基因。日本的文化遗产保护领跑于亚洲好多国家，历经长期摸索而形成的文化遗产保护体系，积极发挥着实效。制度建设和体系健全，既是开展保护工作的基础，也是取得长效的根本保障。

第一节 日本文化遗产的保护

一、日本“文化财”的定义和分类

“文化遗产”在日语中叫“文化财”，意为文化的财富。与中文的“文化遗产”相比，日语中“文化财”所涵盖的范围则更加宽泛。根据日本学术界和有关法律对于“文化财”的定义，它主要是指在日本国家漫长的历史上产生和孕育，并被传承守护至今的全体国民珍贵的文化财产。它被认为是对于理解日本的历史和文化所不可或缺的，同时它还被认为是日本面向未来的文化建设的基础。这个定义的内涵颇多，至少包含三层基本的意思。一是说文化遗产乃是历史性的，它基本上是指传统文化而言，像漫画、动画电影、卡拉 OK、时装、方便面等现代的日本文化，则通常不被看作是文化遗产。二是指在那些得以传承下来的文化中被认为具有珍贵价值的部分才是文化遗产，并不是所有过去的都是文化遗产。换言之，文化遗产的概念中其实已经包含着一些价值的判断。三是说文化遗产乃全体国民的文化财富，已经不属于某些个人、团体或地方，而是现代日本国民文化的基础或重要的组成部分。尤其是上述第三点，可以说是日本有关文化遗产的理论与实践的一个基本原理。换言之，国家就是要通过文化遗产行政把文化遗产说成为日本的“国民文化”，而其整个文化遗产行政也正是在“国民国家”的意识形态指导之下展开的。

日本早期对文化遗产的理解，曾较为偏重其物质或作为“文物”的意义，例如，《广辞源》就曾把文化遗产定义为是随着文化活动而产生的、依照《文化财保护法》而属于被保护范围之内的“物品”。因此，过去人们提到文化遗产，通常更多的是会联想到古老的神社、寺庙、传统建筑、佛像、书画、壁画等“有形”的文化形态。但是，在历经不断地发展和扩充之后，现在日本的文化遗产概念的内涵有了极大的丰富，除了物质或文物的意义，它还涵盖着艺能、工艺技术等“技能”（绝活）、传统的节庆祭典等“无形”的文化形态以及经过悠久的历史而存留至今的人文景观、民俗和生活文化等很多文化。关于文化遗产的分类，各国的情形不尽相同。日本对其文化遗产的分类，主要是根据其《文化财保护法》的界定和规范，实际上也是经历了一个逐渐完善的过程才形成体系的。日本的文化遗产主要包括以下几个大的类别。

（一）有形文化遗产

主要是指那些在日本的历史上具有较高的艺术和历史价值的建筑物、绘画、雕刻、工艺制品、书迹、典籍、古文书等有形的文化。其中，建筑物之外的有形文化遗产，又被总称为“美术工艺品”。至于建筑物和美术工艺品的区分标准，前者是固定的、不可移动的，而后者则是能够随意搬动的。此外，在有形文化遗产这个概念中，还包括考古资料和其他一些具有较高学术价值的历史资料。有形文化遗产中那些被认为重要的，可以经由国家指定为“重要文化遗产”。而在“重要文化遗产”中，那些从世界文化的高度来看也具有特别高的价值的，会被进一步地指定为“国宝”。

（二）无形文化遗产

大体上相当于中国国内近些年常说的“非物质文化遗产”，它主要是指那些具有较高的历史价值和艺术价值的传统戏剧（演剧）、音乐、艺能、乐舞、工艺技术等“无形”文化。这里所谓的“无形”主要是说其较为缺乏物质形态，或其文化的意义不能完全体现或主要不体现在物化的载体上。换言之，无形文化遗产并非完全没有物质的依托。

人们在指定无形文化遗产时，也常常将那些无形文化遗产的保持者或传承人——表演艺术家或工艺美术家们一并指定。无形文化遗产的保持者或传承人，既有可能是个人，也有可能是集团或者团体。无形文化遗产中那些特别重要的，可以被国家指定为“重要无形文化遗产”，而重要无形文化遗产的传承人则可以被国家认定为“保持者”和“保持团体”。其中，重要无形文化遗产保持者（个人）又被日本的大众媒体和一般国民称为“人间国宝”。“人间国宝”并不是一个学术性的概念，它是相对于从重要有形文化遗产中

进一步指定出来的“国宝”而言的，前者是“物”，后者是“人”。“人间国宝”的称谓，非常形象地反映了日本社会对其重要无形文化遗产持有者或传承人的尊敬和喜爱。重要无形文化遗产的保持者亦即日语所谓的“人间国宝”可以对译为中国的“工艺美术大师”或“非物质文化遗产传承人”。

此外，还有一些无形文化遗产虽然未能被指定为“重要无形文化遗产”，但它们对于了解日本的艺能和工艺技术及其变迁具有一定的重要性，因而被认为有必要予以记录和公开的，可以由国家选择作为“应该采取记录等措施的无形文化遗产”，进而再由国家或地方公共团体予以必要的调查、记录和公开。

（三）民俗文化遗产

“民俗文化遗产”又分为有形和无形两大类。所谓“无形民俗文化遗产”，主要是指有关衣食住、生计职业、信仰、节庆活动等方面的风俗习惯、各种传统的民俗表演（例如，民众在各种年节庆典或祭祀时举行的表演与民俗活动）、民俗技艺等。所谓“有形民俗文化遗产”，则主要是指用于上述无形民俗文化遗产所规范的各种场景的服装、生活器具、生产工具、家具和民居等设施。有形民俗文化遗产，大体上相当于中国的“民俗文物”概念。民俗文化遗产被认为体现了日本国民的生活方式。民俗文化遗产中特别重要的，可以由国家分别指定为“重要无形民俗文化遗产”和“重要有形民俗文化遗产”。

（四）纪念物

纪念物是指具有较高历史价值或学术价值的古墓、都市遗址、城堡遗址、老宅，具有较高艺术价值或观赏价值的庭院、桥梁、峡谷、海滨、山脉以及其他名胜古迹。具有较高学术价值的动物、植物以及地质矿物也被列入纪念物范畴。也就是说，纪念物既包括文化遗产，也包括自然遗产。

纪念物中被认为重要的，可以由国家指定为“史迹”“名胜”和“天然纪念物”。而它们中间特别重要的，还可以通过进一步指定而分别成为“特别史迹”“特别名胜”和“特别天然纪念物”。

（五）文化景观

文化景观是指在一定地区通过人们的生活、生产以及当地风土而形成的，对于理解当地居民生活、生产所必不可少的景观，比如梯田、为采水而开设的水路、靠近村落与人们生活息息相关的山脉。文化景观中特别重要的，可以被选定为“重要文化景观”。

（六）传统建筑群

传统建筑群是指那些具有较高价值、能与周边环境融为一体形成历史性景观的传统建筑群落。在传统建筑物群中那些特别重要的，通常是由山市町村等各级地方政府按照有关条例划定出“传统建筑物群保存地区”，其中具有很高的历史或环境、景观方面价值的，则进一步由国家选定为“重要传统建筑物群保存地区”。

（七）文化遗产的保存技术

文化遗产的保存技术主要是指保护和维修文化遗产所必需的传统技术和技能。其中被认为有必要采取措施予以保存的，则由国家选定而成为“选定保存技术”。选定保存技术的制度始于1975年对《文化财保护法》的修订。

（八）埋藏文化遗产

埋藏文化遗产主要是指埋藏在地下的文化遗产。埋藏文化遗产的概念，大体上相当于中国的“文物”或“地下文物”。通过考古发掘而出土的“出土品”，则相当于中国的“出土文物”。埋藏文化遗产是先民们经营其生活和生产所遗留下来的见证，它不需要经过筛选或指定，即是全体国民的文化遗产。经过大量科学的发掘和研究，埋藏文化遗产可以揭示出各个地域许多不见于文字记录的历史。因此，它被认为具有不可替代的重要的历史和学术价值。日本全国已知约有44万处遗址。由于其具有不可再生性，故全部为埋藏文化遗产，不存在选择、选定或指定的问题。

关于埋藏文化遗产的出土品，首先必须向当地的警察署长报告，当其可能被判定为文化遗产时，则由警察署长向地方公共团体发出照会，进行鉴别。当判定其为文化遗产但无法判定其所有者时，原则上它应该归属于都道府县。目前，日本全国各地都在致力于公开其发掘调查的成果，文化厅也从1995年起每年都举办主题为“被发掘的日本列岛”、旨在公开各项重大发掘成果的巡回展览。

二、日本文化遗产的历史保护进程

日本对文化遗产的保护始于明治初年。1868年，明治维新废除封建割据的幕藩体制，建立了统一的中央集权国家。明治政府以“富国强兵”“振兴产业”“文明开化”为口号，引进西方的先进科学技术，推动近代化建设。明治维新在带来文明开化风潮的同时，在社会上也产生了轻视传统文化、破坏美术和建筑的倾向。当时“毁佛倒释”的排斥佛教风气在全国蔓延，各地佛堂、佛像、经文遭到大量破坏。面对这一危机，1871年5月，太政官接受了大学（现在的文部省的前身）的建议，颁布了保护工艺美术品的《古器旧物保存法》。这也是日本政府第一次以政府令的形式颁布的文化遗产保护法案。在提高全民文物保护意识的同时，日本政府还组织人力、物力开始了最初的有关文化遗产的抢救工程，文化遗产保护法的立法工作也正式进入政府的议

事日程。1888 年，宫内省设置临时全国宝物调查局，以古神社、寺庙为中心展开了为期十年的古美术类物品调查。调查发现，京都、奈良的神社、寺庙中的众多宝物面临着破坏及流失，迫切需要设施对其加以保存。在此背景下，奈良帝国博物馆、京都帝国博物馆相继于 1895 年、1897 年建立。

1897 年，《古社寺保存法》颁布。该法以保护古神社、寺庙的建筑和宝物为目的，规定自身无力维持建筑修理和宝物保存的古神社、寺庙可以向政府提出保存金的申请，同时对于特别保护建筑和国宝的认定与处置也作出了相关规定。《古社寺保存法》的颁布，标志着日本传统文化遗产保护工作早在 19 世纪末就已经步入法制化管理轨道。这部产生于 100 多年前的法律已经基本上具备了现代文化遗产保护法规的内容。

1919 年，《古迹名胜天然纪念物保护法》问世。伴随着国势的强盛，在开拓土地、新建道路、开通铁路、修整市区、开设工厂等国土开发过程中，不可避免地带来了对史迹、天然纪念物等的破坏。神社、寺庙的建筑物和美术工艺品是由《古社寺保存法》来保护的，而对有价值的史迹、名胜、天然纪念物等的保护却存在空白，《古迹名胜天然纪念物保护法》就是针对这种状况而制定的保护法律。该法确定了现状变更的限制、环境保护命令及违反的处罚措施。

《古迹名胜天然纪念物保护法》的基本内容包括：古迹名胜天然纪念物由内务大臣指定，但在紧急情况下也可由地方长官进行临时性假指定；对指定对象进行改造或进行会影响到指定对象现状保护的施工时，必须事先征得地方长官的同意；要为保护对象划出一定的保护区域，对遗址、景观进行整体保护；内务大臣可指定地方团体协助政府进行文化遗址与自然景观的保护。

从 1920 年开始，一直到 1950 年《文化财保护法》颁布，由政府指定的名胜古迹及天然纪念物共 1580 处，其中部分名胜古迹都是在推土机的推铲下抢救和保护下来的。该法“在紧急情况下，地方长官可对文物进行临时性假指定”的法律条文，在抢救濒危遗产的过程中发挥了特殊作用。

《国宝保存法》是日本政府 1929 年颁布的一项非常重要的文化遗产保护法。正像前面我们所看到的那样，《古社寺保存法》所关注的是对传统寺庙所属庙宇及庙中宝物的保护，但是，随着大正末年至昭和初期经济低迷和政治格局的动荡，日本封建社会时期遗存下来的旧贵族的宝物（以工艺美术品为主）大量向民间或海内外散失，一些城郭等传统建筑物和传统民居也受到了不同程度的损毁，处于亟待维修的状态。针对这些问题，政府于 1929 年颁布《国宝保存法》并废止了《古社寺保存法》。此法继承了《古社寺保存法》的规定：文部大臣统一将过去《古社寺保存法》中的特别保护建筑及具有国宝资格的器物指定为国宝，不仅是过去的社寺，现存国有、公有、私有的器物全部为指定对象，维修交付补助金；除有文部大臣的许可之外，国宝不可出口或移出；为了确保国宝的安全，修缮时要由专门机构监督完成。以上说明《国宝保存法》大大拓宽了文化遗产保护的范围，把保护对象扩大到城郭、住宅等民用建筑和其拥有的器物，国宝的概念得到了充实和完善。此法还对有关国宝展示义务的条款作了更多的补充，进一步强调了向民众公开的意义。《国宝保存法》颁布后，很快便收到了成效，登录国宝的数量大幅攀升，文物流失的情况也得到了初步遏制。

但是，由于经济的不景气，《国宝保存法》在执行过程中依然有大量美术品未被指定，具有极高艺术价值的美术品相继流失海外。因此，日本政府深感紧急防止重要美术品流失的必要性，于1933年颁布了《重要美术品保护法》。此法规定：历史上或在美术上有特别价值的美术作品，在出口或移出时需要得到文部大臣的认定和许可；递交出口许可申请后，在一年内没有获得批准的情况下，需要指定为国宝或取消认定。《重要美术品保护法》进一步完善了国宝及重要美术品的认定制度，对控制重要美术品的海外流出起到了重要作用，同时还构筑了文部省、大藏省和海关等政府机关协力防止美术品流失海外的体制。到1950年为止，被认定的美术工艺品为7983件。

1937年，第二次世界大战爆发，作为侵略者的日本，出于经济压力，大大压缩了财政开支，凡与战争没有太多关系的行政部门大都被关停并转，文化遗产保护工作也受到了很大影响。这期间重要美术品及名胜古迹、天然纪念物的认证工作也被迫中止，文化遗产保护工作只能缩小到对国宝、古迹的认定和对已经认定物品的保护与维修上来。随着战局的急转直下，日本政府开始疏散国宝及重要美术品，并为它们设置了防火设施。但在军事当局的战备行动中，许多重要文化财产还是被当成了制造枪炮或修筑工事的材料。

1945年，第二次世界大战结束两个月后，一度因战争而停息的文化财指定工作又得以恢复。当时的一项重要工作，就是针对战后文物流失问题，对文物现状进行紧急调查并补办确认手续。从1948年开始，日本制订了为期五年的文物修复计划。这个五年计划，为后来的文物修复工作探索出了一条行之有效的道路。

根据《波茨坦公告》有关缴收武器的决议，日本民间收藏的刀剑必须上缴。但文部省考虑到这会为文化遗产保护工作带来影响，便恳请联合国在具有较高文物价值的刀剑收缴这个问题上作出让步，在获得文部大臣属下刀剑审查员许可的情况下，仍可继续持有。这个制度基本上被现在的美术刀剑登录制度所沿用。

因战争而导致的通货膨胀、赋税增加以及社会动荡，使得当时的民间更加无视自己的文化传统，这就给文化遗产的保护带来更多问题。那些国宝或重要美术品的持有者们已经失去了安定的经济基础，为缓解生活所带来的压力，许多人开始产生放弃这些国宝的念头。文物贩子也趁机活跃起来，一些文物开始流向海外。1949 年 1 月 26 日，发生了震惊日本全国的法隆寺金堂失火事件，世界上最古老的描绘在木构建筑上的壁画毁于一旦。此后的一年半时间内，又相继发生了另外四起国宝建筑物遭遇火灾的事故。国内要求采取根本性措施保护传统文化的舆论高涨，文化遗产保护的综合立法最终得以实现。

《文化财保护法》是日本关于文化遗产保护工作的一部重要法律。它是在以往诸法律条文的基础上发展起来的，它的全面性、系统性超过了以往日本文化遗产保护法中的任何一部。这部法律明确了国家与地方协同共管的管理体制，行政保护的体制得以加强。它以“文化财”的概念涵盖了建筑物、美术工艺品与古迹名胜天然纪念物，并根据社会发展需要新加入无形文化财、民俗资料、埋藏文化财等内容，大大扩充了其保护范围，并进行分层次、分级别管理。这一文化财理念的推出，具有世界性意义，对引导国际社会对于文化遗产进行更全面系统的探索、建立无形文化遗产保护体系做出了重要贡献。

《文化财保护法》公布至今，共经历了六次修订。1954 年的修订充实了无形文化财、埋藏文化财、民俗资料的相关制度；1968 年的修订成立了文化厅并新设文化财保护审议会，作为国家行政机构的文化厅的设立对于提高日本文化意识、综合统一文化行政发挥了重要作用；1975 年的修订整理了有关埋藏文化财的制度，充实了民俗文化财制度，制定了传统建筑群保存地区制度和文化财保存技术保护制度，规定对于选定的保存技术要有完整记录，并对该项技术的传承和经费支持作出要求；1996 年的修订制定了文化财登记制度；1999 年的修订对文化财保护审议会进行改革，向都道府县、指定城市实行权限转让；2004 年的修订制定了文化景观保护制度，扩充文化财登记制度，新增民俗技术为保护对象。长期的修订使得《文化财保护法》这部日本有关文化遗产保护的重要法律不断完善，更具全面性和系统性。

三、日本《文化财保护法》对世界的贡献

《文化财保护法》尽管只是日本关于文化遗产保护方面的法律，但对后来整个国际社会文化遗产保护法律法规的制定，对于人们观念的更新，都发挥了重要作用。这部法律的贡献主要表现在以下方面。

（一）无形文化遗产理念的提出

从包括1919年通过的《古迹名胜天然纪念物保护法》和1929年通过的《国宝保存法》在内的日本历史上有关文化遗产的重要法律来看，当时对传统文化遗产的保护还只局限于对大型的有形文化遗产即物质文化遗产的保护。直至1950年《文化财保护法》颁布，才标志着日本对无形文化遗产保护的到来。这种大文化财理念的提出，在当时应该说是十分先进的，因为它已经注意到了其他国家所没有注意到的如何对无形文化遗产保护的问题。在这种大文化财理念的影响下，1955年，日本开始了对以戏剧、音乐等古典表演艺术和工艺技术为对象的“重要无形文化财”及“人间国宝”的指定工作。这些举措对于保护日本传统无形文化遗产发挥了重要作用。

日本文化财的两分法，即将文化财划分为有形文化财与无形文化财的做法，对世界文化遗产保护工作产生了积极影响，甚至当今联合国在文化遗产划分这个问题上也通常采用这种做法。当然，日本文化遗产两分法的意义还不仅仅局限于此。在1950年日本《文化财保护法》颁布之前，世界上还没有哪个国家对于本国的无形文化遗产给予特别关注。从这个角度来说，日本文化财两分法的出现，极大地拓展了文化遗产保护领域，为人类另一部分遗产——看不见摸不着的非物质文化遗产的保护和弘扬树立了典范。

（二）注重对“人”的关注和保护

日本首创了“人间国宝”保护体制。在日本《文化财保护法》中，政府将艺能表演艺术家、文艺美术家的认定提到了一个相当高的地位。从认定的对象上看，《文化财保护法》的认定对象主要包括个别认定、综合认定和保护团体认定三种形式。所谓个别认定就是指对于某个技艺传承的个人资格的认定。在国家指定的重要无形文化财中，明确地将那些具有高度技能、能够传承某项文化财的人命名为“人间国宝”。同时，政府每年还要给这些艺术家一定的资助。这些措施为培养能乐、木偶净琉璃戏、宫廷音乐等方面的后继者提供了重要帮助。所谓综合认定，是指对那些具有多重事项之民俗活动的认定。而所谓保护团体认定，则是指对那些由一个以上的文化财持有者的集团的认定。

对于这种无形民俗文化财的传承工作，除国家给予必要的资助外，社会、地方政府也都给予一定程度上的赞助。

在文化财保护过程中，强调保护传统文化持有者的重要性，是日本《文化财保护法》的一个重要特征。对于那些技艺超群的艺术家、工艺美术家和匠人等，有关部门不但在经济上给予必要的补助，同时还给他们以相当高的社会地位，以激励他们在工艺方面的创新和技艺方面的提高。这一系列具有

较强操作性的措施的颁布，对无形文化财的保护起到了良好的促进作用。在《文化财保护法》中，对文化财的传承问题也给予了高度重视。《文化财保护法》明确规定，文化财持有者同时也应该是文化财的传承人。如果文化财的持有者将自己的技艺秘不传人，那么，无论他的技艺有多高都不会被政府指定为“人间国宝”或“重要无形文化财的持有人”。几十年来，文化激励机制的推行，已经使日本许多工艺技术、表演艺术等门类在强有力的保护措施下从濒危到重生，再走向新的繁荣。

在这个法令中，还十分强调整个社会群体在保护文化财过程中的重要作用。在保护文化财的过程中，除国家给予必要的物质奖励和精神奖励外，还十分强调各级地方政府、民间组织甚至个人的参与，并明确地规定各方的权利与义务。比如，日本建立了从县市到乡村覆盖全国的保护重要无形文化财的专业协会，凝聚了千万民俗文化艺术的传人从事传承活动。对于这种无形民俗文化财的传承工作，除国家给予必要的资助外，社会团体、地方政府也都给予一定程度的赞助。通过强调社会群体在保护文化财过程中的重要性，提高了日本国民的全民保护意识，培养了文化遗产保护方面的人才，从而提高了日本国民的全民保护意识，培养了文化遗产保护方面的人才。

（三）日本还强调对文化遗产的活用

在对文化财的活用方面，日本首先想到的是历史遗迹的公有化问题。在土地、财产私有化的国度中，努力将历史遗产公有化，无疑是传统文化财全民保护、对外公开的前提和条件。日本对文化财并非仅停留在简单的“保护”上，而是要充分发挥出文化财的作用，即在妥善保管的同时，还要努力地利用这些文化财。在公开展示的过程中，最大限度地发挥这些文化财的认知作用和教育作用，使人们通过文化财的活用，即通过文化财的对外公开展示，了解自己的历史和文化，而此时的文化财功能已经发生了根本性的变化。

从日本历史上对传统文化遗产的评价中可以看出，日本社会对传统文化遗产一直是给予相当高的评价的。在日本，人们将传统文化遗产统称为“文化财”，即所谓的“文化财富”。对于那些创造重要文化财的艺人们更是尊重有加，统称为“人间国宝”。这些命名的提出，极大地提高了整个社会对于传统文化遗产的重视程度，那些一向为社会所忽略的民间艺人也由此获得了相当高的社会地位。这种无形的激励机制极大地促进了传统文化的传承。这一点对后来者乃至联合国教科文组织都曾产生过相当大的影响。从日本的经验中，人们对于传统文化遗产有了一个更为全面、更为透彻的认识，同时也更为深刻地理解了人在文化遗产传承过程中的重要性，这是日本对人类文化遗产保护工作的特殊贡献。

第二节 文化遗产保护的国际合作

各种类型的文化遗产总是会表现出一定的历史性和地域性，它们在多数情形下，常常也就是特定地域社会里的文化。因此，不同地域的文化遗产工作及各种相关活动，往往也就是在努力地试图建构文化的地域性或地域社会的文化认同。但是，地域性的文化遗产中也可能蕴含着一些超越地域、族群或国家的普世性价值，所以日本的文化遗产行政，主要就是由国家通过指定、选定和登录等制度，而不断地致力于把日本各个地方的各种类型的文化遗产逐渐提升为日本的“国民文化”，进而不断地强化在全球化背景下日本的文化特性。

在另外一个层面上，日本政府还进一步把文化遗产作为日本国家的软实力亦即所谓“文化力”的一部分，通过申报世界文化遗产和展开有关文化遗产的国际合作等方式，不断地提高日本文化在全人类文化中的地位、比重和影响。换言之，文化遗产的价值实际上存在着一个从地域文化到国民文化再到世界遗产的不断被拔高和升华的过程。

一、世界遗产

（一）世界遗产的起源

20 世纪 60 年代，埃及在尼罗河上游修建阿斯旺水坝，水坝建成后两座千年神庙却不复存在。人类用神庙换来水利效益，却留给子孙永远的遗憾。而那些被两次世界大战、地区争端和内乱的战火毁灭的古迹，被大型工程和旅游开发所创伤的名胜，更是不计其数。为此，1972 年，联合国教科文组织在巴黎通过了《保护世界文化和自然遗产公约》（以下简称为《公约》），并于 1975 年生效，启动了世界文化遗产工程。《公约》的目的是要建立一个国际性的协作与支援体制，以便将世界各国的显著和具有普遍性价值的文化遗产和自然遗产作为全人类共同的世界遗产予以保护，使其免受损伤和破坏的威胁。

在《公约》中，国际社会多次将文化遗产与自然遗产的概念结合在一起。1985 年，中国成为《公约》缔约国。截止到第 32 届世界遗产大会（2008 年 7 月，在加拿大魁北克召开），全世界共批准 878 项世界遗产，其中世界文化遗产 679 项，世界自然遗产 174 项，世界文化与自然双重遗产 25 项。

《公约》对文化和自然的标准做出了明确规定，确认了世界遗产的存在，

并申明它们属于全人类所有。《公约》是在全球范围内制定和实施的一项具有广泛和深远影响的国际准则性文件，它的主要任务是确定世界范围内的自然与文化遗产，让全人类承担起保护具有突出意义和普遍价值的古迹和自然景观的责任。在21世纪，随着人类生存理念的更新转变，珍视自己的生存环境，保护世界上具有“突出意义和普遍价值”的人类文化和自然遗产一定会得到国际社会更为广泛的支持和参与。

（二）《保护世界文化和自然遗产公约》

1. 自然遗产

《公约》给自然遗产的定义是符合下列规定之一者：

（1）从美学或科学角度看，具有突出和普遍价值的由地质和生物结构或这类结构群组成的自然面貌；

（2）从科学或保护角度看，具有突出和普遍价值的地质和自然地理结构以及明确划定的濒危动植物物种生态区；

（3）从科学、保护或自然美角度看，具有突出和普遍价值的天然名胜或明确划定的自然地带。

2. 文化遗产

《公约》规定，属于下列各类内容之一者，可列为文化遗产：

（1）文物：从历史、艺术或科学角度看，具有突出和普遍价值的建筑物、雕刻和绘画，具有考古意义的成分或结构，铭文、洞穴、住区及各类文物的综合体；

（2）建筑群：从历史、艺术或科学角度看，因其建筑的形式、同一性及其在景观中的地位，具有突出和普遍价值的单独或相互联系的建筑群；

（3）遗址：从历史、美学、人种学或人类学角度看，具有突出、普遍价值的人造工程或人与自然的共同杰作以及考古遗址地带。

二、日本的世界遗产

日本政府始终非常重视和积极地致力于将日本的文化遗产申报为世界文化遗产的工作。

日本于1992年6月经国会批准签订了《公约》，成为第125个缔约国。截止到2008年7月，日本共有14项被列入《世界遗产名录》。其中，文化遗产11项，自然遗产3项，现在仍无混合遗产。此外，能乐、人形净琉璃、歌舞伎3项被列为非物质遗产代表作。

为做好世界遗产的申报和推荐工作，日本政府专门设立了有关省厅的联络会议，并确定了一个预备名录。在具体的推荐和申报工作中，实行

“官”“学”“民”携手合作，精心组织，精心策划。不仅如此，日本政府还积极地支持和参与联合国教科文组织的有关工作，并努力在其中渗透日本的一些文化理念。例如，日本的“无形文化财”概念，就曾对联合国教科文组织的“非物质文化遗产”概念有过一定的影响。2004 年 10 月 20 至 23 日，日本政府与联合国教科文组织合作在奈良召开国际会议，这次主题为“有形文化遗产和无形文化遗产的保护——探索整合的路径”的专家会议，多次就有形文化遗产和无形文化遗产的统合性保护进行了深入的研讨，会议最终通过了《关于有形文化遗产和无形文化遗产保护之整合方法的大和宣言》。这次国际会议可以被看作是日本试图继续引领世界文化遗产保护之新潮流的又一轮努力。

1998 年，联合国教科文组织执行委员会通过了《有关人类口头及非物质文化遗产代表作宣言》。日本的“能乐”在 2001 年 5 月被宣布为“人类口头及非物质文化遗产代表作”。接下来，日本的人形净琉璃和歌舞伎又分别于 2003 年 11 月和 2005 年 11 月被宣布为“人类口头及非物质文化遗产代表作”。伴随着国际社会日渐形成了保护非物质文化遗产的共同理念和氛围，2003 年，联合国教科文组织第 32 届大会通过了具有约束力的《关于保护非物质文化遗产的国际条约》，并于 2006 年 4 月生效。2004 年 6 月，日本作为排名第三的签约国加盟该条约。截至 2016 年 9 月，全世界共有 63 个国家缔结了该条约。2016 年 6 月，在巴黎联合国教科文组织总部的第一届缔约国大会上，日本当选为政府间委员会的委员国，积极参与了制定执行该条约的方针等工作。在《关于保护非物质文化遗产的国际条约》生效之后，宣布“人类口头及非物质文化遗产代表作”的工作即告终止，能乐、人形净琉璃和歌舞伎等已经被宣布的全都自动登录成为“人类非物质文化遗产代表作”。

三、围绕着文化遗产的国际合作

在积极申报世界遗产、努力扩大日本文化在国际社会中的影响的同时，日本政府还颇为热衷于文化遗产保护与活用等方面的国际合作事业。除了与联合国教科文组织等国际机构或有关国家相互合作、召开国际会议之外，日本政府还以强大的经济实力为后盾，在推动建构有关文化遗产的国际合作体制方面做出了不少努力，并在学术研究与交流、文化遗产的保护与维修、建构数据库和培养专门人才等方面均做出了一定的贡献。

2016 年 6 月，日本“有关推进海外文化遗产保护之国际合作的法律”得以通过，为与文化遗产有关的国际合作活动提供了法律依据。该法律明确了政府和教育研究机关在有关日本文化遗产的国际合作方面所应承担的责任，

要求强化有关机构之间的协作，积极制定国际合作的基本方针等。为了更加有效地推进有关文化遗产的国际合作，由日本政府、日本国内的研究机构和非政府组织等参加，于2016年6月创办了文化遗产国际合作协会。该协会的主要任务就是致力于建设国内各研究机构之间的网络关系，并积极地开展信息搜集和整理以及调查研究等活动。

日本有关文化遗产的国际合作所涉及的地域、国家及项目很多，其中较为重要和具有代表性的有“国际文化遗产保护协力机关合作推进事业”（向文化遗产保存修复国际中心派遣文化厅的职员等）、“世界遗产保护费”（基于国际条约推荐日本的文化遗产为世界文化遗产，支持国际性的专家会议等）、“亚洲各国文化遗产的保存修复协力事业”（向有关国家派遣专家和技术人员，参与历史建筑物的调查和保护以及管理计划的制订，并就有关修复事宜进行国际合作，或召集各国涉及文化遗产的行政官员和专业技术人员访问日本，进行学术交流和技术研修）等。

综上所述，日本文化遗产的保护在相当程度上除了得益于其与文化遗产相关的法律法规和制度的健全、国民法制意识较强等方面的原因之外，还得益于日本“官（政府）”“学（学术界）”“民（民间、基层社区、一般国民）”相互配合协作的传统。

第三节 日本自然遗产

一、白神山地

白神山地是从日本青森县西南部开始、跨越秋田县西北部的面积达13万公顷的广大的山地的总称，位于本州岛的北部，距日本海15千米，人迹罕至，保留着丰富的自然景观资源，有日本最大规模的山毛榉原始森林。在这片山毛榉森林中，共生着各种各样的植物群，还生长着许多动物群，生态系统完全保持着自然形态，日本特有的鬣羚和日本猕猴在此栖息。1993年12月，该区成为日本第一批列入《世界遗产名录》的自然遗产。

该区海拔100米到1243米，包括陡峭崎岖的山脉，山峰高度一般在1000到1200米之间。山脉于第四纪时突然隆起，大规模的地质运动在该区极为频繁，50%以上的地区拥有深谷，山谷陡峭，斜度都在30°以上。因靠近日本海，冬季的暖湿气流和西伯利亚的冷气交汇在该区，形成大量降雪。该区水资源丰富，许多河流都发源于此，河流的源头位于草木葱翠的野山之中，延伸到广阔的山毛榉林地。由于十分陡峭，远离都市，这一地区的森林至今还没有遭到人类的砍伐，原生的山毛榉林得以保存，成为日本稀有的自然森林遗迹之一。

二、屋久岛

屋久岛是治权隶属于日本九州的一个岛屿，位于鹿儿岛南边，也是鹿儿岛县大隅列岛的一部分，面积503平方千米，邻近的岛是种子岛，与鹿儿岛中间则有大隅海峡。岛上最高处为地跨熊毛郡屋九町、上屋九町的九州最高峰——宫之浦岳（海拔1935米），与永田岳、黑味岳、投石岳等高峰被称为八重岳，也有海上阿尔卑斯山脉之称。

岛周围的低地年平均气温为20℃左右，温暖宜人。森林占总面积的90%，其中80%为国有林。岛上生长着榕树等植物，可见到珊瑚礁，而且降水量大——有些地方平均年降水量在4000毫米左右，山地超过8000毫米。海拔1000米以下生长着橡树等常绿阔叶林，1500米附近为屋久杉，更高处为药用细竹带。其中屋久杉特别闻名，树高20米，直径达1～2米的超过总量的90%。屋久杉中，有2800年树龄的白谷大杉，还有树根延伸达32.5米的威尔逊杉、42米的大王杉、43米的绳文杉等，木纹美丽，可做高级建筑用材和工艺用材。屋久杉原始森林被指定为特别天然纪念物。

屋久岛动物种类繁多，除著名的屋久猴和屋久鹿外，还有日本歌鸲等动物在此栖息。山地部分和海岸的一部分属于雾岛屋久公园，栗生川上游被指定为自然环境保护地区。该岛还有花之江河湿地草原、屋久杉乐园、千寻瀑布、大川之瀑布、尾之间温泉、汤泊温泉、热带果树园和亚热带植物园等旅游名胜。

三、知床半岛

知床半岛位于北海道的东北部，濒临鄂霍次克海，是日本国内原始自然生态保存最完整的地区，也是全球纬度最低而有海冰现象的海域。2005年7月14日，在南非举行的第29届世界遗产大会上，知床半岛被正式列入《世界遗产名录》。长期以来，活跃的海洋运动和火山活动，造就了这里奇特的自然生态景观，这次入选世界自然遗产的范围包括了知床半岛和距海岸3000米内的海域，共计7.1万公顷。

“知床”一词源于当地土著居民阿伊努人的语言，意为“大地的尽头”，如同其名，人迹罕见，保持原始面貌，因此被称为“日本最后的秘境”。知床是个细长的半岛，中部排列着最高峰罗臼岳和活火山硫黄山等知床群山。以此为界，西边是鄂霍次克海，东边是根室海峡。面临鄂霍次克海的海岸线上有绵延100多米的断崖，大小瀑布奔流而下，直入大海，还有成群结队的

海鸟在此栖息。

联合国教科文组织在入选评语上称其为“海洋和陆地相互作用结果的罕见生态区”。这里有奇幻的流冰、广袤的原生林，人迹罕至，是野生动物的天然乐园。在原生林里，生息着黑棕熊、虾夷鹿、北狐狸等大型哺乳动物。秋天，大马哈鱼、鳟鱼等为了产卵而从大海循河而来。半岛上还有很多珍贵的野鸟，如从西伯利亚飞来的虎头海鹫、白尾海鹫、世界上最大的猫头鹰——岛枭。知床海域也是海豹等海中动物的出没地。知床的生态系是海洋生态系与陆地生态系之间食物链关系的样本，被认为是世界上独一无二的野生动物宝库。知床五湖是知床半岛最著名的知床八景之一，宛如五颗珍珠散落在原生林中。

第四节 日本文化遗产

一、法隆寺地域的佛教建筑

法隆寺，又称斑鸠寺，位于日本奈良生驹郡斑鸠町，是圣德太子于飞鸟时代建造的木结构佛教寺庙，据传始建于607年，但是已无从考证。法隆寺占地面积约187000平方米，寺内保存有自飞鸟时代以来的各种建筑及文物珍宝，被指定为国宝、重要文化财产的文物190类，合计2300余件。法隆寺建筑物群和法起寺共同在1993年以“法隆寺地区佛教建造物”之名义列为世界文化遗产。法隆寺1950年从法相宗独立，现在是圣德宗的总寺院。

法隆寺的建筑设计受中国南北朝建筑的影响，寺内有40多座建筑物，保存着数百件7至8世纪的艺术精品。在奈良县的法隆寺地区，有48座佛教建筑，这里一直是佛教徒朝拜的重要中心，它们代表了日本最古老的建筑形式，是木质建筑的杰作，世界上最古老的木质建筑就在这个地区。

现存庙宇群由西院、东院和很多附属庙宇组成。建于670年的五重塔，是日本最古老的佛塔。建于620年的金堂内供奉着中国北魏风格的释迦牟尼青铜佛像和药师如来像，这是日本最古老的佛像。东院后面的中宫寺珍藏着一尊木刻弥勒佛像，这是奈良雕刻的登峰造极之作。法隆寺地区被普遍认为是日本文化和宗教遗产的重要组成部分，而这些建筑展示了从早期到现在的日本佛教历史。虽然法隆寺始建于公元7世纪，但现存仅有一座三层宝塔，修建于公元706年。同西院的建筑结构一样，这座宝塔成为早期佛教木质建筑风格的典范。

二、姬路城

姬路城位于兵库县姬路市，通称为白鹭城，和熊本城、松本城合称日本三大名城。城堡建造在海拔 45.6 米的姬山之巅，雄伟而辉煌，南北 1709 米，东西 1564 米，面积为 2.337 平方千米。白色的城墙，屋顶也是用白色的瓦片砌垒，城堡外形好似一只高雅的白鹭，因此又被称为白鹭城。

南北朝时期的武将播磨守护赤松则村（1277—1350）在此建城筑寨，其子赤松贞范建城堡。1600 年，安土桃山时代的武将德川家康的女婿池田辉政（1564—1613）因关原之战的战功成为城主，1601 年开始大规模扩建，耗时 9 年，总共动用劳力约 3000 人次，木材 387 吨，瓷砖约 75000 块，合计重约 3048 吨，以及大量每块重约 1 吨的巨大岩石。姬路城原本是为战争的需要而建造的，但城堡的设计巧妙地结合了军事需要和艺术取向，这在日本城堡建筑史上是个创举。姬路城的石垣呈陡斜状，这种特点被称为“扇形斜坡”。石垣的上部向外翘出，使人难以攀登，这种设计也是日本式城堡独特的审美意识。池田扩建的背景是，17 世纪日本近代城堡建筑开始成熟和定型，同时日本也进入了持续 270 年之久的和平时代，城堡的防御和统治功能开始衰退，更多地成为武士精神的象征。姬路城建成后有 13 个家族先后入住，历时 530 年。

三、古城京都的文化遗产

古城京都位于近畿地区北部，历史悠久。从桓武天皇迁都称平安京起，到 1868 年迁至东京止，一直是日本的首都，特别是平安、室町时代，是日本的文化、政治、经济中心。素有“三步一寺庙、七步一神社”之称的京都有寺院 1500 多座、神社 2000 多座，也是日本的宗教中心。

京都是世界上著名的文化古都，市内历史古迹众多，建筑古朴典雅，庭园清新俊秀。全市有列为国宝的建筑物 38 处，定为重要文物的建筑物 199 处。

（一）贺茂别雷神社（上贺茂神社）

贺茂别雷神社建于公元 678 年，因位于贺茂川上游，故又称贺茂神社，祀奉贺茂别雷大神，是与 7 世纪后半叶建成的下鸭神社齐名的京都最古老的神社，已被列为世界文化遗产。社殿的原形一直保存到 11 世纪初，在 1628 年得到了修建。神社里的图案和记录，再现了平安时代的历史。现在的本殿和权殿是 1863 年加以改造的。改造后的神社变成了正面三间、侧面两间的长方形构造，体现了古代日本房屋的风格。除此之外，还保存着 1628 年修建的细殿等 34 栋文化遗产，充分展现出古代神社的壮观景色。

神社还承担着京都三大祭礼之一的葵祭等各种祭礼和祭事，成为京都祭

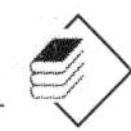

礼的舞台。

（二）贺茂御祖神社（下鸭神社）

位于京都市左京区下鸭泉川町，通称下鸭神社。1863 年建造的东西本殿被认定为国宝，1629 年建造的币殿、四脚中门、回廊、楼门等多数社殿被指定为重点文物。定期的祭祀为 5 月 15 日的葵祭。

（三）教王护国寺（东寺）

位于京都市南区九条町，是东寺真言宗的总寺院，山号八幡山，本尊药师如来。教王护国寺是现在的宗教法人名，通称东寺。平安时代至明治时代，东寺一直是正式的名称。796 年，桓武天皇为了镇护平安京，在罗城门左右创建了东寺和西寺。823 年，嵯峨天皇将此寺赐给空海，被定为真言密教的修行道场。教王护国寺饱经天灾战乱，建寺时的建筑早已荡然无存，现存所有建筑都是镰仓时代以后建的。寺内藏有密教美术极为珍贵的绘画、雕刻以及大量的古籍。南大门、灌顶院、北门、东大门等被指定为重要文物，金堂、五重塔、莲华门等被指定为国宝。东寺的五重塔高 56.9 米，是日本现存古塔之最，是京都的象征。此外，讲经堂里安置的 21 尊佛像，是密教经典的立体化表现。每月 21 日举行弘法庙会。

（四）清水寺

清水寺坐落在东山山麓，为北法相宗的寺院，于公元 798 年由延镇上人所建造，为平安时代之代表建筑物，后来曾多次遭大火焚毁，现今所见为 1633 年德川家光依原来建筑手法重建，与金阁寺、二条城并列为京都三大名胜，也是著名的赏枫及赏樱景点。

清水寺在音羽山半山腰，依山而建，正殿（本堂）建在悬崖边，是京都首屈一指的木造高架寺院。大殿一侧可当舞台使用，所以又称作清水舞台。清水寺大殿由 139 根高大原木支撑，高 15 米。下方的音羽瀑布流水清冽，终年不绝，传说饮用可治百病，清水寺寺名由此而来。

（五）延历寺

延历寺位于滋贺县大津市，为天台宗的总寺院，山号比睿山，也称山门，是比睿山屈指可数的大寺院，东望琵琶湖，西瞰京都。785 年，在东大寺受戒的最澄感到世间无常，登上比睿山，结草为庵，788 年，创建延历寺。804 年 7 月，入唐学习，回国后创立天台宗。重要文物有东塔的大乘戒坛院堂、西塔的转发轮堂及开山堂等。国宝众多，有最澄入唐牒等。

（六）醍醐寺

醍醐寺位于日本京都市伏见区，是日本佛教真言宗醍醐派的总寺院，相传是日本真言宗开宗祖师空海的徒孙圣宝于公元 874 年创建。该寺于 1994 年作为“古都京都的文物”被列为世界文化遗产，寺中的金堂、五重塔等许多建筑物也被指定为日本的国宝。醍醐寺也是赏樱胜地。

（七）仁和寺

仁和寺是日本真言宗御室派总寺院，公元 886 年由光孝天皇下令开始建造，于 888 年完成，并以当时的年号命名。后来许多天皇和各代法亲王均在此出家，此处便逐渐成为皇家御寺，有许多皇子皇女于此落发出家，因此仁和寺又称为“御室御所”，其樱花也相呼应地被称为“御室樱”。寺内有两座重要的国宝建筑，分别是五重塔和国宝金堂，其中供奉孔雀明王像和阿弥陀三尊像。每年 4 月下旬赏樱时节，寺中近两百树樱花绽放，花期较其他樱树晚，于是成为闻名的京都晚樱景点。仁和寺在 1995 年被联合国教科文组织列为世界文化遗产。

（八）平等院

平等院位于日本京都府郊区宇治市，是平安时代池泉舟游式的寺院园林。其址可谓风水宝地，前临宇治川，远对朝日山，据说是古代日本人对西方极乐世界的极致具体实现。它是天台宗和净土宗寺院，山号朝日山，原为源融别墅，后为藤原道长山庄，藤原赖通继承后于 1052 年改为寺院。凤凰堂和阿弥陀如来像为国宝，铜钟为日本三大名钟之一。

（九）宇治上神社

宇治上神社位于京都府宇治市宇治山田，祭祀应神天皇、仁德天皇等。宇治神社是作为平等院的镇守社而建的，约建造于平安时代后期。本殿是日本现存最古老的神社建筑，拜殿是镰仓时代初期修建的，是现存最古老的拜殿。本殿和拜殿都是国宝级文物。神社内古杉老松繁茂，宇治七名泉之一的桐原泉水从拜殿旁喷涌而出。

（十）高山寺

高山寺位于京都市右京区，创建于 774 年，山号拇尾山，是古义真言宗的特别总寺院，也是红叶景点。镰仓时代初期，神护寺的文觉在此地重建天台古刹度贺尾寺，后成为神护寺的分寺，但不久就荒废了。1206 年，明惠重建高山寺。明惠在寺内栽培的茶树在茶道史上占有一席之位，被称为“本茶”。寺内文物众多，其中国宝 7 件，重要文化遗产 1500 多件，有石水院、佛眼佛母像、明惠上人坐禅像、《鸟兽戏画》等。

（十一）西芳寺（苔寺）

西芳寺位于京都市西京区，是临济宗天龙寺派的寺院，山号洪隐山，又称苔寺，本尊为阿弥陀如来，草创于奈良时代，原是作为圣德太子别墅而建的寺院。1339 年，梦窗疏石复兴此寺，并将寺名由西方寺改为西芳寺。因庭

园内长有 50 余种青苔，故俗称苔寺，庭园被指定为特别名胜古迹。

（十二）天龙寺

天龙寺位于京都右京区嵯峨，是临济宗天龙寺派的总寺院，山号灵龟山。1339 年，足利尊氏为祈祷后醍醐天皇冥福，在仙洞御所遗迹兴建此寺，梦窗国师是开山祖，最初叫历应寺，翌年改为现名。该寺前后历经八次火灾，现已被指定为第一号国家特别史迹与世界文化遗迹。天龙寺的庭园为梦窗疏石所设计的回游式庭园，完美融合了京都贵族文化的优雅和禅风的幽玄。方丈房天顶绘有铃木松年的名作《云龙图》。

（十三）鹿苑寺（金阁寺）

鹿苑寺位于京都市北区，是临济宗相国寺派寺院，山号北山。原址为西园寺恭经的别墅，后足利义满于 1397 年修建山庄，足利义满死后，根据遗言改为禅寺，取名鹿苑寺。因为建筑物外面包有金箔，故又名金阁寺。据说以金阁为中心的庭园表示极乐净土，被称作镜湖池的池塘与金阁相互辉映，是京都代表性的风景。特别是在晴好天气，可欣赏到倒映在镜湖池中的金碧辉煌的金阁和蔚蓝色的天空，如同美术明信片。三层高的金阁寺，每层都象征着不同时代的风格：第一层是平安时代，第二层是镰仓时代，第三层是禅宗佛殿的风格。塔顶尾部装饰着一只金铜合铸的凤凰，堪称一绝。原有金阁毁于 1950 年的一场大火，现有金阁为 1955 年所重建。倒映于镜湖池中的华丽夺目的金阁景致，已成为京都著名的代表景观，是北山文化的象征。金阁寺的庭园被指定为国家级特别史迹和特别名胜。

（十四）慈照寺（银阁寺）

慈照寺位于京都市左京区银阁寺町，是临济宗相国寺派寺院。1489 年，由足利义政按金阁寺造型修建，与金阁寺齐名。银阁寺原来也是别墅，兴建时曾计划把外壁饰以银箔，但建造完成时未镀上银箔，故改名慈照寺，俗称银阁寺。幽雅的庭园中，有两处被称为银沙滩与向月台的白沙枯木山水，每当月亮出现于月侍山头时，沙丘会反射出月光照亮庭园。银阁下层为书院造型的心空殿，上层是称为潮音阁的佛殿，园内的同仁斋为国宝。

（十五）龙安寺

龙安寺位于京都市右京区，是临济宗妙心寺派的寺庙，山号大云山，是由室町时代应仁之乱东军大将细川胜元于 1450 年创建的禅宗古寺，本尊为释迦如来。开山（初代住持）为义天玄承。该寺应仁之乱时被烧毁。1488 年，细川胜元之子细川政元重建该寺。龙安夺庭园是日本庭园抽象美的代表：在寺庙方丈前一片矩形的白沙地上，分布着 5 组长着青苔的岩石，建寺时是日本视觉艺术发生重大革新的时期。龙安寺是著名的枯山水庭园，被联合国教科文组织指定为世界文化遗产。

（十六）木愿寺（西木愿寺）

本愿寺位于京都市下京区，是净土真宗本愿寺派的总寺院。相对于真宗大谷派总寺院的东本愿寺，称作西本愿寺，是本愿寺的通称。战国时期，亲鸾上人的女儿觉信尼在东山大谷创建御影堂。1591 年，丰臣秀吉捐助专款将西本愿寺移至现址。寺内仿照伏见城兴建的书院以及由伏见城遗迹移来的中国式唐门，皆属国宝。主殿飞云阁雕梁画栋，是桃山文化的代表，与金阁、银阁并称洛阳三阁。寺内大书院中的虎溪亭和全日本最古老的舞台也格外有名。

（十七）二条城

二条城位于京都御所的西南侧，是幕府将军在京都的行辕。1602 年，奉德川家康之命始建，1603 年完工，是德川幕府的权力象征。初为德川家康赴京都的下榻处，1886 年成为天皇的行宫，1939 年归属京都府。城堡四周建有东西约 500 米、南北约 400 米的高大围墙，并挖有壕沟。二条城内有名为“鹂鸣地板”的走廊，人行走其上便会发出黄莺鸣叫般的响声，是幕府统治者为保护自身安全而设的报警机关。本丸御殿和二之丸御殿为二条城的主要建筑。二之丸的建筑很有特色，殿内墙壁和隔门上画有猎野派画家的名画，精美绝伦。每年梅花和菊花盛开的季节是游览的好时机。

四、白川乡五箇山的“合掌造”聚落

白川乡位于岐阜县西北部白山山麓，是四面环山、水田纵横、河川流经的安静山村。那里“合掌造”（茅草的人字形木屋顶）式的民宅，110 多栋连成一片，1995 年 12 月被联合国教科文组织指定为世界文化遗产。园内还按古代农村的模样，建有寺庙、水车小屋、烧炭小屋、马厩等建筑。其中有染色、机织等传统工艺的表演，游人在这里还能亲自体验一下。在荞麦面道场，可体验日本荞麦面的打制。

五箇山位于富山县西南部，是庄川上游的平村、上平村和利贺村三个村落的总称。平村和上平村分布在庄川边上的山谷盆地，而利贺村则在庄川支流的利贺川流域。这个地方的民家以“人”字撑构造法建造。“人”字撑构造有三四层，为了防止积雪，山顶造成 60° 的斜面，不用寸钉，因为景观独特被列为世界遗产。

五、广岛和平纪念公园（原子弹爆炸遗址）

该遗产位于中广岛市街中心、元安川和本川汇合点的中岛町。1945 年 8 月 6 日，世界上第一颗原子弹在此爆炸。当时四周的房屋建筑都被炸毁，只

有一座圆顶建筑物保留了下来，它就是在 1915 年建成的广岛县产业奖励馆。这座建筑一大半被毁，裸露的钢筋向人们诉说着原子弹爆炸时的惨况。

这里有广岛和平纪念资料馆、和平纪念碑等，成群的和平鸽栖息在此。

六、严岛神社

严岛神社创建于 593 年前后，位于日本广岛县廿日市境内严岛上，主要祭奉日本古传说中的三位海洋女神（宗像三女神）。严岛神社修筑于濑户内海海滨的潮间带上，神社前方立于海中的大型鸟居（日式牌楼）是被称为“日本三景”之一的严岛境内最知名的地标。严岛神社除了大部分的建筑结构都被日本政府指定为国宝之外，神社内也收藏了许多国宝级的物品，并且在 1996 年时与神社后方弥山上的原始林区并列于世界遗产名单中（其中神社属世界文化遗产，而弥山则为世界自然遗产）。

朱红色的神殿与山色海景十分协调，整个岛屿遍布名胜古迹。严岛神社是一座建在海上的神社，寝殿以庄严华丽的建筑风格而著称。红柱白壁的神殿与周围的绿色森林、蓝色的大海形成鲜明的对比。神殿已列为国宝，它的大部分建于 12 世纪。神社周围有 21 栋建筑物，有表演能乐的舞台等。各建筑物用红色回廊连接，将正殿围在当中，东西两边加起来总长达 300 米。建筑物的布局相当考究，从远处眺望，宛如一只展翅飞翔的大鸟。

七、古都奈良的文化遗产（8 处）

奈良古称平城京，710 年至 784 年为日本都城。710 年，回国的遣唐使仿照中国唐都长安，按 1/4 的比例修建了平城京。平城京遗址在现奈良市的西北。当时的平城京东西宽 4.3 千米、南北长 4.8 千米。都城的东西南北，每 400 米就有条大路，纵横的大路将城区分成许多方块，形成整齐的棋盘街。奈良是日本古代文化的发祥地，名胜古迹众多，是中日文化交流的历史见证。

（一）东大寺

东大寺位于奈良杂司町，是佛教华严宗总寺院，又称大华严寺、金光明四天王护国寺等，是南都七大寺之一，距今约有 1200 年的历史。1998 年作为古奈良的历史遗迹的组成部分被列为世界文化遗产。

东大寺始建于 745 年，当时的寺名为总国分寺，由圣武天皇仿照中国寺院建筑结构建造。大佛殿东西宽 57 米，南北长 50 米，高 46 米，相当于 15 层建筑物的高度，是目前世界上最大的木造建筑。大佛殿金堂的宇宙佛毗卢遮那镀金铜佛坐像，高达 16.21 米，是日本第一大佛、世界第二大铜佛，通称奈良大佛。殿东的大钟楼建于镰仓时代，是仿造天竺式样的建筑。楼内有日本 752 年铸造的最重的梵钟，高 3.86 米，直径 2.71 米，为日本国宝。殿西松林中的戒坛院，是为日本第一个授戒师唐代鉴真大师传戒而建。

（二）兴福寺

兴福寺位于奈良公园的西部，是法相宗的总寺院、南都七大寺之一。710 年迁都平城京不久，藤原不比等在藤原氏家庙的基础上建立该寺。曾数次发生火灾，多次重建，现存的国宝级建筑仅有镰仓时代以后重建的三重塔、东金堂、五重塔等。这些建筑承袭了天平以来的日本传统建筑风格，雕刻有天平时代的旧西金堂十大弟子立像、平安时代的四天王像、药师如来座像等。藏有《日本灵异记》最古抄本等众多史料。

（三）春日大社

春日大社位于奈良市春日山西侧山脚下，旧称春日神社，据说是藤原氏在平城京建都前创建的，为了守护平城京及祈祷国家繁荣而建造，是日本最古老、最著名的神社之一。后被战火烧毁，现在的建筑都是江户时代重建的。

（四）春日山原始林

春日山原始林位于奈良市东部，有春日大社、东大寺、奈良公园、兴福寺等名寺古刹。春日山一带茂密的原始森林中生长着约 1000 种植物。山中有很多标志春日山信仰的小祠和石佛，春日山还曾是祈祷遣唐使航海的圣山。

（五）元兴寺

元兴寺是日本南都七大寺之一。位于奈良市芝新屋町，是日本最古老的寺院之一。6 世纪，苏我马子在飞鸟建立了正式的佛教寺院，号法兴寺，又称飞鸟寺。后改称元兴寺，与大安寺、川原寺、药师寺并称为飞鸟四大寺，寺势殷盛。718 年，迁都平城京之际，该寺移至现址重建。1451 年，该寺在农民起义时被烧毁，极乐坊残存下来，被指定为国宝。

（六）药师寺

药师寺位于日本奈良市西京，又称西京寺。为日本法相宗总寺院之一、南都七大寺之一。药师寺建于 680 年。天武天皇为了祈求皇后（后来的持统天皇）病体早日康复，在藤原京建造了以药师如来为本尊的寺院。但是，寺院尚未完成，天武天皇就去世了。继位的持统天皇、文武天皇继续建造寺院，大约于 698 年建造完成。其后由于都城迁至平城京，寺院于 718 年迁至现在的地点。当时以被称为“龙宫”的金堂为中心，建有东西双塔、讲堂、回廊等众多建筑，之后因 1528 年的战火，除东塔和东院堂以外，其他建筑都几乎消失了。寺内的珍贵文物有东塔、东院堂、铜铸如来佛坐像、观音菩萨坐像等。金堂的药师三尊像是奈良时代初期的铜像，在日本雕刻史上是屈指可数的名品。该寺

以建于698年的东塔闻名，东塔高37.9米，塔身3层，大屋顶下又分出小屋顶，大小屋顶和谐组合，看上去像是6层塔。1998年，以古奈良的历史遗迹的一部分被列入世界遗产名单之中。

（七）唐招提寺

唐招提寺位于奈良西京五条町，是日本佛教律宗的总寺院，气势雄伟，承袭了中国盛唐的建筑风格。759年，圣武天皇敕命唐僧鉴真大师创建，鼎盛时期有3000余名学僧在此学经求法。有金堂、讲堂、经藏、宝藏以及礼堂、鼓楼等建筑物。其中金堂最大，以建筑精美著称。寺院大门上红色的“唐招提寺”横额，是日本效谦女皇仿中国书法家王羲之、王献之字体书写的。鉴真大师的坐像供奉在御影堂，这尊塑像是763年鉴真大师圆寂后，他的赴日弟子忍基制作的，被尊为日本国宝。

（八）平城宫遗迹

平城宫遗迹位于奈良市，是日本于710年迁都奈良后建设于平城京大内中的宫室，位于平城京的北端，由举行礼仪仪式的朝堂院和官员办公的官衙组成。平城宫营造于710年至784年，中间曾中断8年之久。据推断，平城宫由平城宫门、内里、朝堂院、官衙区域、东院等建筑构成。784年迁都山城长冈宫（京都府向日市）后至9世纪初，仍作为平城天皇的行宫使用，9世纪被废弃，变为农地。在明治时代，当时的建筑史家关野贞于田野中发现了一块高地，后被证实就是太极殿的遗址。平城宫遗迹于1922年被日本政府指定为史迹（后指定为特别史迹）。根据遗迹的发掘成果，朱雀门（1998年竣工）和庭园的复原工程已经完工。2010年完成太极殿的复原工程。1998年12月，以“古都奈良的文化财”之名而与东大寺等建筑共同列入世界遗产名单，也是日本第一个登录世界遗产名录的考古遗迹。

八、日光的神社和寺院（3处）

（一）二荒山神社

该神社创建于767年，神社建筑构造的样式为以石材为地基、木质结构的“权现造”样式。现存正殿、大国殿等建筑物是后来扩建的。明治时代，根据神佛分离的法令，改称为二荒山神社。社内著名景点有神乐殿、亲子杉、正殿、化灯笼、日枝神社、大国殿朋友神社、二荒灵泉等，有23处被指定为国宝级文物。大国殿附近有一块巨大的圆石，是江户时代人们供奉的象征健康和长寿的圣石。传说二荒山神社灵验有招福、结缘、二荒灵泉水返老还童。例行大典日为每年4月17日，也是德川家康的忌日。

（二）东照宫

日光东照宫是供奉日本最后一代幕府——江户幕府的开府将军德川家康的神社，建造于1617年，位于日本栃木县日光市。之后由于三代将军家光的缘故，使得它重新变成现在所见到的这般绚烂豪华的庙殿。建筑物已全部被指定为日本国宝级重要文化财产，1999年12月，“日光的社寺”已被列为世界遗产。

东照宫原来称为东照社。江户幕府的开创者德川家康死后，幕府第二代将军秀忠根据家康遗言，将他埋葬在日光山下，于1617年着手修建了正殿。家康的孙子、第三代将军德川家光于1636年将神社的殿堂进行了大规模扩建，形成了我们今天所见到的豪华精致的东照宫。不过，一直到1645年，朝廷才开始将宫号授予东照宫的雕刻、绘画、阳明门等55项国宝级文物。坐落在宫门口的五重塔是由杉木建成的唐式宝塔，高36米，始为若狭藩主酒井忠胜所建，后毁于火灾，其后人酒井忠进依原样重建。绕过五重塔，跨过一道朱红色的正门，就进入了东照宫。三神库、神厩房、御水房、经藏、本地堂、阳明门、坂下门神道、回运灯笼、南蛮铁灯笼等文物令人目不暇接。阳明门上的雕刻和三猿雕刻等是艺术珍品。

（三）轮王寺

位于日本栃木日光，是日本天台宗三大发祥地之一，山号日光山。创建于奈良时代，开基者为胜道上人。镰仓时代扩建。近世以来因受到德川家的庇佑而兴隆起来。明治初年的神佛分离令后，寺院与神社分开。该寺常与日光东照宫和日光二荒山神社并称为“二社一寺”，近世以来常被统称为“日光山”。该寺内拥有众多的国宝和重要文化财，还拥有德川家光祭祀过的大猷院灵堂和三佛堂等众多珍贵古建筑，环境幽雅，以“日光的神社与寺院”的一部分而被收入《世界遗产名录》。

九、纪伊山地的灵场和参拜道

“纪伊山地的灵场和参拜道”2004年被正式列入世界文化遗产名录，是全世界仅有的两处与道路相关的世界遗产之一。横跨和歌山、奈良、三重三个县，熊野三山、高野山、吉野和大峰自古以来就是植根于崇拜自然的日本神道的圣地，同时也是由中国传入并在日本得到独特发展的佛教、神佛融合而形成的修验道等宗教的圣地。大峰奥丘道、熊野参拜道、高野山町石道等保存完好。这里山峦重叠，森林密布，河溪纵横，当地居民称这里是神灵居住的地方。世界遗产“纪伊山地的灵场和参拜道”，是指由该地区诸多灵场和参拜道构成的文化群体。灵场即神灵居住之地或民众信奉神佛之地。6世纪，

佛教传入日本并成为国教之后，此处更成为佛教信徒们向往的修行场所。此遗迹的主体是高野山、吉野山和金峰山三个灵场。

这里之所以被列为世界文化遗产，是因其具有独特的宗教文化内涵，神佛合祭是其一大特点。纪伊山地约在6世纪成为真言宗的山岳修行场，在10至11世纪成为修验道的修行场。

纪伊山地各寺院高僧辈出，所以很快成为日本重要的佛教圣地，历代天皇与将军纷纷到访参拜与赏樱，各地前往参拜的信徒也络绎不绝，熊野古道是必行之道。它连接了高野山及附近的各个灵地，形成大面积的宗教灵地。高野山是从唐朝留学归来的空海于9世纪初开辟的密教真言宗的山岳修行道场。

十、石见银山遗址及其文化景观

位于本州岛西南部的石见银山遗址是一组山脉，海拔600米，被深深的河谷截断，以大型矿藏、熔岩和优美的地貌为主，是16世纪至20世纪开采和提炼银子的矿山遗址，是日本战国时代后期至江户时代前期最大的银山。这一带还有用来将银矿石运输至海岸的运输路线，以及通往韩国和中国的港口城镇。通过运用尖端技术提炼出来的优质白银，大大促进了16世纪至17世纪日本和东南亚经济的整体发展，促进了日本白银的大规模生产。矿山现在被浓密的森林所覆盖。遗址上还建有堡垒、神龛、部分山道运输线以及三个运输银矿的港口城镇。2007年7月，联合国教科文组织批准石见银山遗址收入《世界遗产名录》，这是日本第一个以“产业遗址”登录的世界遗产。

石见银山的开采始于1526年，有400多年的开采史。17世纪，这里的银产量占世界总产量的三分之一。这里冶炼加工的白银当时不仅作为货币在日本国内流通，还从财力上支撑着日本与葡萄牙、荷兰东印度公司以及中国商人之间的贸易。石见银山遗址完好地保留了大量采用了传统技术的银生产方式。

参考文献

[1] 刘德有 . 重视日本文化研究 [J]. 日本学刊， 2004（5）：1-5.
[2] 刘伟，柴红梅 . 鲁迅与周作人对日本文化选择的比较研究 [J]. 辽宁师范大学学报，2004（6）：107-109.
[3] 尤忠民 . 日本文学中的传统美学理念——物哀 [J]. 天津外国语学院学报，2004（6）：48-51.
[4] 吴婷婷 . 日本文学作品中的“无常观”[J]. 语文学刊：外语教育与教学，2011（4）：3-4.
[5] 张昕宇 . 村上春树与日本文学 [J]. 当代外国文学， 2011，32（2）：128-135.
[6] 肖开益，高春璐 . 论儒家思想对日本文学的影响 [J]. 时代文学（下半月），2011（7）：115-116.
[7] 任萍 . 二战后日本文化论的变迁 [J]. 浙江树人大学学报：人文社会科学版，2011（11）：66-71.
[8] 赵小平 . 浅析儒学对日本文学的影响 [J]. 绥化学院学报，2014，34（2）：68-70，78.
[9] 邱雅芬 .1894—1905 年战争与日本文学 [J]. 学术研究，2014（3）：139.
[10] 鲍国华 . 鲁迅翻译日本文学之总成绩 [J]. 汉语言文学研究，2014（5）：21-26.
[11] 刘晓颖 . 论日本文学的特征 [J]. 洛阳师范学院学报，2014，33（7）：52-54.
[12] 李沫 . 论日本文学中的“物哀”[J]. 才智，2014（15）：251，253.
[13] 丁跃斌，宿久高 . 国内日本文学教材出版现状与开发策略 [J]. 出版发行研究， 2014（11）：69-71.
[14] 王升远 . 越界与位相：“日本文学”在近代中国的境遇——兼及中国日本文学教育孕育期相关问题的探讨 [J]. 上海师范大学学报：哲学社会科学版， 2010，39（2）：90-97.

[15] 肖百容，蒙雨 . 郁达夫的情爱书写与日本文学好色审美传统 [J]. 广西师范大学学报：哲学社会科学版，2010，46（2）：19-24.

[16] 孙宁 . 谈日本文学教学中存在的问题与思考 [J]. 大舞台，2010（7）：181-182.

[17] 胡焕龙 . 周作人日本文化研究对中日文化互读的启示 [J]. 海南师范大学学报：社会科学版，2010，23（5）：55-60.

[18] 王奕红 . 日本文学经典中的“歧视”——兼论中国的日本文学研究状况 [J]. 解放军外国语学院学报，2012，35（1）：110-114.

[19] 胡令远 . 周作人日本文化研究方法刍议 [J]. 日本学刊，2012（1）：132-142，160.

[20] 郭永恩 . 近代日本文化论中的《老子》研究 [J]. 日语学习与研究，2012（1）：95-101.

[21] 曹美兰，张凤杰 . 二战前中国的日本文化教育研究 [J]. 佳木斯大学社会科学学报，2012，30（2）：115-116.

[22] 叶莛 . 以悲为美：论日本文学中的物哀 [J]. 世界文学评论，2012（1）：229-232.

[23] 汪全先，葛小军 . 中华民族传统体育文化保护取向研究——基于日本文化遗产保护经验的启示 [J]. 楚雄师范学院学报，2012，27（6）：104-108.

[24] 陈晓敏 . 浅论日本文学中的“物哀”倾向 [J]. 太原城市职业技术学院学报，2012（9）：202-203.

[25] 刘炳范 . 基于民族主义的矛盾性——战后日本文学战争反思主题评析 [J]. 济南大学学报：社会科学版，2012，22（6）：32-36.

[26] 王胜波，薛思齐 . 中日人际关系观的比较 [J]. 现代交际，2017（5）：89.

[27] 孟冬永 . 中日文学总体特色比较刍议 [J]. 北方文学（下旬），2017（6）：93.

[28] 赵司尧 .《日本历史概论》中的“文化反击”考察 [J]. 保定学院学报，2017（5）：145.

[29] 杨真 . 关于日本文学作品标题的汉译问题 [D]. 长春：长春工业大学，2013.

[30] 陈蜜 . 日本文化产业大国战略研究 [D]. 武汉：华中师范大学，2013.

[31] 大江健三郎，王新新 . 世界文学能成为日本文学吗？ [J]. 渤海大学学报：哲学社会科学版，2008（2）：14-19.

[32] 闫润英 . 论日本文学中的季节感和景物观 [J]. 太原师范学院学报：社会科学版，2008（5）：114-117.

[33] 赵小平，吕汝泉 . 浅谈日本文学中“物哀”的美学意义 [J]. 新乡学院学报：社会科学版，2013，27（6）：113-115.

[34] 孙卫萍 . 日本文学中物哀的美学意义 [J]. 长春教育学院学报，2013，29（20）：8-9.

[35] 王宝平 . 2012 年中国的日本文化研究 [J]. 日语学习与研究，2013（6）：59-65.

[36] 姚继中，聂宁 . 日本文化记忆场研究之发轫 [J]. 外国语文，2013，29（6）：13-19.

[37] 李凌 . 日本文化产业发展研究报告 [J]. 前沿，2013（22）：88-89.

[38] 李敏 . 时代变迁对文学翻译的影响 [D]. 沈阳：沈阳师范大学，2013.

[39] 张金夏 . 关于鲁迅的翻译活动 [D]. 宁波：宁波大学，2013.

[40] 刘翌 . 论日本文学对五四时期中国文学的影响 [D]. 西安：西北大学，2002.

[41] 刘璇 . 模因理论视角下中日同形字映射的日本文化研究 [D]. 武汉：武汉科技大学， 2011.

[42] 陈雪媛 . 论《1984》中日本文学传统因素与后现代特征的杂糅 [D]. 武汉：华中师范大学，2012.

[43] 王向远 . 日本文学民族特性论 [J]. 烟台大学学报：哲学社会科学版，2009，22（2）：56-62.

[44] 叶琳 . 叶渭渠日本文化研究研讨会综述 [J]. 日本学刊，2009（5）：151-155.

[45] 林昶 . 叶渭渠日本文化研究研讨会召开 [J]. 日本学刊，2009（5）：2.

[46] 邱雅芬，梁冬青 . 上海与近现代转折期的日本文学——以芥川龙之介与横光利一的文学结合点为中心 [J]. 广州大学学报：社会科学版，2009，8（5）：82-86.

[47] 罗东耀 . 战后日美两国日本文化论研究的分歧及其意义 [J]. 苏州科技学院学报：社会科学版，2005（3）：105-109.

[48] 方长安 . 中国近现代文学接受日本文学影响反思 [J]. 福建论坛：人文社会科学版， 2005（10）：47-50.

[49] 邱岭 . 论郁达夫小说与日本文学的悲美传统 [J]. 福州大学学报：哲学社会科学版， 2005（1）：75-81.

[50] 杨波 . 论日本文学中的“物哀” [J]. 双语学习，2007（9）：193-194.

[51] 许宪国 . 关于周作人对日本文化及日本国民性研究的思考 [J]. 沈阳农业大学学报：社会科学版，2007（3）：449-452.

[52] 方长安 . 日本文学知识与鲁迅对文学“关系”的言说 [J]. 福建论坛：人文社会科学版，2007（11）：88-92.
[53] 唐永亮 . 值得一读的一本日本文化研究著作 [J]. 世界知识，2014（24）：73.
[54] 王勇 .2013—2014 年中国的日本文化研究 [J]. 日语学习与研究，2015（2）：99-105.
[55] 孙旸 . 转义融合：日本文学视域里的尺八形象 [J]. 外语学刊，2015（4）：154-158.
[56] 聂友军 . 近代旅日欧美学者的日本文学比较研究 [J]. 外国文学，2015（4）：48-56，158.
[57] 中西进，刘雨珍 . 多元文化与日本文学 [J]. 东北亚论坛，2003（2）：84-87，97.
[58] 郑国和 .“日本文学特殊论”之我见 [J]. 学术月刊，2003（1）：67-74.
[59] 刘伟，柴红梅 . 周作人的日本文化研究理论探索 [J]. 辽宁师范大学学报，2003（3）：77-79.
[60] 武心波 . 要认清日本的“本质”——访著名翻译家及日本文化研究家卞立强教授 [J]. 国际观察，2001（5）：58-61.
[61] 王向远 . 五四前后中国的日本文学翻译的现代转型 [J]. 四川外语学院学报，2001（1）：11-15.
[62] 刘全福 . 周作人——我国日本文学译介史上的先驱 [J]. 四川外语学院学报，2001（4）：60-64.
[63] 肖华 . 文学研究会日本文学翻译研究 [D]. 重庆：西南大学，2016.
[64] 李佳鹏 . 后冷战时代日本文化外交研究 [D]. 沈阳：辽宁大学，2016.
[65] 李雁南 . 近代日本文学中的“中国形象”[D]. 广州：暨南大学，2005.
[66] 刘炳范 . 战后日本文学的战争与和平观研究 [D]. 长春：吉林大学，2008.
[67] 王向远 . 日本文学史研究中基本概念的界定与使用——叶渭渠、唐月梅著《日本文学思潮史》及《日本文学史》的成就与问题 [J]. 山东社会科学，2013（4）：90-98.
[68] 刘静 . 从日本文学的发展历程来看日本文化的独特特征 [J]. 教育教学论坛，2016（11）：88-89.
[69] 江静 .2015 年度中国的日本文化研究 [J]. 日语学习与研究，2016（2）：57-66.
[70] 王钦 . 论日本文学的病态审美意识 [J]. 延安大学学报：社会科学版，2016，38（3）：87-89.

[71] 叶尔苓 . 从日语教育中探寻日本文化研究现状——评《日语教学与日本文化研究》[J]. 大学教育科学，2016（3）：133.

[72] 陈锦彬 . 日本文学中的季节感和景物观探析 [J]. 淮海工学院学报：人文社会科学版，2016，14（6）：44-46.

[73] 邱岭 . 试论日本文学对《三国演义》的接受——以吉川英治《三国志》中的关羽形象为例 [J]. 福建师范大学学报：哲学社会科学版，2006（3）：113-120.

[74] 毛晓峰 . 试论夏衍对日本文学的译介与接受 [D]. 杭州：浙江大学，2007.

[75] 张萌 . 日本文学对晚清文坛革命的影响 [D]. 武汉：华中科技大学，2005.

[76] 王茹辛 . 20 世纪日本文学中的“死亡悖论”管窥 [D]. 上海：复旦大学，2008.

[77] 高林博光 . 鲁迅与日本文化的关系研究 [D]. 厦门：厦门大学，2008.

[78] 杨雪松 . 日本文化式女装原型在中国服装企业的应用研究 [D]. 长春：东北师范大学， 2009.

[79] 唐向红 . 日本文化与日本经济发展关系研究 [D]. 大连：东北财经大学，2012.

[80] 傅玉娟 . 木下杢太郎日本文化论研究 [D]. 北京：北京外国语大学，2014.

[81] 吕顺长 . 2016 年中国的日本文化研究 [J]. 日语学习与研究，2017（1）：72-82.

[82] 符婷 . 日本文化研究 [J]. 考试周刊，2014（69）：38-39.

[83] 林昶 . 日本文化研究座谈会 [J]. 日本问题，2016（3）：4.

[84] 高增杰 . 关于日本文化研究及其借鉴意义的探讨 [J]. 日本问题，2016（3）：54-60.

[85] 陈本善 . 关于日本设立“国际日本文化研究中心（暂称）”的情况 [J]. 现代日本经济， 2017（2）：59-62.

[86] 赵复三 . 要重视日本文化研究——在日本文化学术讨论会上的讲话 [J]. 日本问题， 2008（2）：1-2.

[87] 高增杰 . 试论日本文化研究 [J]. 日本问题，2008（2）：3-9.

[88] 高增杰 . 日本文化研究的多样性与综合性——出席“世界中的日本——日本文化的解释及研究方法学术讨论会”侧记 [J]. 日本问题，2008（4）：60-65.

[89] 于湘君 . 中国与日本文化贸易的对比研究 [D]. 大连：东北财经大学，2016.

[90] 曹美兰，任秀英 . 专业日语教育中的《日本文化》课程研究——以语言

文化与跨文化交际为视点 [J]. 时代教育：教育教学版，2009（9）：121-123.

[91] 高增杰 . 日本学与日本文化研究 [J]. 日本问题，2010（1）：30-46.

[92] 窦林娟 . 日语教育中的日本文化导入研究 [D]. 济南：山东大学，2012.

[93] 赵德宇 . 中国的日本文化研究 [J]. 南开日本研究，2016（1）：289-300.

[94] 谭晶华 . 川端康成文学的艺术性·社会性研究 [D]. 上海：上海外国语大学，2009.

[95] 靳丛林 . 竹内好的鲁迅研究 [D]. 长春：吉林大学，2009.

[96] 汪俊文 . 日本江户时代读本小说与中国古代小说 [D]. 上海：上海师范大学，2009.

[97] 冯笑寒 . 浅析神道教与日本文化 [D]. 哈尔滨：黑龙江大学，2012.

[98] 任芳 . 从庭园看日本人的缩小意识 [D]. 重庆：四川外语学院，2011.

[99] 杨晶鑫 . 近世日本汉方医学变迁研究 [D]. 长春：吉林大学，2008.